AF282003

Politen der Weltenwanderer

Anna Musewald

2. Auflage

Übersetzt von: Lisa Herrmann
Lektoriert von: Sara-Duana Meyer
Cover von: Annika Görlitz

©2021 Inkpot Verlag - Alle Rechte vorbehalten
Inkpot UG (Haftungsbeschränkt)
ISBN: 9783945316191

Inhalt

1. Einzigartige Flügel

„Die Welt ist groß, mein Junge, und bietet für alle Wesen ein Zuhause", sagte Professor Mardoken und sah den jungen Politen an, der ihm gegenübersaß.

„Haben Sie jemals einen Menschen gesehen, Professor?", fragte der Junge.

Sie befanden sich in der Arena. Der Unterricht war für diesen Tag zu Ende und es war Zeit für das informelle Gespräch. Politen blieb immer etwas länger, um ein Weilchen mit seinem Professor zu sprechen. Sein ruheloser Geist war nicht leicht zu befriedigen. Der Professor war immer bereit, ihm Rede und Antwort zu stehen. Ohne sich zu beschweren, widmete er ihm eine oder sogar zwei Stunden seiner Nachmittage.

„Ich möchte die Welt der Menschen besuchen. Ich möchte sie persönlich kennenlernen."

Diese Aussage überraschte Mardoken.

„Warum?", fragte der Lehrer und atmete tief ein.

„Der Professor scheint heute nicht besonders gesprächig zu sein", dachte Politen, als er bemerkte, dass er den Professor überrascht hatte.

In letzter Zeit war seinen Schülern aufgefallen, dass man ihm sein Alter langsam ansah. Die Flügel an seinem Kopf und seinen Füßen bewegten sich nicht mehr so schnell wie einst und sein Vestris war während des Unterrichts manchmal inaktiv. Er sah sehr müde aus, sein kreisrundes Gesicht war voller Falten und schwarzer Mitesser.

Einstmals war er der Größte von allen gewesen. Doch in den letzten Jahren wurde er immer kleiner, sodass der lange Bart fast seinen gesamten Körper bedeckte. Er war ein lieber und zuvorkommender alter Mann geworden; allwissend, eine „wandelnde Bibliothek", wie ihn seine Schüler hinter seinem Rücken nannten. Erst neulich am Markt hatte Politen ihn in einem Gespräch mit dem Stammesanführer wahrscheinlich im Scherz sagen hören: „Wenn ich weiterhin in diesem Tempo schrumpfe, dann sehe ich bald aus wie ein Menken."

Er mochte vielleicht an Größe verloren haben, doch seinen Humor verlor er nicht. Im Gegenteil wurde er im Laufe der Jahre immer pfeffriger, was auch sein Anführer bemerkte.

Politen flog langsame Kreise um seinen Lehrer. Die Diskussion gelangte an ihren schwierigsten Punkt. Er wusste, dass er nicht lockerlassen durfte. Er musste den Professor überreden, über das Thema zu sprechen, das ihn am meisten interessierte: die Menschen.

„Um ehrlich zu sein, Herr Professor, bin ich von dieser Idee seit dem Tag besessen, als ich erfuhr, dass wir von ihnen abstammen und unsere Vorfahren, wenn auch nur kurz, einst mit ihnen zusammenlebten. Was ist eigentlich damals passiert, Professor? Warum leben wir jetzt getrennt? Warum wurden die Menschen zu unseren Feinden?"

Dem Professor Mardoken wurde klar, dass der Junge einer der wenigen Hermitten war, die eines Tages versuchten, die Welt der Menschen zu betreten und dadurch die heiligen Gesetze verletzten.

„Du weißt, dass es verboten ist, über sie zu sprechen, Politen. Du weißt, dass die Menschen unsere Feinde sind. Normalerweise sollten wir zwei nicht darüber diskutieren. Vor allem du nicht. Vergiss nicht, dass du einer der Auserwählten unseres Volkes bist. Vergiss nicht, dass du bald Hermin bewachen musst. Du bist ein

WÄCHTER, Politen, und du solltest deine heilige Pflicht nicht vernachlässigen. Du wurdest mit dem heiligen Zeichen auf deiner Handfläche geboren, was bedeutet, dass du von den Göttern auserwählt worden bist, eines Tages Wächter zu werden. Du kannst dir nicht aussuchen, ob du diesem heiligen Gebot gehorchen möchtest oder nicht."

Der Professor könnte endlose Stunden über Politens heilige Pflicht reden und der Junge würde zuhören. Doch er war sich sicher, dass es nichts änderte. Der Junge würde an dem Tag erscheinen, den die Priester seines Stammes festgelegt hatten, um seine heilige Pflicht zu erfüllen, jedoch nur, wenn er die Menschen vorher persönlich kennengelernt hatte.

Die Zeit war schnell vergangen und Politen wusste, dass er nach Hause musste. Seine Mutter würde sich heute Abend mehr Sorgen denn je machen. Doch sicherlich war die Diskussion mit seinem Professor noch nicht zu Ende. Und als er sich von ihm verabschiedete, kam er nicht umhin, es noch einmal zur Sprache zu bringen:

„Professor Mardoken, wir müssen uns bald wieder über die Menschen unterhalten. Es gibt so viele Dinge, über die ich mehr erfahren möchte. Aber jetzt muss ich gehen. Sie wissen ja, was heute Abend bei mir zuhause passieren wird?"

„Ich weiß, Politen, und ich wünsche dir viel Kraft. Ich werde von Anfang bis Ende an deiner Seite sein, aber leider bin ich nicht in der Lage, dir zu helfen. Ich bin mir aber sicher, dass du es schaffen wirst. Ich denke, du bist bereit."

Der Junge sammelte hastig seine Sachen ein und flog nach Hause. Er lebte nicht weit vom Markt entfernt. „Es ist nur zwei Flatter entfernt", hatte seine Mutter früher gesagt, wenn sie ihn auf den Markt zum Einkaufen schicken wollte.

Als er über den Markt flog, bemerkte er, dass der leer und verlassen war. Die Zeit war schnell vergangen, ohne dass er es mitbekommen hatte. Die Geschäfte, die tagsüber von Hermitten gefüllt waren, hatten bereits geschlossen. Der Markt war beleuchtet, der Laternenwart des Platzes hatte alle angezündet, obwohl es noch nicht dunkel war. Die Menken-Wächter hatten bereits ihre Plätze vor den hölzernen Türen der Geschäfte eingenommen. Sie würden die ganze Nacht dortbleiben, um die Geschäfte zu bewachen, bis am nächsten Morgen ihre Besitzer zurückkämen. Und sie würden nicht zögern, ihren Stachel zu benutzen, wenn es die Umstände erforderten. Kürzlich war in ihrem Dorf eine Welle von Diebstählen ausgebrochen. Daraufhin war der Stammesanführer gezwungen gewesen, Sofortmaßnahmen zu ergreifen und die Menken die ganze Nacht über den Markt patrouillieren zu lassen.

Sein zweistöckiges Haus erschien am Horizont und Politen landete vor der Tür. Er war dabei, sein Vestris zu aktivieren, um sie zu öffnen, als sie von allein aufging. Das heißt, nicht ganz von allein. Sein Menken erwartete ihn hinter der Tür.

Als Politen durch die Außentür trat, flog sein Menken auf, seitwärts wie immer, und ließ sich auf seiner Schulter nieder. Politen streichelte den winzigen Kopf mit den kleinen grünen, menschlichen Augen. Er hatte es vermisst, da er es nicht mit in die Schule nehmen durfte. „Seltsame Wesen, diese Menken", dachte er, während er ins Innere des Hauses flog. „Obwohl sie keine Stimme haben, können sie einem trotzdem zeigen, was sie denken und fühlen. Vielleicht ist es dieses Funkeln, oder die ungewöhnliche Form ihrer Augen, oder die Art, wie sie auf der Schulter sitzen, vielleicht auch die Art, wie sie ihre Flügel rütteln. Letzten Endes reden sie wahrscheinlich nicht, weil sie es nicht müssen", beschloss Politen.

Er flog schnell durch alle Räume des Hauses auf der Suche nach seiner Mutter und Schwester. Wie immer strahlte das ganze Haus vor Sauberkeit, die zwei Frauen waren ausgezeichnete Hausfrauen. Sein Vater war anscheinend noch nicht zuhause. Seine Mutter und Schwester gingen nur selten aus dem Haus, sie mussten irgendwo sein.

Tatsächlich saßen beide auf einem großen Stein im Hinterhof. Die kleinere Gestalt sprang sofort auf und flog auf ihn zu, als sie ihn kommen sah. Obwohl Ippoliten, die kleine Schwester, mindestens fünftausend Monde nach Politen geboren worden war, ähnelten sich die beiden Geschwister sehr. Wie es üblich war, wurden die Geschwister als Kinder angesehen, bis sie beschließen würden, ihr Elternhaus zu verlassen und ihr eigenes Heim gründeten.

Seine Mutter begrüßte ihn lächelnd: „Willkommen daheim, mein Sohn."

„Hallo, meine Lieben", sagte er zu beiden und versuchte gleichzeitig die Hände seiner Schwester von seinem Hals zu lösen.

Die Sonne begann zu sinken und der Tag ging langsam zu Ende. Die kommende Nacht würde eine der wichtigsten seines Lebens werden.

Politen spürte allmählich, wie sehr das Training in der Arena ihn ermüdet hatte. Der Professor der Wettkämpfe hatte ihnen neue Bewegungen und Techniken gezeigt. Doch um nichts in der Welt würde er zulassen, dass seine Müdigkeit und Erschöpfung die bevorstehende abendliche Versammlung im Garten des Hauses behinderten. An diesem Abend würde ihn sein Vater offiziell den Männern des Dorfes präsentieren. An diesem Abend sollte es endlich so weit sein, die erwünschte Mondzahl war erreicht. Zehntausendachthundertmal musste der Mond am Himmel erscheinen. Erst dann konnte man Politen als Mann betrachten und ihm erlauben, sich die heiligen Geheimnisse der Hermin anzueignen. Er hatte auf diesen Moment viel zu lange warten müssen.

Politen ähnelte den Altersgenossen seines Dorfes nicht besonders. Schon als Kind zeigte er, ohne es zu wollen, bei jeder Gelegenheit seinen unruhigen Geist. Er war ausgesprochen unersättlich und wollte immer neue Dinge dazulernen. Seit seiner Geburt hatte sich sein Vestris zehnmal revitalisiert. Wenn man bedenkt, dass sich das Vestris durchschnittlich alle siebentausend Erscheinungen des Mondes revitalisiert, hätte das von Politen sich eigentlich maximal zweimal revitalisieren sollen. Doch zehnmal? Diese Tatsache hatte sich unter den Männern des Dorfes zu einem großen Diskussionsthema entwickelt. Denn wenn man bedachte, dass eine Revitalisierung des Vestris eine Teilnahme von mindestens fünfundachtzig Prozent der Dorfmänner an der Zeremonie erforderte, bedeutete dies, dass die Mehrheit der Männer regelmäßig ihre Arbeit verlassen musste, um an der Revitalisierung von Politens Vestris teilzunehmen.

Doch trotz alledem nahm niemand es Politen oder seinem Vestris übel, denn dieses Vestris wurde mehrmals für das Wohl des Dorfes eingesetzt. Wie vor ein paar Jahren, als sie von einem Rudel hungriger Wölfe angegriffen wurden. Alle Männer befanden sich beim wichtigsten Jagdturnier des Jahres. Der Einzige, der zum

Zeitpunkt des Angriffs im Dorf war, war Politen, der zurückgekommen war, um seinen Ersatzbogen zu holen. Es war sein Vestris gewesen, welches die Kraft gefunden hatte, die Wölfe zu beruhigen, zu verscheuchen und die Tiere des Dorfes zu retten, obwohl er noch nicht in die Techniken und die Kunst der Magie eingeweiht worden war. Alle Dorfeinwohner gaben großherzig zu, dass der Junge enorme geistige Stärke gezeigt hatte – mit Beitrag seines Vestris natürlich, das sich erst wenige Monde zuvor mithilfe der Göttin des Glücks revitalisiert hatte.

An jenem Abend, als die Männer zurückgekehrt waren und von den Frauen in aller Einzelheit von den Geschehnissen erfuhren, betete einer der fünf Anführer des hellblauen Stammes, der in Politens Dorf lebte, zu ihrem Gott. Er bedankte sich bei Ihm für Seine große Weisheit, sie von den bewundernswerten geistigen Gaben des Jungen wissen zu lassen, bevor dieser überhaupt geboren war. Er bedankte sich auch dafür, ihn mit dem Zeichen auf der rechten Hand markiert zu haben. Das Zeichen des Wächters und Beschützers der Hermin.

Doch bedauerlicherweise und trotz seiner gelegentlichen Heldentaten würde ihn niemand als Mann betrachten und folglich als frei, selbst über sein eigenes Leben zu entscheiden, bis nicht zehntausendachthundert Monde auf den Himmel gestiegen waren.

Die Stimme seiner Mutter brachte ihn zurück in die Realität:

„Bist du für heute Abend bereit, mein Sohn?"

„Ja, Mutter, ich bin bereit. Ich bin seit langer Zeit bereit."

„Ich weiß, mein Sohn. Genau so lang mussten mein Vater, mein Bruder, aber auch dein Vater warten, als sie noch Kinder waren. Die Zeit mag langsam vergehen, doch der große Moment kommt immer irgendwann. Und du wirst sehen, mein Kind, dass du für deine Geduld mit einem süßen Sieg belohnt wirst."

Ippoliten, die in der Zwischenzeit im Inneren des Hauses verschwunden war, kehrte in den Hof zurück mit einer großen hölzernen Schüssel gefüllt mit frisch gewaschenen Früchten, mit blauen, grünen, gelben, lilafarbenen, sogar schwarzen Äpfeln, und stellte sie auf den Tisch.

„Iss!", sagte sie zu ihrem Bruder. „Mutter hat sie vorbereitet. Du brauchst Energie für heute Abend."

„Ich habe keinen Hunger. Ich möchte nichts essen. Das Einzige, was ich brauche, ist Ruhe. Du weißt, dass ich mich konzentrieren muss."

„Aber die Früchte werden dir die Kraft geben, die du heute Abend brauchst", widersprach Ippoliten.

„Politen hat recht, meine Liebe", warf ihre Mutter ein. „Er wird heute Abend vor allem die Kraft seiner Gedanken brauchen. Die Früchte kann er morgen noch essen."

„Bist du aufgeregt, Brüderchen?", fragte Ippoliten scherzend.

Doch sie hatte vor seiner Reaktion ein wenig Angst und flog deshalb sofort zurück ins Haus.

„Du kannst wohl nicht lange sitzen, was? Selbst die Menken müssen nicht ständig hin und her fliegen", witzelte Politen.

Ippoliten kam in den Hof zurück, diesmal mit mehreren kleinen Kerzenständern in den Händen. Sie beachtete die Neckereien ihres Bruders nicht und begann stattdessen, die Kerzenständer an verschiedenen Stellen des Gartens zu platzieren und dann die Kerzen eine nach der anderen anzuzünden. Ihre Mutter beobachtete sie schweigend und Politen schien in Gedanken verloren.

Der Garten leuchtete in einem lieblichen, warmen Licht.

Paten, der zweiköpfige Hund der Familie, näherte sich und legte sich unter den Holztisch.

„Bist du nicht ein wenig voreilig, Ippoliten?", bemerkte ihre Mutter. „So aufgeregt wie du, scheint nicht einmal dein Bruder zu sein."

„Kennst du Ippoliten nicht, Mutter? Sie ist nicht wegen meiner Initiation aufgeregt, sondern wegen der Party, die danach stattfinden wird."

„Bin ich oder bin ich nicht zuständig für diese Party?", fragte Ippoliten etwas beleidigt. „Du sagtest doch, dass ich die volle Verantwortung für die Organisation der Party übernehmen soll? Was ist also schlimm daran, wenn ich möchte, dass alles vorbereitet ist und glatt läuft?"

„Doch, doch. Du bist es! Und wie!", sagte Politen schnell, denn er wollte sich jetzt auf keinen Fall mit seiner Schwester streiten.

Und um der Debatte ein Ende zu geben, flog er hoch über das Haus auf. Er schaute in Richtung Markt. Obwohl die Dunkelheit anbrach, war die Sicht noch frei, gerade durch den reduzierten Flugbetrieb der späten Stunde. Die meisten Hermitten waren bereits nach Hause geflogen.

Er sank wieder hinab und fragte seine Mutter, die seiner Schwester hinterherflog und jede ihrer Bewegungen beobachtete:

„Wo bleibt Vater? Ich sehe ihn nicht. Wird er zusammen mit den anderen kommen? Mutter, ich habe vergessen dich zu fragen... Hast du die Monde sicher richtig gezählt? Kann es sein, dass du dich vertan hast?"

Ippoliten nutzte die Gelegenheit, sich zu revanchieren:

„Klar, du bist überhaupt nicht aufgeregt! Nur ich bin es..."

Die warme Atmosphäre, die Ippoliten erschaffen hatte, machte allen Gästen gute Laune. Die kleine Fläche des Gartens bereitete den Gästen keinerlei Schwierigkeiten. Sie zogen vor, sich fliegend zu unterhalten, anstatt sich auf die riesigen Steine zu setzen, die im Garten verteilt waren.

Offenbar hatte niemand bemerkt, dass die Zeit der Initiation gekommen war – außer natürlich Politen, der nichts Anderes tat, als auf den Mond zu starren.

Sein Herz begann heftig zu schlagen, als er die Stimme des Stammesanführers in seinem offiziellen hellblauen Umhang hörte:

„Meine Lieben, die Zeit ist gekommen."

Niemandem fiel auf, dass die Zeremonie früher als gewöhnlich begann und dass der Mond die Mitte des Himmels noch nicht erreicht hatte.

„Politen, komm her, mein Junge!", sagte der Anführer und blickte auf Politen.

Am Anfang spürte er seine Brust vor Angst flattern. Vielleicht, weil niemand die Art der bevorstehenden Prüfung vorhersagen konnte. Tausende von Jahren waren vergangen, doch noch nie hatten zwei Personen die gleiche Prüfung gestellt bekommen.

Der Junge versuchte, seine Angst zu beherrschen. „Ob es wohl ein geheimes Buch gibt, in dem unzählige Prüfungen für junge Hermitten aufgelistet sind? Ob der Anführer einfach nur das Buch aufschlägt und nach einer Prüfung sucht, die bis dahin nicht vorgekommen ist? Warum nicht? Wir haben schließlich viele versteckte und geheime Bücher", dachte der junge Mann, als der

Anführer Marten sich ihm in Begleitung seines Vaters näherte.

Sie stellten sich neben ihn, der Vater an seine linke und der Anführer an seine rechten Seite. Nach den Sitten des Stammes sprach als erstes der Vater. Er musste offiziell seinen Sohn den Männern des Dorfes präsentieren. Eine reine Formalität, da es niemanden gab, der Politen nicht bereits kannte.

„Meine Freunde, mein Sohn Politen", sagte er laut und seine Stimme hallte voller Rührung und Vaterstolz.

Darauf fingen die Flügel an den Füßen der Anwesenden als Zeichen der Anerkennung mit hoher Geschwindigkeit an zu flattern. Die Kerzen flackerten im Luftstrom.

„Wenn jetzt meine Kerzen ausgehen, stehen wir alle im Dunkeln", bemerkte Ippoliten.

Der Anführer hatte nicht vor, den Prozess mit formalen oder bedeutungslosen Aussagen in die Länge zu ziehen:

„Die Heldentaten des Jungen sind allen bekannt. Jeder weiß, wie mutig und tapfer Politen ist. Daher denke ich, dass die Prüfung heute Abend nicht nur wie üblich körperlicher Art, sondern auch geistiger Art sein muss."

Aus allen Ecken des Gartens war plötzlich ein Gemurmel zu hören, die Aussage des Anführers hatte bei den Zuhörern Überraschung ausgelöst. In den letzten Jahren war die Prüfung in der Regel körperlich gewesen. Nicht, dass es noch nie eine geistige Prüfung gegeben hatte, doch konnte sich niemand mehr daran erinnern, wie viele Jahre seit der letzten vergangen waren.

„Wie ihr wisst, beginnt die Prüfung ab dem Moment, an dem der Mond seinen höchsten Platz am Himmel erreicht hat."

Alle Augen richteten sich spontan nach oben. Erst jetzt bemerkten sie, dass der Mond die richtige Position noch nicht erreicht hatte.

Die meisten wunderten sich, warum der Anführer die Zeremonie früher begonnen hatte. Doch niemand fragte nach, alle wussten, dass sie sofort aufgeklärt werden würden.

„Die Übung wird nicht hier stattfinden. Wir brauchen etwas Zeit, um die richtige Stelle zu erreichen."

„Armer Bruder! Es scheint, als ob der Anführer alle Schwierigkeiten für dich vereint hat."

Ippoliten vergaß vor lauter Aufregung und Mitleid ihre vorherige Auseinandersetzung. Sie würde ihm gern beistehen und ihm zur Unterstützung die Hand halten. Doch leider durfte sie sich ihm als Frau nicht nähern.

„Kommt, lasst uns zusammen fliegen", sagte der Stammesanführer auffordernd.

„Wohin?", fragten einige.

„Folgt mir", gab er als einzige Antwort und fügte hinzu: „Politen, flieg bitte neben mir."

Der Anführer und Politen voran, gefolgt von allen anderen, flogen sie durch die Nacht im Schein des Mondes, der bald die Mitte des Himmels erreichen würde.

Sie flogen östlich, in Richtung der Schwarzen Berge mit den hohen Burgen, die die Gegend vor Feinden beschützten. Die Männer flogen voraus und die zwei Frauen der Familie, Ippoliten und ihre Mutter, folgten als letzte. Es wurde immer eine Ausnahme für die Frauen der Familie gemacht, bloß mussten sie eben als letzte fliegen.

Ihre hellblauen Umhänge flatterten durch die Luft und von weitem sahen sie wie ein Vogelschwarm aus, der in der Dunkelheit dem Mondschein folgt.

Ihr Nachtflug hielt nicht lange an. Bald kamen sie am Fuße des dritten Berges an. Sie machten eine kurze Pause und flogen dann weiter. Am dritten Berg vorbei hielten sie an einem schmalen Einschnitt zwischen dem dritten und vierten Berg. Obwohl der Mondschein den Ort erhellte, hatte er etwas Wildes. Alles um sie herum schien karg und leblos. Bäume oder Sträucher, welche die Landschaft etwas erträglicher machen würden, hätten auf diesen steinigen Bergen und in der trockenen Erde nicht überleben können.

Normalerweise würden die Hermitten, obwohl sie weder feige noch ängstlich waren, nie ohne Grund diese Gegend betreten. Nur die Soldaten, die in den Burgen lebten, kamen hierher. Die Ältesten, die schreckliche Geschichten über die Schwarze Eulenfrau der Berge kannten, schauderten, als sie an diesem Ort anhielten. Die Jüngeren aber versuchten in ihrer Unwissenheit die Art der Prüfung zu erraten, die Politen würde bewältigen müssen.

„Hermitten!", unterbrach auf einmal der Stammesanführer ihre Gedanken. „Wir haben nicht viel Zeit. Politen soll jetzt erfahren, was er tun muss, um uns zu zeigen, dass er nun als erwachsen, vertrauenswürdig und zuverlässig als einer von uns gezählt werden kann."

Plötzlich herrschte absolute Stille. Sogar die Flügel an den Füßen hörten auf sich zu bewegen. Niemand sagte etwas, alle warteten darauf, dass der Anführer weitersprach.

„Schau hinter dich, Politen. Direkt hinter dich. Dort, an der unteren Seite des Hanges des dritten Berges, fast in Bodenhöhe, befindet sich eine kleine Öffnung. Siehst du sie?"

Alle Köpfe drehten sich um und blickten in Richtung der Stelle, auf die der Anführer deutete.

„Diese Öffnung ist der Eingang einer Höhle.“

„Aber die Öffnung sieht sehr klein aus“, flüsterte Politen. „Man kann sie gerade so in der Dunkelheit erkennen.“

„Keine Sorge. Die Öffnung mag klein aussehen, doch jeder kann durchkommen. Sogar Argotten!“

Argotten war der dickste aller Hermitten. Man könnte sogar behaupten, er wäre drei Hermitten zusammen. Wenn er mehr Grips gehabt hätte, hätte er eines Tages sogar ihr König werden können.

„Du musst in die Höhle hineingehen, eine Feder finden und sie herausbringen“, fuhr der Anführer fort.

„Eine Feder!? Was für eine Feder?“, fragte Politen überrascht. „Jede beliebige Feder? Kann ich jede Feder bringen, die ich dort finde?“

„Es gibt nicht viele Federn in dieser Höhle. Es gibt nur eine. Diese eine Feder musst du finden und sie herausbringen. Doch pass auf, du hast nicht viel Zeit. Deshalb musst du dich beeilen. Du kannst sofort beginnen. Wenn du gewinnen möchtest, musst du mit der Feder wieder draußen sein, bevor der Mond eine Strecke von fünfundvierzig Grad zurückgelegt hat.“

„Ist in der Höhle Licht?“, wollte Politen wissen.

„Licht!? In einer unbewohnten Höhle?“

Der Anführer Marten begnügte sich mit einem vielsagenden Lächeln. „Das macht die Sache etwas komplizierter“, dachte Politen. Aber so oder so hatte er sich seelisch auf eine schwierigere Übung vorbereitet, als die, in eine dunkle Höhle zu klettern, um eine Feder herauszubringen.

„Und vergiss nicht das Wichtigste. Du darfst dein Vestris auf keinen Fall benutzen“, sagte der Anführer abschließend.

Politen warf einen letzten Blick auf den Mond und bereitete sich darauf vor, die Höhle zu betreten. Die Aufgabe schien ihm sehr einfach zu sein, doch er war klug genug, das nicht vor allen zu erwähnen. Außerdem kann man vorher nie wissen, ob etwas in der Praxis genauso einfach ist, wie es aussieht.

In diesem Moment spürte er jemand neben sich, doch er brauchte sich nicht umdrehen, um zu wissen, wer es war. An der Art, wie er die Hand auf seine Schulter legte, erkannte Politen seinen Professor.

„Benutze zuerst deinen Kopf, nutze den Ort aus und zeig deine Kraft nur, wenn es nötig ist. Doch vergiss nicht: zuerst deinen Kopf."

Und indem er etwas fester seine alte Hand auf die jugendliche Schulter drückte, wünschte er Politen viel Erfolg.

Politen holte tief Luft und suchte mit dem Blick seine Mutter. Als er sie sah, lächelte er ihr zu und flog schnell zum Höhleneingang. Er musste sich ducken, da er befürchtete, dass er nicht durch die winzige Öffnung passen würde. Doch es gelang ihm leichter, als er anfangs gedacht hatte. Der Anführer hatte recht, der Höhleneingang war gar nicht so eng.

Es dauerte eine Weile, bis sich seine Augen an die Dunkelheit gewöhnt hatten. Nicht, dass er klar und deutlich sehen konnte, doch einige Stellen an den erdigen Wänden der Höhle konnte er erkennen.

Er ließ seinen Blick schweifen und gewann einen ersten Eindruck der Umgebung. Er wollte keine Zeit verlieren und entschied sich, an der Decke anzufangen. Er würde mit den Händen die Wände der Höhle ertasten, von links nach rechts und von oben nach unten. Vielleicht war die Feder in einer kleinen Vertiefung in der Wand platziert. Die Dunkelheit mochte sein Feind sein, doch sein Tastgefühl war sicherlich sein Freund.

Er fing an, mit hoher Geschwindigkeit auf und ab zu fliegen. Der erste Versuch erwies sich als erfolglos, doch Politen zeigte sich nicht enttäuscht. Das zweite Mal beschloss er, langsamer zu fliegen und beim dritten Mal wusste er, dass er noch genauer sein musste. Nach mehreren Versuchen entschied er sich, auch den Boden zu untersuchen. Doch nach dem zehnten oder elften Versuch verlor er den Überblick und begann, sich ernsthaft Sorgen zu machen. Was war geschehen? Er war sich ziemlich sicher, dass nichts in dieser Höhle war. Er hatte alles abgesucht. Es gab nicht die geringste Vertiefung in den Wänden, in den Ecken oder im Boden der Höhle, worin sich eine Feder befinden konnte. Alle Oberflächen waren glatt und kalt.

Plötzlich hatte er eine Idee. Er flog rasch hin und her und schlug dabei mit den Flügeln an seinen Füßen und an seinem Kopf, sodass der entstandene Luftstrom die Feder aus ihrem bisherigen Versteck blasen würde. Er flog wie ein Besessener in der kleinen Höhle herum, schlug seine Füße zusammen und schrie rhythmisch:

„Komm schon! Ich bitte dich, mein liebes Federchen, zeig dich. Versteck dich doch nicht. Komm aus deinem Versteck raus und flieg. Flieg hoch, damit ich dich sehen kann."

Doch wieder nichts! Keine Feder ließ sich von seinen Bitten bewegen. Seine Begeisterung über die einfache Prüfung, die ihm aufgegeben worden war, verschwand. Was sollte er jetzt tun? Ohne die Feder die Höhle zu verlassen, kam nicht in Frage. Lieber würde er für immer dort bleiben, als vor allen seine Niederlage einzugestehen.

Er setzte sich frustriert auf den Boden und verbarg sein Gesicht zwischen seinen Knien.

„Ich wünschte, ich könnte mein Vestris benutzen! Es würde mir sicher sofort zeigen, ob hier irgendwo eine Feder ist und wo sie sich versteckt!"

Doch da es verboten war, würde er es auf keinen Fall benutzen. Niemand vergaß so einfach die Strafe, die Mornen vor einigen Monden erhalten hatte, als er bei seiner eigenen Prüfung sein Vestris benutzt hatte. Er war immer noch im Stamm des großen Baumes eingesperrt, der im Hof der höchsten Burg wuchs.

Er hob seinen Kopf und sah sich noch einmal um. Die Dunkelheit verhinderte immer noch, dass er das Innere der Höhle erkannte und seine Augen halfen ihm nicht, da sie sich mit Tränen füllten. Die Verzweiflung ergriff langsam Besitz von seiner Seele.

Er saß regungslos da. Sein Rücken war an die Wand gelehnt und sein Blick starrte auf den Boden der Höhle.

Plötzlich bemerkte er einen kleinen runden Lichtfleck, der an der Stelle erschienen war, auf die er starrte. Ein Lichtfleck, den schwaches Mondlicht in die Höhle warf. Politen wunderte sich, wie das Licht dorthin kam. Er sprang sichtlich aufgemuntert auf.

Er blickte zur Decke. Vielleicht gab es einen Riss, den er nicht sehen konnte. Aber das war in diesem Moment nicht besonders wichtig. Er musste diese unerwartete Gelegenheit ergreifen und ausnutzen. Er fing wieder an, wie ein Wahnsinniger hin und her zu fliegen. Plötzlich erstarrte er an der Decke. Er erinnerte sich an die Worte seines Professors: „Benutze zuerst deinen Kopf", hatte er gesagt „als allererstes deinen Kopf."

Erst da wurde ihm klar, dass der Lehrer von Anfang an wusste, dass er Schwierigkeiten haben würde und ihn deshalb ermutigt hatte, sein Denken einzusetzen und nicht wie ein Besessener umherzufliegen.

Er blickte erneut auf den Lichtfleck, der reglos an der exakt gleichen Stelle saß. Er sank nach unten und kniete sich neben ihn. Er wischte mit seiner Hand über die beleuchtete Stelle des Bodens. Überrascht entdeckte er unter seiner Handfläche vier Linien. Es war, als ob jemand mit einem Messer tief in den erdigen Boden einen quadratischen Kasten geschnitzt hätte.

„Ob es wohl unten drunter eine Öffnung gibt?", fragte er sich. Er begann sehr sorgfältig die Stelle abzutasten. Doch leider fand er nichts.

„Ist das ein Zufall, dass das Mondlicht genau auf diese Stelle scheint, oder will es mir etwas zeigen?", fragte er sich und zog die Augenbrauen zusammen.

Dann versuchte er, den Rat seines Professors zu befolgen.

„Denk, denk, denk!" Er schlug mit der Hand an seinen Kopf. „Der Anführer sagte, dass sich auf jeden Fall hier drin eine Feder befindet. Und nachdem der Wind sie vorher nicht bewegte, muss sie irgendwo versteckt sein. Warum also nicht hier unten? Nur, wie soll ich diese Abdeckung bewegen?"

Sein Kopf arbeitete. Er versuchte eine Lösung zu finden, indem er an all das dachte, was er in der Schule gelernt hatte. Er begann über die letzten Mathematiklösungen nachzudenken, bei denen es um Quadrate und Würfel ging, doch sehr schnell schien ihm alles sinnlos. Wütend auf sich selbst fing er an, manisch mit beiden Fäusten auf die Stelle zu schlagen, bis seine Hände schmerzten. Doch es änderte sich überhaupt nichts. Er stand auf und flog um das Quadrat herum, während er es intensiv anstarrte, als ob er es mit seinem Blick öffnen könnte. Das Einzige, was ihm Hoffnung machte und ihn tröstete, war die Tatsache, dass das Mondlicht noch immer an derselben Stelle zu sehen war. Doch plötzlich, als er frustriert herumflog, verschwand das Licht am Boden. Sein Körper blockierte den Mondstrahl und verhinderte, dass das Licht den Boden erreichte.

Bis er sich umsehen konnte, hatte sich alles in einem Augenblick verändert. Überrascht sah er, wie sich die Höhle rasch mit hellem Licht füllte, das plötzlich aus dem Boden entsprang und sich schwungvoll nach oben erhob, wie das Wasser, das aus der Erde hervorsprudelt, sobald es eine Öffnung findet. Dann drehte sich das Licht wieder nach unten und verteilte sich süß und sanft sogar in die kleinsten Ecken der Höhle. Politen musste mehrmals blinzeln, um seine Augen an das Licht zu gewöhnen.

Er flog zu der Stelle hinab, aus der das goldene Licht zu kommen schien. Er hatte doch recht, es gab eine Falltür, die sich auf seltsame Weise geöffnet hatte.

Er näherte sich, um besser zu sehen. Er würde dort drinnen sicher diese Feder finden und dann wäre alles vorbei.

Er kniete sich über die Falltür und blickte in die Öffnung. Sie sah ziemlich groß aus. Das, was sich darin befand, schien den ganzen Raum einzunehmen. Doch von oben konnte er nicht genau erkennen, was dieses Objekt war. So benutzte er beide Hände, um es herauszuziehen. Es fiel ihm nicht leicht, er hatte nicht erwartet, dass es so schwer sein würde. Doch schließlich schaffte er es. Mühsam zerrte er es ganz heraus und setzte sich auf die Erde, um sich auszuruhen und seinen Fund zu betrachten.

„Aha! Deshalb war es so schwer", sagte er.

Es war ein großer, rechteckiger Kasten. Die obere Seite war aus Marmor und der restliche Kasten aus Holz.

Die eine, längere Seite schmückten zwei kleine schwarze Holzsäulen und zwischen ihnen lagen zwei rote Schlangen, die in unterschiedliche Richtungen schauten. An den Seiten befanden sich drei Eisenhebel mit Holzgriffen. Zwei an der linken Seite und einer an der rechten. Doch das Beeindruckendste befand sich auf der grau glänzenden Marmoroberfläche des Kastens: eine Reihe aus goldenen Stäben und Klingen.

Zwei goldene Klingen verliefen im Halbkreis bogenförmig aufwärts, die eine nach links und die andere nach rechts, ohne sich zu treffen. An jedem Ende der bogenförmigen Klingen befanden sich Schlangen, die einander zugewandt waren, wie jene von Politens Vestris.

Zwei horizontale goldene Stäbe, die von der Mitte jeder bogenförmigen Klinge ansetzten, stützten zwischen sich einen goldenen Kreis, auf dem die Sonne platziert war. Bei näherem Betrachten sah Politen einen goldenen, vertikalen Stab, der sich von der Oberseite bis zur unteren Seite eines kleineren Kreises erstreckte. An der linken Seite dieses kleinen Kreises war der Mond fixiert. Genau in der Mitte des vertikalen goldenen Stabes befand sich eine Miniatur der Erde.

Im ersten Moment konnte Politen nichts weiter tun, als diese prächtige Konstruktion zu bewundern.

Er drehte den Kasten um, wollte sehen, ob die hintere Seite genauso wie die vordere aussah. So bemerkte er, dass darin eine kleine Schublade mit einem winzigen Goldgriff eingebaut war. Er wusste sofort, die Feder lag in dieser Schublade.

Er packte den Griff und zog daran, sicher, dass er das Ende der Prüfung erreicht hatte. Er hatte noch nicht verstanden, wie sich die Falltür geöffnet hatte, doch das interessierte ihn auch nicht wirklich. Das Glück hatte ihm zugelächelt und ihm geholfen. Er hatte nicht die Absicht, seine Zeit damit zu verschwenden, die Antwort auf diese Frage zu suchen. Er musste nur die Feder aus der Schublade nehmen und damit die Höhle verlassen.

„Es öffnet sich nicht!", schrie er überrascht.

Am Anfang hatte er gedacht, dass die Prüfung, die ihm zugeteilt worden war, kinderleicht sein würde, doch nun realisierte er, wie schwierig sie wirklich war. Er konnte keine Feder finden, jetzt musste er auch noch nach einem Schlüssel suchen.

„Moment!", dachte er, als er den Kasten betrachtete. „Wie kann es einen Schlüssel geben, ohne ein Schlüsselloch dafür?"

Was musste er jetzt wieder tun? Vielleicht müsste er nur sein Glück darum bitten, ihm noch einmal zu helfen.

Instinktiv packte er mit seiner rechten Hand den Hebel des Kastens und drehte ihn. Im gleichen Moment bewegte sich auch der große goldene Kreis, auf dem die Sonne befestigt war. Sofort wurde ihm klar, dass die Hebel an den Seiten des Kastens alle goldenen Kreise auf dem Kasten bewegten. Mit der linken Hand zog er am Hebel auf der anderen Seite des Kastens. Diesmal bewegte sich der kleine Kreis mit dem Mond. Der letzte Hebel setzte den vertikalen goldenen Stab in Bewegung, auf dem sich die Erde befand.

„Wow! Toller Trick! Und wie schön... Was für ein System, mein Freund!", rief er und begann spielerisch alle drei Hebel zu bewegen.

Für einen Augenblick lang vergaß er die Prüfung. Er wollte nur verstehen, wie dieses Gerät funktionierte. Die drei goldenen Himmelskörper wanderten wie betrunkene Sterne hin und her und nahmen beständig neue Positionen auf ihrem kleinen Himmel ein.

Bald fand Politen heraus, wie sich die Himmelskörper bewegten. Der Mond pendelte von rechts nach links und zeichnete einen imaginären Kreis. Die Sonne bewegte sich von oben nach unten und zeichnete einen weiteren imaginären Kreis und die Erde wanderte auf dem vertikalen goldenen Stab von oben nach unten. Er konnte die drei Himmelskörper auf jede beliebige Position platzieren. Es war nun offensichtlich, dass die richtige Position der Schlüssel war, der die kleine Schublade der Konstruktion öffnen würde.

„Doch welche ist die richtige Position?", fragte er sich.

Die drei Himmelskörper konnten viele unterschiedliche Positionen einnehmen, es gab unzählige Kombinationen. Mal konnte die Sonne an der Seite sein und der Mond über ihr, mal die Sonne und der Mond unter der Erde und mal über ihr. Politen hätte noch lange dort sitzen bleiben können, um mit den Hebeln zu spielen und die Position der drei Himmelskörper zu ändern, bis er ihren richtigen Platz gefunden hatte. Doch leider hatte er nicht viel Zeit zur Verfügung.

„Denk, Politen... Denk nach... Ich brauche nur eine Idee...", versuchte er seine Gedanken zu ordnen. Sein Glück hatte ihm vorhin geholfen und die Falltür geöffnet, unter der er diese seltsame Konstruktion fand. Doch diesmal konnte er sich nicht allein auf sein Glück verlassen. Er bewegte die Hebel weiterhin und beobachtete, wie die drei Himmelskörper ihre Umlaufbahnen einschlugen, ohne auch nur die geringste Ahnung von ihrer richtigen Position zu haben.

„Vielleicht muss die Erde unten bleiben, da ich sie nicht kreisförmig um die anderen zwei Himmelskörper bewegen kann... So oder so ist die Erde immer unterhalb... Und die Falltür und diese Konstruktion waren auch unterhalb", überlegte er. „Vielleicht war es gar kein Zufall, dass diese Konstruktion im Boden vergraben war und nicht in einer Vertiefung in den Wänden der Höhle. Und ich hatte so ein Glück, dass ich es zu diesem Zeitpunkt gefunden habe, als ich es nicht mehr sehen konnte, weil das Licht diese Stelle nicht mehr beleuchtete..."

Und plötzlich schlug er kräftig mit seiner Hand gegen die Stirn.

„Bin ich aber doof! Natürlich, das ist es! Die Falltür öffnete sich genau in dem Moment, als sich mein Körper zwischen dem Mondstrahl und dieser Stelle am Boden befand. Genau auf diese Art muss ich die kleine Schublade öffnen. Ich muss das Licht daran hindern, die Erde zu erreichen. Aber natürlich, wie doof bin ich! Ich muss den Mond zwischen Sonne und Erde setzen, sodass die Sonnenstrahlen die Erde für einen kleinen Moment nicht erreichen können."

Mit langsamen Bewegungen brachte er die drei Himmelskörper in die Position, die er für richtig hielt. Sein Herz schlug vor lauter Aufregung so laut in seiner Brust, dass er dachte, er könnte es mit seinen Ohren hören.

Er beruhigte sich erst, als er ein Klicken hörte und die Schublade sich öffnete. Er kniete sich davor. In der Schublade, auf einem schneeweißen seidigen Stück Stoff, lag eine große schwarze Feder. Er nahm sie und flog unverzüglich zum Ausgang der Höhle. Er wusste nicht, ob noch Zeit war, oder ob sie schon abgelaufen war. Er wünschte sich von ganzem Herzen, dass er erfolgreich wäre.

Als er herauskam, lächelte der Stammesanführer Marten herzlich und die Zuschauer schlugen mit ihren Flügeln kraftvoll Beifall. Politen hatte es geschafft, er war einer von ihnen; er war gleichrangig.

Er hatte ja gewusst, dass er es schaffen würde! Er genoss seinen Erfolg. Er war jetzt ein Mann. Er war ein würdiges Mitglied des Stammes der Hermitten. Jetzt war er frei und konnte überall hin, wohin er wollte, ohne erst um Erlaubnis bitten zu müssen.

Jetzt konnte er zu den Menschen.

2. Die Unwissenheit ist kein guter Ratgeber für die Fantasie.

Es war Frühling. Die Natur stand in voller Blüte und das junge Grün zeigte sich in Büschen und Bäumen, Feldern und Wiesen. Selbst die seltesten und schwächeren Pflanzen waren dem Charme des Frühlings erlegen und fieberten ihm ungeduldig entgegen. Genauso grünte und blühte es im Schulhof, in dem sich der Lesegarten, der Lesesaal unter freiem Himmel befand. Alle Schüler eilten bei erster Gelegenheit dorthin, um nicht mehr in geschlossenen Räumen lernen zu müssen.

Politen hob den Blick von seinem Heft und sah seinen Professor an. Er war mit der Lösung eines Rätsels für den nächsten Schultag beschäftigt und hatte nicht bemerkt, wie Professor Mardoken den Lesegarten betreten hatte. Ein paar Zentimeter über dem Boden schwebend, hatte er eine ernste Miene aufgesetzt. Obwohl man mit Professor Mardoken nicht scherzen konnte und trotz seiner Ernsthaftigkeit, mochten ihn alle Schüler. Vieleicht war es die Art, wie er mit ihnen redete oder wie er mit ihnen umging, oder auch die Art, wie er half, wenn sie in persönlichen Schwierigkeiten steckten.

„Ist etwas passiert, Professor?"

„Hast du kurz Zeit für ein Gespräch, mein Junge?"

Politen spürte sein Herz in seiner Brust flattern. Er schaute seinen Professor erwartungsvoll an. Die Zeit war gekommen, das Gespräch fortzusetzen, das sie vor einigen Monden begonnen hatten.

Seitdem hatte er sich viele Male gefragt, warum der Professor die Diskussion damals vermeiden wollte. Hätte er von Anfang an gesagt, dass er über dieses Thema nicht reden wollte, wäre es dort beendet gewesen. Politen wusste nämlich sehr wohl, dass er seinen Professor nicht überzeugen würde können, ein Gespräch zu führen, das der nicht führen wollte. Nicht, dass ihn das daran hindern würde, seine Informationen anderswo zu suchen. Doch nur vom Professor würde er die ganze Wahrheit erfahren. Der Professor hatte diese Diskussion nicht abgelehnt, er verschob sie nur ständig, was dem Jungen zeigte, dass die Zeit dafür noch nicht gekommen war.

Die einzige Schlussfolgerung, zu der Politen nach reichlicher Überlegung gekommen war, war, dass der Professor erst abwarten wollte, bis er die Volljährigkeitsprüfung bestanden hatte. Aber eines war sicher, keiner der beiden hatte diese Diskussion vergessen.

Er folgte dem Professor, ohne zu zögern.

Der Professor richtete sein Vestris auf einen braunen Baumstumpf. Er erhob sich wie eine Feder und landete dann neben ihm. Der Professor setzte sich gegenüber von Politen darauf und wickelte seinen weißen Umhang um seine Füße.

Mit einer Bewegung forderte er sein Menken auf zu gehen. Politen schaute überrascht zu. Jeder wusste, dass Menken nicht sprechen konnten. Warum sollte also das Menken des Professors nicht bleiben?

Bevor er zu reden begann, warf der Professor einen kurzen Blick um sich, um sicherzustellen, dass sich niemand anderes im Lesegarten befand.

„Möchtest du immer noch die Menschen kennenlernen?", fragte er dann unverblümt.

„Ja!"

Die Antwort kam schnell und ohne eine Spur von Zweifel.

„Warum? Warum möchtest du in ihre Welt?", fragte der Professor beharrlich. „Ich kann dir alles erzählen, was du über die Menschen wissen möchtest. Du weißt bereits sehr viel über sie. Unsere Geschichtsbücher sind voll mit ihren Geschichten."

„Und genau das ist, was mich traurig macht, Professor. Dass Sie mir nur über die Vergangenheit erzählen können", sagte Politen und wunderte sich selber über die Art, wie er mit seinem Professor sprach. „Über die Gegenwart können Sie mir nichts sagen. Alle Informationen, die wir über die Menschen haben, hören vor vielen Monden plötzlich auf.

Aber ich möchte, dass Sie wissen, Professor, dass ich nicht für immer bei den Menschen bleiben will. Ich möchte sie nur sehen und persönlich kennenlernen. Ich weiß, was Sie jetzt über mich denken. Dass ich meine Gefühle nicht kontrollieren kann. Dass meine Neugier größer ist als mein Pflichtgefühl. Aber so ist es nicht. Ich weiß, dass ich irgendwann meine heilige Pflicht erfüllen muss, Hermin zu bewachen. Und Sie können sicher sein, dass ich das tun werde. Ich bin wirklich stolz darauf, dass ich dafür gewählt wurde. Ich weiß, dass diese Wahl eine große Ehre ist, für mich, für meine Familie und für unseren Stamm. Jeder weiß, dass es viele Monde her ist, dass jemand aus unserem Stamm als Wächter der Hermin gewählt wurde. Doch Professor, um diese Pflicht erfüllen zu können, muss ich selbst bereit sein. Und momentan fühle ich mich noch nicht bereit. Momentan sehne ich mich nach nichts anderem, als die Welt der Menschen zu erkunden. Ich weiß nicht warum, ehrlich. Ich kann nicht erklären, wie und wann sich diese Flamme in mir entzündete, die meine Gedanken auf die Wege der Menschen führt. Doch ich bin mir absolut sicher, dass sie nicht erlöschen wird, bis ich nicht bei den Menschen war."

Nach einer kurzen Pause fuhr er fort: „Außerdem, Professor, können Sie sich vorstellen, wie viele Informationen ich Ihnen mitbringen werde? Damit könnten Sie unsere Bücher füllen, die ihre nächsten Schüler lesen werden. Professor, aus welchem Grund wissen wir alles über die Menschen bis zu einem bestimmten Zeitpunkt und danach absolut nichts mehr? Wie kommt es, dass wir überhaupt keine neueren Informationen haben?"

„Wir wissen über das Leben der Menschen bis zu dem Zeitpunkt, an dem sich das letzte Mal das Tor öffnete."

„Das Tor? Welches Tor? Was meinen Sie?"

„Das Tor, das die zwei Welten verbindet."

Politen spürte, wie ein Schauder durch seinen ganzen Körper lief. Die Worte des Professors waren hochinteressant.

„Professor, wer öffnet dieses Tor? Wer ist dafür zuständig? Und wo ist dieses Tor?"

Politen war gespannt und erwartungsvoll, er wollte so viel er konnte über die Menschen lernen. Aber er hätte nie gedacht, dass diese zwei Welten getrennt waren und nicht miteinander kommunizieren konnten. Er hatte immer geglaubt, dass die Hermitten die Welt der Menschen einfach nicht besuchen wollten, weil sie den göttlichen Gesetzen und den heiligen Büchern gehorchten, die ihnen untersagten, mit Menschen in Kontakt zu kommen. Oder dass die Welt der Menschen möglicherweise zu weit weg war, aber nicht zu weit, um besucht zu werden, wenn es jemand unbedingt wollte.

„Politen, hör bitte aufmerksam zu! Ich bin heute hergekommen, weil ich denke, dass du die Geschichte erfahren solltest, wie sie in Wirklichkeit passiert ist, und nicht, wie sie in den Büchern unserer Vorfahren steht. Das, was ich dir erzählen werde, steht in keinem unserer Bücher."

Professor Mardoken hatte lange überlegt. Er wusste, dass der junge Politen festentschlossen war. Er war wie ein Pferd, das frei losrennen möchte, doch dessen Zügel festgehalten wurden. Es wäre wahrscheinlich klüger, ihm zu helfen, als zu versuchen ihn zu stoppen.

Er holte tief Luft und begann zu erzählen, während Politen an seinen Lippen hing:

„Es sind Millionen Monde in den Himmel gestiegen, seitdem die Menschen und wir ohne ernsthafte Probleme zusammenlebten. Sie hatten die Tatsache akzeptiert, dass wir etwas unterschiedlich sind, genauso wie die Zentauren, Halbgötter, die Nachkommen von Pan, die Feen und die Elfen, die frei unter uns lebten. Selbstverständlich gab es auch Fälle, in denen die Hermitten von den Menschen wegen ihrer Fähigkeiten als Diener benutzt wurden.

Dieses Verhalten der Menschen war aber die Ausnahme der Regel, denn zum größten Teil waren unsere Vorfahren bedeutende und reiche Kaufmänner, die in erster Linie den Handel verwalteten.

All das änderte sich wie durch Magie! Ein Geschenk, ein magisches Geschenk war genug, um alles zu ändern. Und dieses Geschenk war Hermin. Unsere Hermin. Das goldene Erbe der ganzen Welt. Das, was in Wirklichkeit die Menschen von uns trennte, war nicht die Eifersucht, dass wir die Begünstigten waren, die für den Schutz der Hermin ausgewählt wurden, sondern die goldene Truhe selbst, die sich seither in unseren Händen befindet. Mit Hermin wurden uns vom Gott Hermes magische Kräfte gegeben, damit wir unsere Mission erfüllen konnten. Diese gottgegebenen magischen Kräfte, aber auch die

Unwissenheit der Menschen darüber, was in Hermin verborgen war, waren die Hauptursachen für die Trennung unseres bis dato gemeinsamen Lebens. Denn diese Unwissenheit erwies sich als schlechter Ratgeber der Menschen, die nämlich dachten, dass sie mit allen Mitteln kämpfen müssten, um Hermin zu bekommen. Im Gegensatz dazu sahen wir Hermitten die Dinge ganz anders. Niemand von uns hat jemals gesehen, was sich in Hermin befindet. Der Gott Hermes hatte uns auf den Inhalt der Hermin hingewiesen und uns vom Öffnen abgeraten. Du weißt, was in Hermin verborgen ist, nicht wahr? Du hast in unseren Büchern darüber gelesen. Du wurdest ausgewählt, sie eines Tages, wenn es so weit ist, zu bewachen. So wie sie bis heute von Hermitten aus allen Stämmen bewacht wird. Die ganze magische Kraft der Welt und die Anleitung, diese Kraft zu erschaffen, sind in Hermin verborgen. Die meisten dieser Rezepturen sind in heiligen Büchern beschrieben, die sich in der goldenen Truhe befinden.

Zeus persönlich überreichte Hermes die Truhe und solange sie sich in Hermes Händen befand, kam niemand auf die Idee, sie aufzubrechen, um ihre Geheimnisse zu stehlen. Damals fürchtete man die Götter, denn ihre Rache kam unerwartet und war erbarmungslos. Doch irgendwann wurde sie unseren Vorfahren übergeben. Unser Stamm wurde von den Göttern als geeignet und fähig angesehen, sie vor gierigen Händen zu beschützen. Und diese Wahl erwies sich als die richtige. Bis heute ist Hermin verschlossen und sicher, genauso, wie sie uns übergeben wurde. Wer weiß, was gewesen wäre, wenn Hermin den Menschen überreicht worden wäre! Ich hoffe du verstehst jetzt, warum wir seit diesem Zeitpunkt Hermitten heißen."

„Aber warum sollten die Menschen auf diese Auswahl der Götter eifersüchtig sein? So oder so sollte doch Hermin nicht geöffnet werden. Daher hatten weder wir noch die Menschen einen Gewinn an ihrem Schutz. Und was diese magischen Kräfte betrifft, die uns gegeben wurden, sagten Sie doch, dass die Menschen wussten, dass wir einige Besonderheiten besaßen, noch bevor uns Hermin überlassen wurde."

Der Professor überlegte lange, bevor er ihm eine Antwort gab.

„Die Gier, mein lieber Politen, ist ein sehr guter Grund dafür. Überleg mal, wie viele Hermitten bis heute bestraft wurden, weil sie Hermin aufbrechen wollten. Obwohl sie wirklich keinen Grund dafür hatten, da sie sowieso keine zusätzlichen Kräfte gewinnen würden."

Politen verstand es nicht.

„Die Menschen wollten also Hermin stehlen, um magische Kräfte zu bekommen?"

„Die Mehrheit der Menschen wusste, dass es nicht so einfach war. Sie wussten, dass Hermin geschlossen bleiben muss, damit die magischen Kräfte weiterhin existieren können. Der Geschichte nach glaubten dennoch viele gierige Menschen, dass sie mit Hermin die Welt beherrschen und unbesiegbar sein würden."

„Und warum ließen wir sie es nicht versuchen? Sie würden schnell merken, dass sie nichts erreichen."

„Was für eine dumme Frage! Hermin darf NIEMALS geöffnet werden! Schon vergessen? Die Konsequenzen für die ganze Welt wären unabsehbar, wenn das eines Tages geschähe. Die Natur würde aus ihrem Gleichgewicht geraten und alles würde sich ändern. Aber der Hauptgrund für unsere Trennung von den Menschen war die Angst, Politen."

Politen sah ihn verwundert an, aber wegen der vorherigen Kritik seines Lehrers traute er sich nicht, etwas zu sagen.

„Dann begannen die Menschen, die Hermitten auszubeuten. Ohne dass sie es selbst gemerkt hatten, waren sie zu Sklaven der Menschen geworden, die versuchten, die neuen Kräfte der Hermitten soweit sie konnten zu ihren Gunsten auszunutzen.

Ihr Leben wurde schwierig und immer unerträglicher. Sie hatten das Bedürfnis, ihren Unterdrückern den Rücken zu kehren und begannen, sich an den abgelegensten und unzugänglichsten Orten zu verstecken. Und waren gezwungen, Hermin an immer neuen Orten zu verbergen.

In ihrem Versuch, sich möglichst weit entfernt von den Menschen zu verstecken, begannen sie hauptsächlich zu fliegen und nicht mehr zu laufen. Mit der Zeit ließen die Kräfte ihrer Füße zunehmend nach, da sie zum Laufen kaum noch benutzt wurden. Die Hermitten gaben ihre Arbeit und den profitablen Handel auf; ein sicheres Versteck zu finden wurde zu ihrer wichtigsten Beschäftigung. Sie begannen zu leiden, waren unglücklich und wurden immer weniger. Das Aussterben ihrer Art begann sich am Horizont abzuzeichnen.

Bis Parthen I als König und Anführer der wenigen noch verbleibenden Hermitten gewählt wurde. Er war es, der sie zu dem sicheren Ort führte, an dem wir heute noch leben, weit weg von den Menschen. Er war es, der eine neue Gesellschaft gründete und uns das Gefühl von Sicherheit gab, wodurch wir wieder Lebensfreude empfinden konnten. Er war es, der zum Schutz der Hermin beschloss, die zwei Welten voneinander zu trennen. Er war der erste Torhüter und derjenige, der bestimmte, wann es geöffnet wurde. Er ernannte die ersten Mitglieder des Geheimbundes der Ausgewählten."

„Der Geheimbund der Ausgewählten?", unterbrach ihn Politen. „Meinen Sie den Bund, der zuständig für die Armee ist?"

„Dieser Bund, der für unsere Sicherheit zuständig ist, gehört zum Geheimbund der Ausgewählten, von dessen Existenz aber nur wenige wissen", fuhr der Professor fort. „König Parthen hätte das Tor nicht einmal für eine Nacht unbewacht lassen können. Und so stand der Geheimbund der Ausgewählten ausgebildet und bereit, geleitet vom König höchstpersönlich, als sich das Tor zum ersten Mal öffnete."

„Verstehe! Wir haben Informationen über die Menschen, bis zu dem Zeitpunkt, an dem König Parthen die beiden Welten voneinander trennte. Von da an haben wir die Menschen nicht wiedergesehen, nicht wahr?"

„Nein, so war es nicht. Eins nach dem anderen, mein Junge."

Dieses Mal schien Professor Mardoken von der Ungeduld seines jungen Schülers amüsiert zu sein.

„Alle sechsunddreißigtausend Monde öffnet sich das Tor für eine Nacht."

Politen blieb der Mund offenstehen. Zuerst das Tor, dann der Geheimbund der Ausgewählten und jetzt die sechsunddreißigtausend Monde. So viele Dinge, von denen er keine Ahnung hatte. So viele Dinge, die in ihren Büchern nicht einmal erwähnt wurden. Er begann schnell zu rechnen, doch eine Information fehlte.

„Wann war das letzte Mal, an dem sich das Tor öffnete?"

„Das letzte Mal war vor fünfunddreißigtausendneunhundert Monden."

Politen atmete kaum, er wollte seinen Professor jetzt auf keinen Fall unterbrechen.

„Das erste Mal öffnete sich das Tor genauso wie König Parthen I es geplant hatte, nur für eine Nacht. Die Mitglieder des Geheimbundes der Ausgewählten waren dort gruppiert und trugen ihre offiziellen Uniformen. Doch es passierte nichts Besonderes an diesem Abend. Der inzwischen alt gewordene König sprach zu den paar Anwesenden mit einer vor Rührung zitternden Stimme. Vor sechsunddreißigtausend Monden hatte er viel Kraft und Anstrengungen in die Trennung der zwei Welten gesteckt, um sein Volk vor den Feinden zu beschützen. Und an diesem Abend sah er zu, wie sich das Tor öffnete und war äußerst stolz darauf.

Damals gingen zehn junge Hermitten durch das Tor in die Welt der Menschen auf eine besondere Mission. Sie sollten Informationen über die Welt der Menschen und ihr Leben beschaffen. Nach weiteren sechsunddreißigtausend Monden kamen nur zwei durch das Tor in unsere Welt zurück. Nur sie hatten überlebt. Und die Nachrichten, die sie brachten, waren entmutigend. Es hatte sich nichts geändert. Die Menschen hatten uns nicht vergessen und suchten immer noch überall nach uns. Und wir hatten es ihnen noch einfacher gemacht, indem wir direkt in ihre Armen fielen. Das dritte Mal, als sich das Tor öffnete, gingen sechs Hermitten hindurch und es kam nur einer zurück.

Zu dieser Zeit war der weise Kreonen König der Hermitten. Als er nur einen zurückkehren sah, verschwendete er keine Zeit und rief sofort den Rat der Anführer aller Stämme der Hermitten zusammen. Es wurde daraufhin beschlossen, zur Sicherheit der Hermin und der Hermitten den Ausgang zur Welt der Menschen zu schließen.

Ein Ratsmitglied war der Meinung, es gäbe keinen Grund, über dieses Thema zu diskutieren, da die Mehrheit der Hermitten nichts von der Existenz dieses Tors wusste. Doch der König gab ihm zur Antwort, man müsste sich immer Sorgen machen, dass ein Geheimnis, das mehr als zwei Personen kannten, nicht lange als Geheimnis betrachtet werden kann. Und wie recht König Kreonen damals hatte!

Das Tor konnten sie natürlich nicht endgültig schließen. So musste eine andere Lösung gefunden werden. An diesem Abend beschloss der Rat einstimmig den Vorschlag des Königs zu unterstützen. In einem unserer heiligen Bücher musste ein neues heiliges Gesetz hinzugefügt werden: „Kein Hermitten darf JEMALS und in keiner Weise versuchen, Kontakt zu den Menschen aufzunehmen."

Es wurde sogar mit goldener Schrift auf die erste Seite unseres heiligen Buches geschrieben, welches seit jeher auf der Abdeckung der Hermin angebracht wurde, und sah wirklich unheimlich bedrohlich aus. Nur wenige Hermitten hatten die Möglichkeit, es mit eigenen Augen zu sehen, jeder aber weiß über dieses Gesetz Bescheid. Du hast es auch im Geschichteunterricht gelesen."

„Ist also seitdem niemand durch das Tor gegangen?"

„Besonders du solltest diese Frage nicht stellen, mein Junge", sagte der Professor und sah ihn spitzbübisch an. „Offiziell, nicht. Keiner."

Politen wurde sofort klar, warum ihn der Professor mit diesem verschmitzten Lächeln ansah, das durch seinen weißen Bart blitzte.

Wie viele Hermitten hatten wohl im Laufe der Jahre den gleichen Gedanken? Wie viele wussten über dieses Tor Bescheid? Und vor allem, wie viele hatten sich getraut, heimlich durch das Tor in die Welt der Menschen zu gehen?

„Sind sie gegangen?", wagte er nur zu fragen.

„Meinst du nicht, es wäre klüger zu fragen, ob einer von ihnen jemals zurückkam?"

Politen machten diese Worte keine Angst. Er neigte nur seinen Kopf als Zeichen von Respekt gegenüber dem älteren Professor und wartete darauf, dass er fortfuhr.

„Es gibt einige Gerüchte. Aber ganz genau kann ich es nicht wissen. Ich bin kein Mitglied des Geheimbundes der Ausgewählten. Die sagen nämlich, dass niemand durch das Tor ging. Zumindest haben sie niemanden gesehen. Einige Ältere aber sagen, dass ab und zu einige Hermitten verschwanden. Das Merkwürdige daran ist, dass die Rede von mehr verschwundenen Mädchen ist als Jungen. Sicher ist aber, nach dem Verschwinden tauchten sie nie und nirgends wieder auf.

Die Ältesten, die vielleicht etwas wussten, aber befürchteten, dass die Existenz des Tors bei allen Hermitten bekannt werden würde, verbreiteten gelegentlich, dass die Verschwundenen hinter den schwarzen Bergen verloren gingen, in der Nähe des Gebiets der Trochitten.

Wenn du meine Meinung hören möchtest, so glaube ich, dass sie es irgendwie durch das Tor geschafft haben, aber nicht mehr zurückkommen konnten. Ich kann auch nicht wissen, ob sie auf dem Hinweg wussten, wie sie wieder zurückfinden würden."

„Gibt es einen speziellen Weg für die Rückkehr?"

Politen wusste, es war Zeit über diesen Weg zu sprechen.

„Hör zu, mein Kind! Ich habe lange darüber nachgedacht, bevor ich mich entschied, mit dir zu sprechen. Es war keine einfache Entscheidung, muss ich gestehen. Doch einer der Gründe, der mich zu dieser Entscheidung führte, war, dass zwei der Jugendlichen, die aus unserem Gebiet verschwanden, einst meine Schüler gewesen waren.

Und dazu kam noch dein Wunsch und deine Beharrlichkeit, die Welt der Menschen zu besuchen. Um ehrlich zu sein, frage ich mich oftmals, ob es meine Schuld ist. Ob ich also mit meiner Art, euch Schüler zu unterrichten, in eure jugendliche und unersättliche Seele diese Flamme implantiere, von der du vorhin gesprochen hattest. Ob ich euch vielleicht unbewusst meinen eigenen Wunsch vermittle.

Weißt du, Politen, früher, als ich selbst noch jung war, wollte ich auch gehen. Ich habe es aber nicht getan. Ich habe nie die Kraft und den Mut dazu gefunden. Vieleicht habe ich euch zu dieser Entscheidung bewegt, um meine eigenen unterdrückten Gefühle und Wünsche zu befriedigen. Vielleicht erhoffe ich, dass ihr mir von alldem erzählt, was ich nicht den Mut hatte, selbst zu entdecken und herauszufinden.

Wenn diese zwei Schüler von mir tatsächlich in die Welt der Menschen gingen, trage ich eine sehr große Verantwortung dafür, dass sie nicht zurückgekommen sind, denn ich habe sie allein und hilflos gelassen. Aus diesem Grund beschloss ich, nicht erneut den gleichen Fehler mit dir zu begehen."

Politen sah seinen Professor verwirrt an.

„Professor, ich verstehe nicht."

„Als König Parthen das Tor errichtete, bestückte er es mit einigen magischen Kräften. Von unserer Seite wurde es zusätzlich von dem Geheimbund der Ausgewählten beaufsichtigt und bewacht. Von der Seite der Menschen war es aber noch stärker geschützt. Das Tor musste stets mit magischen Kräften verschlossen sein, so dass keiner der Menschen, selbst unbeabsichtigt, durch das Tor kommen konnte.

Aber die Hermitten, die auf Befehl des Königs und des Rats aller Stammesanführer durch das Tor gingen, wussten von Anfang an, mit welchem Schlüssel sie es von der Seite der Menschen entriegeln konnten. In dieser Nacht mag das Tor für uns sichtbar sein, das aber gilt nicht für die Seite der Menschen. Es wird ein Schlüssel benötigt, der die magischen Kräfte freischaltet, die das Tor für die Menschen und ihre Augen unsichtbar machen und damit versteckt halten.

Ich weiß nicht, ob diejenigen, die heimlich durch das Tor gingen, über diesen Schlüssel Bescheid wussten, oder ob sie dachten, sie würden die Öffnung von der Seite der Menschen genauso leicht finden, wie sie sie auf unserer Seite gefunden hatten. Ich befürchte, es ist das zweite passiert."

„Professor, kennen Sie diesen Schlüssel?"

„Ja, ich kenne ihn", antwortete Professor Mardoken.

Politen konnte seine Freude nicht verstecken. Er hatte das Gefühl, die Flügel an seinen Füßen und seinem Kopf würden von allein losflattern. Er hatte sogar Angst, dass er auf der Stelle wie ein Verrückter ununterbrochen über dem Lesegarten herumfliegen würde. Er unternahm große Anstrengungen, um sich auf die Frage zu konzentrieren, die ihm schon seit einer ganzen Weile fast die Lippen verbrannte:

„In wie vielen Monden wird sich das Tor öffnen, Professor?"

„In genau einhundert Monden."

Beide realisierten prompt und im selben Moment, dass die verbleibende Zeit sehr knapp war für all das, was vorher noch getan und erledigt werden musste.

Plötzlich erstarrte Politen in der Luft.

„Und die Schule, Professor? Es ist mein letztes Schuljahr."

Der Lehrer sah ihm direkt in die Augen.

„Es ist allein deine Entscheidung", flüsterte er eindringlich. „Wenn du dieses Mal nicht durch das Tor gehst, musst du sechsunddreißigtausend Monde warten."

3. Wenn der Traum Wirklichkeit wird.

Ihm war schwindelig und seine Ohren dröhnten so laut, dass er dachte, er sei taub geworden und würde nichts mehr hören als dieses Dröhnen.

Er lag auf dem Boden, seine blonden Haare waren voll mit Erde und Holzstückchen und sein schneeweißer Umhang hatte ein komisches Braun angenommen. Er verspürte Schmerzen, die wie heiße Flammen aus jeder Stelle seines Körpers schossen.

Schwerfällig hob er seinen Kopf, stütze sich auf die Ellbogen und sah sich um.

Er wusste nicht, wie viel Zeit vergangen war, seitdem Professor Mardoken ihm geholfen hatte, durch das Tor zu gelangen.

Der Plan des Professors war einfach. Sie hatten mehrfach darüber diskutiert, um sicherzustellen, dass nicht im letzten Moment ein Fehler passieren würde, der den ganzen Plan ruinieren könnte. Das Allerwichtigste war, unbemerkt an den Mitgliedern des Geheimbundes der Ausgewählten vorbeizukommen, ohne dass sie seine Präsenz in der Nähe des Tors bemerkten.

Der Professor hatte ihm erklärt, dass die Mitglieder des Geheimbundes mit außergewöhnlichen Fähigkeiten ausgestattet waren. Sie konnten selbst die leiseste Bewegung in der Nähe des Tors sehen und spüren. Etwas musste also für ein paar Minuten ihre Aufmerksamkeit vom Tor ablenken, sodass Politen es schaffen könnte, schnell und leise durchs Tor zu schlüpfen.

Das war die Aufgabe des Professors. Wie nach Plan rannte er zu den Ausgewählten, hektisch, aufgewühlt und in schlechter Verfassung, um Hilfe bittend.

Es wäre da etwas oder jemand, stotterte er, ein paar Meter weiter unten... Er sprach wirr... Es hatte ihn angegriffen... Es wäre riesig... Sie mussten es stoppen... Es durfte nicht in die Nähe des Dorfes kommen... Er atmete schwerfällig und versuchte sie von der Gefahr zu überzeugen, die nur wenige Schritte weiter weg lauerte.

„Gefahr!", schrie er. „Gefahr!", wiederholte er, um verstanden zu werden.

Er zog sogar einen von ihnen an der Hand in seine Richtung, als er sah, wie apathisch und reglos sie dastanden und ihn nur anschauten. Die Dunkelheit half ihm, seine Rolle theatralisch auszuschmücken, denn sie konnten sein Gesicht nicht deutlich sehen.

„Hilfe!", schrie er. „Ich brauche Hilfe, um es zu stoppen. Ich bin ein alter Mann, ich schaffe es allein nicht."

Schließlich gelang es ihm, sie zu überzeugen, und so flogen sie alle zusammen los, um zu sehen, was passiert war.

Durch die Stille der Nacht hallte plötzlich ein herzzerreißender Schrei. Politen wusste, das war das Zeichen des Professors. Der Weg war frei. Aber er musste jetzt schnell sein. Viel Zeit hatte er nicht.

„Danke, Professor", murmelte er. „Ich bedanke mich von ganzem Herzen. Und keine Sorge," versicherte er ihm, als ob er ihn hören könnte, „ich komme wieder und werde dir alles erzählen. Und es wird so sein, als ob du auch dabei gewesen bist."

Er flog hastig zum Tor. Aber es gab da ein großes Problem. Er wusste nicht, wo dieses Tor war und wie es aussah. Was hatte er schon erwartet? Eine Tür mitten im Nirgendwo? Der Professor hatte ihm gesagt, dass das Tor nichts Festes sei, und aus Sicherheitsgründen würde es jedes Mal anders erscheinen.

Er musste es aber finden, und zwar so schnell wie möglich. Er flog herum und untersuchte mit seinem Blick hastig die Landschaft, die ihm der Professor angedeutet hatte. Es war dunkel und er war so erschüttert, dass er seine Flügel kaum unter Kontrolle bringen konnte und fast abgestürzt wäre. Seine Hände zitterten vor Aufregung. Seine Zähne begannen unkontrolliert zu klappern. Er musste sich aber beeilen, wenn er das Tor finden wollte. Jeden Moment würden die Mitglieder des Geheimbundes der Ausgewählten zurückkehren, da es in Wirklichkeit nichts zu sehen gab. Und sie konnten die Gegend sehr schnell untersuchen.

Er sah nach unten. In so einem konfusen Zustand würde er nicht viel machen können. Er beschloss Richtung Boden zu fliegen, um sich zu beruhigen.

Als er den Boden berührte, spürte er eine unsichtbare Kraft, die ihn wie ein Magnet an den Füßen nach unten zog. Er verlor sein Gleichgewicht und fiel zu Boden. Plötzlich kam ihm alles um ihn herum seltsam trüb vor. Weißer, dichter Nebel stieg aus dem Boden.

Das Einzige, woran er sich später noch erinnern konnte, war der weiße Wirbelsturm, der ihn gewaltig in die Erde zog.

Er öffnete seine Augen und sah um sich. Er fühlte sich, als ob er etliche Stunden geschlafen hatte, und zwar sehr tief. Er war müde. Sein Körper schmerzte überall, als ob er endlose Stunden körperlicher, anstrengender Arbeit geleistet hatte.

Aber wo war er? Plötzlich wurde ihm alles klar. Er hatte weder geschlafen noch stundenlang gearbeitet. Er war durch das Tor gegangen. Er hatte es geschafft. Und sobald er das realisierte, fühlte er sich wieder lebendig und stark. Er hatte es endlich geschafft, die Welt der Menschen zu betreten!

Er hob seinen Blick und sah sich überrascht um. Es war sicherlich das Zimmer eines Menschen.

Im Vergleich zu den Häusern zuhause sah hier etliches anders aus. Dieses Zimmer schien keiner reichen oder geschmackvollen Person zu gehören.

„Der Professor hatte absolut recht! Die Menschen müssen groß sein. Richtige Riesen! Sonst hätten sie nicht so große Möbel in ihrem Haus", dachte Politen.

Er legte seine Hand an seine Schulter, um sich zu vergewissern, dass das Menken noch auf seiner Schulter festgeklammert saß. Er kontrollierte sein Vestris. Die hellblaue kleine Flamme, die an seiner Fingerspitze erschien, bestätigte, dass alles in Ordnung war.

Er flog ohne Angst im Zimmer herum, denn er ging davon aus, dass er allein war. Umso länger er das Zimmer betrachtete, desto sicherer war er, dass die Menschen, die in diesem Zimmer lebten, nicht für ihren guten Geschmack bekannt waren.

Ein riesiger hölzerner Tisch und zwei Stühle in schlechtem Zustand, die aussahen, als hätte ein zweiköpfiger Hund daran genagt, befanden sich in der einen Zimmerecke. Auf einem kleinen Holzschrank stand eine alte, verrostete Eisenmaschine. Auf dem Boden lagen hier und da etliche hölzerne Objekte verstreut, die wie Schuhe ohne Loch aussahen. Dann lagen da noch viele Lederteile in unterschiedlichen Farben, unordentlich aufeinander geworfen bildeten sie einen kleinen Haufen.

In der anderen Zimmerseite stand ein schwarzes, eisernes Bett. Auf ihm lagen unordentlich Decken und Klamotten.

„Ob da wohl jemand drunter liegt?", fragte Politen sich selbst.

Er zeigte mit seinem Vestris auf das Bett und auf einmal erhoben sich die Decken und Klamotten in die Luft und schwebten über dem Bett.

„Schön!", sagte er leise. „Es ist keiner da. Ich kann mir alles in Ruhe anschauen."

Er bewegte erneut seinen Finger und der ganze Haufen fiel auf das Bett, diesmal ordentlich zusammengefaltet.

„So ist es viel besser!", sagte er zufrieden.

Das Zimmer war kalt. Es gab keine Heizung. Politen schauerte. Seine Arme waren nackt, sein Umhang hatte keine Ärmel. Er begann auf und ab zu fliegen, um sich aufzuwärmen, und schaute sich dabei weiter im Zimmer um.

Der große Papierkalender ihm gegenüber nahm die ganze Wand ein und zeigte die Nummern *5, 2* und *1891* Leider wusste er nicht, was diese Nummern bedeuteten. Doch er wollte unbedingt wissen, wie die Menschen ihre Zeit zählten. Es würde ihm dabei helfen, den Zeitraum bis zur nächsten Öffnung des Tors auszurechnen. Der Professor hatte ihm gesagt, er sollte, sobald er wach war, die Monde zählen.

Vermutlich war er tief in seinen Gedanken versunken und hatte den Kontakt zur Realität verloren, denn als ein Geräusch von der Tür zu hören war und dieser riesige Mensch ins Zimmer hineinspazierte, war er unvorbereitet und schaffte es nicht, sich zu verstecken.

Und so sah der Mensch, der über die Türschwelle trat, ein kleines Männchen mit Flügeln an Kopf und Füßen auf seinem Tisch sitzen.

„Was zum...", sagte der Mensch verblüfft, als würde er seinen Augen nicht trauen.

Politen erstarrte an seinem Platz. „Diese Menschen sind wirklich riesig, fast doppelt so groß wie wir. Wow, richtige Riesen", dachte er überrascht, als er den großen Mann sah.

„Ich glaube, die fünfzehn Jahre im Knast sind mir nicht gut bekommen."

Politen sah ihn weiterhin sprachlos an.

„Das hat mir gerade noch gefehlt, im Wachen zu träumen."

Er betrat das Zimmer, ohne Politen anzusehen. Er zog seinen Mantel aus und warf ihn auf das Bett.

„Aber er hat mich doch gesehen, warum redet er nicht mit mir?", fragte sich Politen.

Der Mann verhielt sich weiterhin so, als ob er allein im Zimmer wäre.

Politen war von der Gleichgültigkeit des Mannes genervt, stand auf dem Tisch auf und begann, kräftig mit seinen Flügeln zu schlagen.

Der Mann drehte den Kopf zu ihm. Ganz langsam, fast zaghaft, als wüsste er es zwar, fürchtete sich aber vor dem, was er sehen würde.

„Ich bin Politen", sagte der freundlich.

„Und ich bin Michelangelo!", sagte der Mann.

„Er glaubt mir nicht", flüsterte Politen.

„Ich weiß nicht, ob Michelangelo dein Name ist, aber die Art wie du mich anschaust, gibt mir das Gefühl, als ob du mir nicht glauben würdest", antwortete er dann genervt.

„Alter Vater, es ist kein Tropfen Wodka mehr da. Womit soll ich jetzt dieses Problem runterspülen? Mit Wasser etwa? Ein Glas Bier würde es auch schon tun."

„Der Professor hatte recht, ihr Menschen seid wirklich groß."

Der Mensch sah ihn erneut an, als würde er ein Spielzeug betrachten. Und dann, als hätte er es sich besser überlegt, sagte er wahrscheinlich zu sich selbst:

„Ich glaube es ist besser, wenn ich mich ein wenig hinlege. Nach zwei, drei Stunden bin ich wieder fit."

Und ohne noch ein Wort zu sagen, legte er sich auf seinem Bett auf den Bauch und versank in einen tiefen Schlaf.

Politen konnte nichts weiter machen, als abzuwarten, bis der Mensch wieder wach wurde. Er hoffte, dass das nicht lange dauern würde. Er blieb auf dem Tisch sitzen und sah ihn an. Er musste sehr alt sein. Seine Haare und sein Bart waren weiß, Gesicht und Hände waren voller Falten. Aber seine Augen waren hellblau, genauso wie seine eigenen.

Es vergingen etliche Stunden und war fast dunkel, als der Mann erwachte.

Politen flog fröhlich in Richtung Bett.

„Endlich! Du bist wach!"

Der Mensch setzte sich erschrocken auf. Als Politen neben ihm saß, zog er sich zurück. Doch er stand nicht vom Bett auf.

„Was ist denn nur los mit mir? Halluzinationen sind was ganz Neues!", murmelte er.

Doch diesmal hob er seinen Blick und betrachtete das geflügelte Wesen, das neben ihm auf dem Bett stand. Er streckte seine Hand aus und berührte Politen sanft.

Er hatte die letzten fünfzehn Jahre seines Lebens im Gefängnis verbracht. Während er dort war, hörte er Erzählungen über neue Erfindungen und Konstruktionen der Menschen. Das Auto, das Radar, den Bau des Panamakanals. Herr Korn soll ein Bild über eine Telefonleitung von München nach Nürnberg geschickt haben. Und letztes Jahr soll hier in Deutschland ein U-Boot gebaut worden sein. Vor drei Jahren, im Jahr 1903, sah er aus seinem Zellenfenster zum ersten Mal einen elektrischen Zug in großer Geschwindigkeit vorbeifahren. Sie sagten, er fuhr mit zweihundertacht Kilometer die Stunde. Im gleichen Jahr sah er, wieder aus seinem Fenster, das erste Flugzeug ganze neun Sekunden in der Luft bleiben. Doch hatte er nie davon gehört, dass kleine Menschen mit Flügeln an Kopf und Füßen unter uns leben.

Politen hörte schweigend zu. Tief in seinem Inneren war er glücklich. Er hatte großes Glück, in die Welt der Menschen gekommen zu sein und all diese wundervollen Dinge zu erfahren, von denen der Mensch neben ihm erzählte.

„Seid ihr viele? Habt ihr die ganze Welt erobert? Lauft ihr frei rum? Was ist das für eine Mücke, die auf deiner Schulter sitzt?"

„Ich weiß es nicht", sagte Politen dumpf. „Ich bin allein gekommen. Aber es kann sein, dass auch noch andere da sind... Vielleicht..."

„Woher kommst du? Wer bist du?"

Politen versuchte dem Menschen so einfach wie möglich zu erklären, wer er war und woher er gekommen war, was sich doch als sehr schwierig erwies, denn der Mensch unterbrach ihn ständig, um Fragen zu stellen. Als er mit seiner Erzählung fertig war, entfernte sich Politen ein wenig vom Bett, stellte sich gegenüber dem Menschen hin und sah ihm direkt in die Augen.

Der Mann stand ebenso auf und versuchte dabei, Politen im Blick zu behalten. Er hatte nicht viel von dem verstanden, was das geflügelte Wesen ihm erzählt hatte, aber er hatte das Bedürfnis, selbst etwas dem Gehörten

Gleichwertiges beizusteuern. Er lächelte sogar, als er pompös zu erzählen begann:

„Ich glaub es wird Zeit, mich vorzustellen. Da ich der erste Mensch bin, dem du begegnest und ich praktisch in deinen Augen die gesamte Menschheit vertrete. Du hast die Ehre, Gerhard Schiller kennenzulernen, den berühmtesten Schuhmacher unserer Region. Die berühmtesten und schönsten Füße Deutschlands tragen meine Schuhe. Ich will mich nicht selbst loben, aber so oder so glaubst du ja alles, was ich dir sage. Ich hoffe, du möchtest bei mir bleiben, solange du in unserer Welt bist. Du sagtest, du bist ein Zauberer?"

„Was ist ein Zauberer?", antwortete Politen, um Zeit zum Überlegen zu gewinnen.

Hatte er schon mehr als nötig gesagt? Sollte er vielleicht vorsichtiger sein? Hatte ihn etwa die Freude, mit einem Menschen zu sprechen, mitgerissen? Oder bringen sogar Träume, die in Erfüllung gehen, die Hermitten um den Verstand? Als er Gerhard das Wort Zauberer benutzen hörte, musste er sofort an die Worte seines Professors denken: „Es gab gewisse Menschen," hatte der ihm ein paar Monde zuvor gesagt, „die an die heilige Mission der Hermitten glaubten, nämlich das heilige Erbe zu beschützen, das sich in Hermin befand. Sie halfen den Hermitten, als sie sich verstecken mussten. Sie hatten verstanden, worum es in dieser heiligen Mission und Pflicht ging. Und die Hermitten, im Gegenzug für die Freundlichkeit der Menschen, brachten ihnen die Magie bei. Sie zeigten ihnen einige unserer Geheimnisse. Leider mussten diese wenigen Eingeweihten unter den Menschen bleiben, als König Parthen die zwei Welten voneinander trennte. Und ich sage leider, weil es möglicherweise besser gewesen wäre, wenn sie bei uns geblieben wären. Die Informationen, die

die Hermitten zurückbrachten, als sie auf Befehl des Königs die Welt der Menschen besucht hatten, waren enttäuschend. Diese Menschen, ihre Nachkommen oder ihre Schüler, die Zauberinnen und Zauberer, wie sie von den Menschen genannt wurden, erlebten genau das gleiche Schicksal, das die Hermitten ereilt hätte, wenn die Welten nicht getrennt worden wären. Es gab Zeiten, in denen sie von ihren Mitmenschen gnadenlos gejagt und verfolgt wurden. Viele von ihnen wurden im Feuer verbrannt, Politen, wie Tiere. Ich glaube, du solltest niemals das Wort Magie oder Zauberei benutzen, solange du unter den Menschen bist", sagte der Professor schließlich.

„Ok, ok... Wir haben genügend Zeit, um darüber zu reden", sagte Politen also.

Gerhard wollte diesem Wesen keine Angst machen, da sein Glück es so unerwartet vor seine Türe gebracht hatte. Er hatte alle Zeit der Welt, um Pläne zu schmieden.

„Ich habe Hunger. Du? Wir müssen etwas zu Essen finden."

Vierzig Monde waren nach der Zählung der Hermitten vergangen und Politen hatte das Haus noch nicht ein einziges Mal verlassen. Er saß nur am Fenster und beobachtete die Menschen stundenlang, verborgen hinter einer dreckigen Gardine.

Gerhard verbrachte die ersten Tage viel zuhause, die meiste Zeit schlief er. In den restlichen bereitete er Politen Essen zu und sprach mit ihm. Er wollte so viel wie möglich über die Hermitten erfahren. Allerdings hatte ihm Politen nicht mehr gesagt als in der ersten Nacht. Er erzählte ihm immer dieselben Geschichten in anderen Worten oder erfand neue.

Danach fragte er wiederum und erfuhr immer mehr über die Menschen. Er hatte bereits viele neue Informationen bekommen, doch er hatte immer noch den Wunsch, alles selbst zu sehen.

Politen sah Gerhard nie arbeiten. Er hatte bis jetzt nicht einmal einen Schuh hergestellt.

„Du arbeitest doch nicht, woher hast du das Geld für unser Essen und dein Getränk?", fragte er ihn eines Tages beim Mittagessen.

„Ich habe meine Quellen", sagte der geheimnisvoll.

Eines Abends, als Gerhard zu viel Wodka getrunken hatte, erzählte er Politen aufgewühlt sein ganzes Leben.

So erfuhr Politen, dass Gerhard nie seine Mutter kennengelernt hatte, weil diese bei seiner Geburt gestorben war. Bis er sechs war, wuchs er bei seiner Oma auf. Dann starb auch sie. Alles, was er über seinen Vater wusste, war, dass der so viel getrunken hatte, dass der kleine Gerhard ihn nie nüchtern erlebt hatte. Er konnte sich aber noch sehr gut an die Prügel erinnern, die er von seinem Vater bekam, wenn der mal zuhause war.

Als er älter war, versuchte er nicht da zu sein, wenn der Alte besoffen heimkam.

Eines Abends, als er allein durch den Park lief, lernte er Nikolas und Martin kennen. Beide waren älter als er und nahmen ihn sofort unter ihre Fittiche. Sie waren lieb zu ihm, gaben ihm jeden Abend etwas zu essen und brachten ihm alle Tricks bei, um selbst an Essen und Geld zu kommen. Ein paar Monate später und obwohl er noch sehr jung war, war er mindestens so gut im Stehlen wie die anderen beiden.

Doch eine alte Kröte machte ihm all das kaputt. Eines Morgens, als er noch schlief, hämmerte es laut an der Tür. Er öffnete schlaftrunken die Tür und zwei Hände schubsten ihn kräftig wieder ins Haus.

„Sehen Sie, Herr Pfarrer?", schrie die alte Kröte. „Genau wie ich es Ihnen erzählt habe. Er geht nicht in die Schule. Er ist tagsüber nur zuhause und abends wurde er schon beim Stehlen gesehen."

Der Pfarrer näherte sich und versuchte ihm über den Kopf zu streicheln. Gerhard zog sich zurück. Was wollten die zwei von ihm?

Doch an diesem Morgen überredeten sie ihn, in die Schule zu gehen. Er wusste nicht mehr, wie sie das geschafft hatten. Er wusste aber, er hatte fünf Mal die Schule wechseln müssen, da sie ihn immer hinauswarfen, wenn er mal wieder seine Mitschüler beklaut hatte.

Derselbe Pfarrer, der ihn in die Schule geschickt hatte, kümmerte sich ein paar Jahre später darum, dass er eine Schule besuchte, an der er einen Beruf erlernen konnte, um legal sein Geld zu verdienen und mit dem Stehlen aufzuhören.

Und so wurde er Schuhmacher. Als er mit der Schule fertig war, kaufte man ihm sogar eine Maschine, um Schuhe herzustellen. Man kaufte ihm auch die ersten Lederstücke. Viele Anwohner der Stadt gaben nach Aufforderung des Pfarrers die ersten Bestellungen auf.

Und als er sich an die Arbeit gemacht hatte und die ersten Schuhe ein kleines Regal in seinem Zimmer füllten, kamen seine zwei alten Freunde zu Besuch.

Eines Morgens standen Nikolas und Martin vor seiner Tür. Er würde lügen, wenn er sagte, er hätte sich nicht gefreut sie zu sehen. Sie hatten gute Zeiten miteinander verbracht.

Er wusste genau, warum sie da waren. Bevor er sich ihren Vorschlag anhörte, sah er sich noch einmal die Schuhe im Regal an, die dort stolz und glänzend standen. „Schade, hatte er für eine Sekunde gedacht. „Ich könnte schöne Schuhe machen. Meine Schuhe könnten von den berühmtesten und schönsten Füßen der Welt getragen werden."

Vielleicht hatte er für einen kurzen Moment sogar Tränen in den Augen. Doch sehr schnell setzte er sich zu seinen Freunden an den Tisch.

Nicht lange nach diesem Besuch landete er vor Gericht und wurde wegen Diebstahls zu fünfzehn Jahren Haft verurteilt.

An dem Tag, an dem Politen in seinem Haus erschienen war, war er gerade entlassen worden.

Die Zeit verging und Politen hatte das Haus noch nicht einmal verlassen. Zwei, drei Mal hatte er überlegt, allein rauszugehen, doch Gerhard versicherte ihm jedes Mal, dass die Zeit kommen würde, wo sie zusammen das Haus verlassen würden.

Eines Mittags sah Politen, wie Gerhard mit einem Stück Papier und einer Feder in der Hand ins Haus kam. Er legte beides vorsichtig auf den Tisch, als ob es sich um Wertgegenstände handeln würde und zog einen Stuhl heran, um sich zu setzen. Politen flog zum Tisch und setzte sich neben das Stück Papier. Zuerst hatte er gedacht, es wäre ein Stück leeres Papier, doch jetzt bemerkte er die vielen Stempel an seiner unteren Seite.

Ohne ein Wort zu sagen, nahm Gerhard die Feder und begann in schöner kursiver schwarzer Schrift zu schreiben. Politen wollte sich nicht zum Lesen über ihn bücken, er würde nachher fragen und bestimmt eine Antwort bekommen. Und so blieb er auf dem Tisch sitzen und wartete geduldig.

Gerhard war der erste, der das Schweigen brach.

„Politen, ich möchte dich etwas fragen."

„Was denn?"

„Das erste Mal, als wir uns unterhalten haben, sagtest du etwas über bestimmte besondere Kräfte, die ihr Hermitten habt."

Politen gab keine Antwort und sah ihm dabei zu, wie er das Stück Papier vorsichtig zusammenfaltete und in die Innentasche seiner Jacke steckte.

„Hörst du mir zu?"

„Ich höre zu", sagte Politen eilig.

„Was sind das eigentlich für Kräfte? Du hast es mir nicht gesagt. Du hast mir keine davon gezeigt."

„Und warum willst du es jetzt wissen?", fragte ihn Politen.

„Weil ich ehrlich gesagt jetzt vielleicht deine Hilfe brauchen kann. Ich würde gern wissen, ob du mir helfen kannst, oder ob ich anderswo Hilfe holen soll. Ich habe dir bis jetzt geholfen. Das musst du zugeben. Ich habe dir lang genug ein Zuhause gegeben."

„Aber, ich war bis jetzt noch nicht einmal draußen", sagte Politen mit unzufriedener Miene.

„Ja... Wenn du mir aber helfen würdest, dann... Ich glaube, ich nehme dich mit... Ja, es ist eine gute Gelegenheit, dich mitzunehmen."

„Wirklich? Wann? Nicht, dass ich dir nicht glaube," brabbelte Politen aufgeregt, „aber du hast es mir bis jetzt oftmals versprochen und ich warte immer noch."

„Ich verspreche es dir! Dieses Mal werde ich dich mitnehmen."

Und nach einer kurzen Pause fuhr Gerhard fort: „So oder so bin ich auf deine Hilfe angewiesen. Wenn du wirklich diese Kräfte hast, dann muss ich dich mitnehmen."

Politen glaubte, es wäre endlich so weit. Er würde das Haus verlassen und noch weitere Menschen kennenlernen. Er hatte es satt, in diesem Zimmer zu sitzen und würde alles tun, um es endlich zu verlassen.

„Was soll ich machen?", fragte er.

„Was kannst du machen?", antwortete Gerhard.

Ohne zu zögern aktivierte Politen zum ersten Mal sein Vestris und begann, verschiedene Dinge im Zimmer zu bewegen.

Gerhard sah mit offenem Mund verblüfft zu, wie die Stühle über dem Tisch in der Luft flogen, die Bettdecke über dem Bett schwebten und seine Schuhe, die er noch vor ein paar Sekunden fest geschnürt an seinen Füßen getragen hatte, plötzlich in seinen Händen lagen.

„Was ist dieses Eisenteil, das aus deinem Finger kam?"

Und das Merkwürdigste von allem war dieses Insekt mit den großen grünen Augen, das ständig auf der Schulter von Politen klebte. Jetzt flog und flatterte es wie verrückt von links nach rechts.

„Was ist jetzt mit dem los?", fragte Gerhard entgeistert, nur um etwas zu sagen.

„Es freut sich, wenn ich zufrieden bin", antwortete Politen.

„Du bist ein Zauberer", erklärte Gerhard entschieden.

„Ich bin ein was?"

„Ja... ja... Du bist sicher ein Zauberer! Kannst du mich an meinen Stuhl binden?"

Politen war fest entschlossen, mit seiner Vorführung weiterzumachen. Gerhard war auf einmal mit dicken Ketten an seinen Stuhl gefesselt und konnte sich nicht bewegen. Doch das hinderte ihn nicht, in Lachen auszubrechen.

„Warum lachst du?", fragte Politen.

„Frag lieber nicht, mein Freund. Wenn die Zeit kommt, wirst du es erfahren."

Gerhard sprach in Rätseln. Politen konnte ihn nicht verstehen.

„Bind mich los, ich will dir etwas zeigen", sagte Gerhard, sobald er aufhören konnte zu lachen.

Als er von den Ketten befreit war, die einfach verschwanden, zog er ein Foto aus seiner Tasche und zeigte es Politen. Gerhard hatte ihm davor schon mal Fotos gezeigt und ihm erklärt, wie sie entstehen. Dieses Foto zeigte einen alten Mann mit weißen Haaren und langem weißen Schnurrbart, viel länger als Gerhards. Er trug dunkle Kleidung mit goldenen Schleifen, einen hohen grünen Hut mit denselben Schleifen und lächelte.

„Wer ist das?", fragte Politen neugierig.

„Das ist nicht unser Thema."

Politen sah das Foto weiter an.

„Schau dir die Uniform des Hauptmanns der königlichen Wache an, die der Alte trägt. Schau sie dir genau an. Ich brauche genau die gleiche. Ist das möglich? Kannst du mir eine mit diesem, diesem Dingsbums, das du an deinem Finger hast, dieses... wie heißt es nochmal?"

„Mein Vestris?"

„Genau, mit deinem Vestris. Kannst du mir genau die gleiche Uniform besorgen?"

Gerhard schaffte es nicht, seinen Satz zu beenden, schon lag die Uniform gefaltet und gebügelt auf dem Tisch.

„Ach du heiliger Strohsack!", rief Gerhard lachend. „Du, mein Kind, bist der reinste Schatz! Ich hatte es mir gedacht, dass du solche Zaubertricks bewerkstelligen kannst, aber es mit meinen eigenen Augen zu sehen, ist schon beeindruckend. Politen, mein Bruder, du bist echt

Gold wert! Und wenn du so weitermachst, verspreche ich dir, dass wir bald die Taschen voller Geld haben werden, um einmal um die ganze Welt zu reisen. Das ist doch dein Traum, nicht wahr? Die Welt zu sehen? Die Menschen kennenzulernen? Weiße, schwarze, gelbe, du kannst dir überhaupt nicht vorstellen, wie viele unterschiedliche Menschen es auf dieser Welt gibt. Und all das hängt von dir ab. Ich verspreche dir, wenn du mir hilfst, werden unsere Träume war. Und zwar schnell, schneller als du dir vorstellen kannst."

Politen sagte kein Wort. Er hörte Gerhard ergeben zu. Und seine Rührung war so groß und so stark, dass sie ihm den Hals wie ein Schraubstock zuschnürte. Gerhard beschrieb wirklich seinen Traum! Er wollte so gern die Menschen kennenlernen und alles über sie erfahren.

Bewusst ignorierte er die kleine Stimme in seinem Kopf, die ihn an Gerhards Haftjahre erinnerte, an sein früheres Leben und all das, wovon er an dem Abend erzählt hatte, als er betrunken war. „Fehlt es am Wind, so greife zum Ruder", hatte ihm sein Professor einst gesagt. Und er würde zum Ruder greifen, bis sich sein Traum erfüllte.

Er sah Gerhard an. Seine Gesichtszüge waren erwartungsvoll gespannt. Sein Leben war bis zu diesem Zeitpunkt nicht angenehm gewesen. Doch wessen Schuld war es? War es allein Gerhards Schuld? Ganz bestimmt nicht! Er war sich dessen sicher. Er hatte doch auch mal das Recht zur Freude. Und diese Freude könnte Politen ihm jetzt ermöglichen.

„Was soll ich sonst noch machen?"

„Bist du dir sicher?", fragte Gerhard mit zittriger Stimme.

„Ja, ich bin mir sicher", antwortete Politen.

„Weißt du was? Jetzt wird mir erst richtig klar, wie groß dein Verlangen ist, die Menschen und unsere Welt kennenzulernen."

„Ich habe heimlich meine eigene Welt verlassen. Ich habe gegen alle heiligen Gesetze der Hermitten verstoßen. Mein Leben war und wird vermutlich auch in Zukunft in Gefahr sein. Das hat mir aber keine Angst gemacht."

„Mit deinen Kräften, mein Freund? Wer kann dir denn was antun?"

Politen lächelte geheimnisvoll.

„Schön wäre es! Die Hermitten haben auch ihre Achillesferse."

Gerhard stand auf und ging zur Tür.

„Ich muss heute noch etwas erledigen. Wenn ich es schaffe, dann ist morgen unser großer Tag. Morgen beginnt die Reise, von der du geträumt hast."

Ganz früh am nächsten Tag waren beide startbereit. Gerhard stand vor dem Spiegel in seiner Uniform, stolz wie ein Pfau! Er streichelte den Stoff an der Brust und setzte seinen Hut auf, drehte ihn mal nach links und mal nach rechts. Schließlich setzte er ihn auf die Mitte seines Kopfes.

„Heute ist ein sehr wichtiger Tag, Politen. Merk dir das heutige Datum: 17. Oktober 1906. Heute werde ich einundvierzig Jahre alt. Apropos, wie alt bist du eigentlich?"

„Seit dem Tag meiner Geburt sind elftausendeinhundertsechzig Monde vergangen. Das müssten in eurer Zeitrechnung einunddreißig Jahre sein."

„Wow! Wirklich? Du siehst nicht älter als zwanzig Jahre aus. Du siehst aus wie ein Kind."

„Aber ich bin doch ein Kind."

„Wie alt wird ein Hermitten?"

„Ein Hermitten wird als alt angesehen, wenn mindestens einhundertfünfzigtausend Monde über den Himmel zogen."

Gerhard riss die Augen auf, nachdem er die Rechnung in seinem Kopf gemacht hatte.

„Das sind vierhundert Jahre! Ihr lebt vierhundert Jahre?!"

„Vielleicht auch mehr. Der Professor sagte einmal, dass wir am Anfang zu wenige Hermitten waren, um Hermin zu beschützen, und damit wir unsere Aufgaben erfüllen konnten, war eines der Geschenke von Hermes die Langlebigkeit."

„Wie alt werden die Menschen?", fragte Politen dann, um das Thema zu wechseln.

„Ich bin alt, mein Bruder. Siehst du mein altes Gesicht und meine weißen Haare nicht? Ich weiß nicht, wie viele Jahre ich noch leben werde, aber es werden sicherlich nicht viele sein. Aber ich verspreche dir, wenn alles gut läuft, können wir die Jahre, die mir noch verbleiben, zusammen um die Welt reisen."

„Wo gehen wir heute hin? Was hast du mit dieser Uniform vor? Warum trägst du sie?"

„Du hast recht. Ich sollte dir genau erklären, was wir machen werden. Aber nicht jetzt. Wir sind spät dran! Wir müssen gleich los. In wenigen Minuten werden wir zwei Straßen von hier entfernt ein paar Soldaten treffen. Wir müssen pünktlich sein und dürfen nicht zu spät kommen. Denn wenn ich nicht pünktlich erscheine, werden sie ganz bestimmt nicht auf mich warten. Jetzt müssen wir uns nur überlegen, wo du dich am besten versteckst. Es wäre nicht gut, wenn du draußen neben mir fliegst. Du verstehst, es darf dich niemand sehen, sonst sind unsere Pläne umsonst gewesen."

„Kein Problem", antwortete Politen.

Sich irgendwo verstecken zu müssen, war für Politen kein Grund, nicht aus dem Haus zu gehen.

Auf einmal hatte er eine große Ledertasche mit langem Henkel in der Hand, aus Gerhards Lederstücken zusammengebastelt.

„Trage sie über der Schulter", sagte er zu Gerhard. „Ich werde mich darin verstecken und kann alles hören, was du mir sagst. Und wenn du mich brauchst, kann ich dir helfen."

„Das ist keine schlechte Idee. Besser gesagt, das ist eine sehr gute Idee! Gut gemacht, Politen, sehr gut! Wir sind also bereit... zu gehen", sagte Gerhard lächelnd.

Gerhard verließ sein armseliges Zimmer aufgerichtet und stolz in seiner hübschen Uniform. Wenn alles nach Plan verlief, musste er nie wieder dorthin zurückkehren. Er schloss nicht einmal die Tür ab. Was sollte man auch stehlen wollen? Nur seine Maschine. Aber die war unwichtig, denn er würde sie sowieso nicht mehr brauchen.

Gerhard machte sich im schnellen Tempo ins Stadtzentrum auf. Er hatte nicht mehr viel Zeit. Gleich würden die vier Soldaten der königlichen Wache an der Ecke Schwanthalerstraße und Kirchenstraße vorbeilaufen. Er war sich dessen sicher. In den letzten zehn Tagen hatte er sie regelmäßig beobachtet; sie liefen jeden Tag die gleiche Strecke und waren pünktlich wie die Maurer.

Er stellte sich an die Straßenecke und wartete auf sie. Er hatte vor, das Treffen mit den vier Wachmännern zufällig aussehen zu lassen.

Und so passierte es tatsächlich. Als die Wachmänner um die Ecke kamen, sahen sie einen Offizier der königlichen Wache in ihre Richtung eilen, der mit einem Schriftstück herumwedelte.

„Gott sei Dank, ich habe euch erwischt!", rief er mit versagender Stimme, als wäre er hinter ihnen hergerannt.

Die Soldaten blieben erstaunt stehen und grüßten ihn mit Respekt, wie es sich bei einem Offizier gehörte.

„Was ist los, Herr Offizier?", fragte einer von ihnen.

„Zum Glück... Zum Glück... Ich habe noch mal Glück gehabt... Nach dem vielen Rennen...", keuchte Gerhard und versuchte panisch auszusehen.

Die Soldaten warteten geduldig auf eine Erklärung.

„Schaut her... Dieser königliche Befehl ist gerade aus Berlin gekommen. Ich bin hinter euch hergerannt, um euch einzuholen, bevor ihr das Rathaus erreicht."

Er schüttelte das Schriftstück so schnell vor ihrer Nase, dass es für sie wirklich unmöglich war, das Geschriebene zu lesen. Doch das war nicht nötig, die Worte des Offiziers genügten.

„Ich verstehe immer noch nicht, Herr Offizier. Was ist dieses Dokument? Was wollen Sie uns sagen?"

„Es ist ein kaiserlicher Befehl aus Berlin, sofort den Bürgermeister und den stellvertretenden Bürgermeister dort hinzubefördern."

Die Soldaten reagierten genauso, wie Gerhard erwartet hatte. Sie fragten nur:

„Wann muss das passieren, Herr Offizier?"

Sie durften ohnehin keine weiteren Fragen stellen.

„So schnell wie möglich", antwortete Gerhard so ernst er konnte. „Ich werde euch sofort zum Rathaus begleiten und mich um die Beförderung kümmern. Der Befehl ist klar und deutlich. Die Beförderung muss heute noch stattfinden."

Und so liefen die fünf Personen zusammen mit Politen, der weiterhin reglos in der Tasche saß und alles mithörte, im Gleichschritt zum Rathaus der Stadt.

Beim Rathaus schien alles ruhig zu sein. Nichts deutete auf das hin, was bald geschehen würde. Gerhard und die vier Soldaten liefen wie erwartet problemlos an den Männern vorbei, die am Eingang des Gebäudes Wache standen. Das Einzige, was die taten, war, sie militärisch zu grüßen.

Sie liefen schnell zum Büro des Bürgermeisters. Die Schriftgelehrten hatten bereits ihren Platz hinter den großen hölzernen Theken eingenommen, um das Publikum zu bedienen. Der Anblick der Soldaten, die in Richtung des Bürgermeisterzimmers liefen, schien niemanden wirklich zu interessieren oder gar zu beunruhigen.

Gerhard klopfte mit ernster Miene, die dem Dienstgrad entsprach, der auf Brusthöhe seine Uniform schmückte, an die Tür des Bürgermeisters. Stolz stand er da. Er wusste, dass alles davon abhing, wie er sich jetzt benehmen würde.

Egal wie sehr der Bürgermeister schimpfte, wie sehr er protestierte, wie sehr er um Erklärung bat, die Soldaten blieben regungslos schweigend stehen, mit ihren Gewehren auf ihn gerichtet.

Gerhard trat an seinen Schreibtisch. Der Bürgermeister vermutete, dass die Zeit für Erklärungen gekommen war. Das inakzeptable Verhalten der Soldaten hatte ihn maßlos aufgeregt. Er, der Herr der Stadt, war so ein Verhalten überhaupt nicht gewöhnt.

Gerhard sah ihm direkt in die Augen, während er den Hörer des Telefons abhob, das sich auf dem Schreibtisch befand, und ihn dem Bürgermeister überreichte.

„Informieren Sie bitte den stellvertretenden Bürgermeister. Er soll sofort in Ihr Büro kommen. Selbstverständlich brauchen Sie ihm nicht zu sagen warum."

„Ich verstehe nicht, Herr Offizier. Was bedeuten diese Gewehre? Warum sind sie auf mich gerichtet?", fragte der Bürgermeister und versuchte entspannt zu wirken.

„Herr Bürgermeister, das Telefonat bitte."

Gerhard schien nicht bereit zu sein, dem Bürgermeister weitere Erklärungen zu geben. Obwohl er die ernste Miene eines Offiziers aufsetzte, schlug sein Herz schnell, aus Angst, etwas könnte im letzten Moment schiefgehen. Das Einzige, was ihm Mut machte, war der Gedanke an Politen, der in der Tasche saß, die an seiner Schulter hing.

Der Bürgermeister sah den Offizier weiterhin an, machte aber sonst keine weitere Bewegung. Trotz seiner Wut und Empörung wollte er den Hörer nicht nehmen.

„Nein! Nicht bevor Sie mir genau erklärt haben, was los ist, Herr Offizier. Sonst müssen Sie Ihren Vorgesetzten Erklärungen geben."

„Ich führe einen kaiserlichen Befehl durch, Herr Bürgermeister."

Das war die einzige Preisgabe, die Gerhard machen wollte. Er hatte nicht vor, dem Bürgermeister das Dokument zu zeigen. Die Wahrscheinlichkeit, dass der Bürgermeister cleverer war als die Soldaten, war groß.

„Und was genau ist dieser Befehl?"

„Sie und der stellvertretende Bürgermeister müssen sofort nach Berlin. Mit unserer Begleitung, natürlich."

„Warum? Was ist passiert? Sie müssen es mir sofort erklären!"

Die Fassungslosigkeit zeigte sich im molligen Gesicht des Bürgermeisters und ließ seine Stimme farblos und ängstlich wirken. Seine Unterlippe zitterte und sein spitzer Bart zuckte, als ob ihn etwas nach unten zog.

Gerhard musste jetzt übereilt und ungeduldig wirken.

„Halten Sie mich nicht auf, Herr Bürgermeister. Es hat mir niemand erklärt, warum Sie nach Berlin müssen. Es gab auch keinen Grund, mich zu informieren. Ich muss nur Befehle meiner Vorgesetzten ausführen, mehr nicht. Das Telefonat bitte, Herr Bürgermeister."

Der Bürgermeister begriff dann, dass er nichts mehr aus dem Offizier herausholen würde. Vielleicht wäre es sogar besser, wenn er keine Fragen mehr stellte. Möglicherweise handelte es sich um ein Missverständnis, das er lieber allein regeln sollte.

Er sah sich gezwungen, das Telefonat auszuführen und den stellvertretenden Bürgermeister in sein Büro zu beordern.

Ein paar Minuten später stiegen der Bürgermeister und sein Stellvertreter ohne den geringsten Einwand in den Wagen und in Begleitung der vier Soldaten begann ihre Reise nach Berlin.

Gerhard blieb auf der Steintreppe stehen und betrachtete den davonfahrenden Wagen. Auf seine Lippen schlich sich ein breites, zufriedenes Lächeln.

Er stieß einen Seufzer der Erleichterung aus. Bis jetzt war alles gut gegangen. Der erste Teil seines Plans war problemlos und erfolgreich ausgeführt worden. Der Bürgermeister und sein Stellvertreter waren aus dem Weg.

„Fertig? Können wir nun mit unserer Reise beginnen?"

Gerhard sprang erschrocken auf. In dieser ganzen Aufregung hatte er Politen komplett vergessen.

„Fast, mein Freund. Wir sind fast fertig. Es muss nur noch ein kleines Detail geregelt werden. Und dann sind wir frei. Dann wird endlich unsere große Reise in die Welt beginnen."

„Was musst du noch erledigen?"

Politen war es in der Tasche langweilig geworden.

„Ganz ruhig, mein kleiner Freund. Noch einen Augenblick Geduld. Nur noch ein kleines Detail muss geregelt werden."

Nachdem sich Politen beruhigt hatte, machte sich Gerhard für den letzten Teil seines Plans bereit.

Er zog vorsichtig das gefälschte, angeblich kaiserliche Schreiben aus seiner Tasche. Er brachte es vor sein Gesicht und küsste es; ein Glücksbringer! Der Wagen verschwand langsam hinter dem Horizont im morgendlichen Nebel. Gerhard drehte sich um und ging wieder ins Rathaus. Er durchquerte erneut den Flur und trat an das hölzerne Fenster, über dem in schöner grüner Schrägschrift die Information stand, dass dort die Kasse des Rathauses war. Eine magere blonde Frau mittleren Alters saß hinter dem Tresen.

Gerhard näherte sich der Frau, begrüßte sie mit ernster Miene und gab ihr das königliche Schreiben.

Die Frau schaute mal das Schreiben und mal den königlichen Wachmann an, schien aber nicht viel zu verstehen.

Gerhard nutzte ihre Verlegenheit aus und nahm ihr das Dokument aus der Hand. Es gab keinen Grund, den Erfolg seiner Pläne zu riskieren, indem er ihre Fragen beantwortete.

„Ich verstehe nicht, Herr Offizier, was genau möchten sie haben?"

„Das Geld, dumme Frau", dachte Gerhard. Sehr ernst und höflich sagte er aber:

„Ich habe den Befehl, sehr geehrte gnädige Frau, das Geld, das Sie momentan in Ihrer Kasse haben, nach Berlin zu bringen."

„Das Geld? A..a..alles?", stotterte die Frau.

„Ganz genau. Alles! Halten Sie mich bitte nicht auf, gnädige Frau. Der Herr Bürgermeister und sein Stellvertreter sind bereits nach Berlin abgefahren."

„Aber es müssen heute ein paar Zahlungen gemacht werden. Es ist wichtig... Der Herr Bürgermeister wies mich heute schon zweimal an, diese Zahlungen auf jeden Fall durchzuführen. Vielleicht sollte ich das Geld für diese beiden Zahlungen behalten", sagte die Frau zögernd.

Gerhard unterbrach sie sofort. Die Idee, weniger Geld mitzunehmen, als in der Kasse war, gefiel ihm überhaupt nicht.

„Auf gar keinen Fall! Gnädige Frau, ich muss Sie dran erinnern, dass mein Befehl direkt von Kaiser Wilhelm kommt. Glauben Sie nicht, dass dieser Befehl wichtiger ist als der des geehrten Bürgermeisters? Halten Sie mich bitte keine Minute länger auf. Das Geld, bitte. Alles! Sofort!"

Die Frau wagte nicht, auch nur ein weiteres Wort zu sagen. Sie stand von ihrem Stuhl auf, nahm eine Tasche aus dem schwarzen Schrank an der Wand hinter ihr und füllte sie mit dem ganzen Geld ihrer Kasse. Wahrscheinlich hatte sie es während des Vorgangs gezählt, denn als sie Gerhard die Tasche gab, sagte sie laut:

„Es sind fünfzehntausend goldene Mark. Das komplette Geld aus unserer Kasse, Herr Offizier."

Fünfzehntausend goldene Mark. Ein ganzes Vermögen! Wer hätte das gedacht! So viel Geld! Er hätte vor Freude schreien können. Doch er musste sich beherrschen. Er durfte nicht einmal lächeln. Er musste sich zurückhalten, wenigstens, bis er das Rathaus verlassen hatte.

„Gnädige Frau, Sie waren äußerst kooperativ. Ich sorge dafür, dass mein vorgesetzter Offizier davon erfährt."

Die Frau wurde feuerrot, als sie Gerhards Worte hörte. Es war keine kleine Sache, von einem königlichen Wachmann geehrt zu werden.

Gerhard grüßte die Frau militärisch und drehte sich zum Gehen um.

„Einen Moment noch!"

Die Stimme der Frau war so laut, dass Gerhard wie angewurzelt stehen blieb. Was war jetzt los, ein Schritt vor dem Ende? Er hatte ein ganzes Vermögen in seinen Händen. Und jetzt? Vielleicht sollte er lieber davonrennen. Bis die Angestellten aus ihren Büros rauskämen, hätte er Zeit, mit Flügeln an den Fersen davonzurennen und zu verschwinden. Flügel an den Fersen? Politen... Vielleicht war es an der Zeit, ihn zu benutzen.

Er drehte sich langsam zu der Frau um und sah sie an.

„Sie haben vergessen die Quittung für den Erhalt des Geldes zu unterschreiben, Herr Offizier."

Vier Tage waren seit diesem Morgen des 17. Oktobers 1906 vergangen und Gerhard saß mit Politen immer noch in einem Hotelzimmer fest, ein paar Kilometer von Gerhards Stadt und dem unseligen Rathaus entfernt. Die einzige Aufgabe Politens war, die Uniform des Offiziers der königlichen Wache loszuwerden.

Politen musste wieder einmal an einem Fenster sitzen und den Passanten heimlich zusehen. Er wusste, was Gerhard vor vier Tagen getan hatte, doch er war nicht der, der ihn bestrafen musste. Er konnte aber auch nicht zur Polizeistation fliegen und die Polizei alarmieren.

Und Gerhard sprach kaum mehr mit ihm. Politen hatte Gerhards Anblick satt, wie der immer wieder das gestohlene Geld zählte.

Doch am Abend des vierten Tages schienen die Dinge sich geändert zu haben.

Gerhard kam keuchend und erschrocken zur Tür herein.

„Wir müssen gehen, mein Freund. Wir müssen ganz schnell gehen. Die Polizei weiß, wo ich bin und ist auf dem Weg, um mich zu verhaften."

„Was ist los?"

Seine Frage war rhetorisch, weil er die Antwort ganz genau kannte. Er hatte sie in seinem blassen Gesicht gelesen. Er hatte sie in seiner zitternden Stimme gehört.

Politen wusste ganz genau, es war das letzte Mal, dass er Gerhard sehen würde.

„Es tut mir leid", sagte er laut.

Es tat ihm wirklich leid. Gerhard war der erste Mensch, den er persönlich kennengelernt hatte. Er hatte natürlich viele Menschen von seinem Versteck hinter dem Fenster aus beobachtet. Jetzt würde er sie persönlich kennenlernen. Doch er würde von nun an allein sein. Er würde nicht mit Gerhard eine Reise um die Welt machen. Vermutlich würde Gerhard überhaupt keine Reise mehr machen.

Gerhard war darauf konzentriert, nach der Polizei Ausschau zu halten, die jeden Moment auftauchen würde. So sah er nur noch die blaue Flamme, die aus Politens Finger entsprang und das Fenster öffnete.

„Vielen Dank für alles", rief ihm Politen zu. „Ich werde dich nie vergessen. Ich wünschte, du würdest eines Tages wieder die schönsten Schuhe machen."

„Es war schön, dich kennenzulernen", murmelte Gerhard verlegen.

Politen war bereits aus dem Fenster geflogen und in der Nacht verschwunden.

Er flog einige Tage und Nächte, ohne anzuhalten. Er flog weit und hoch und glitt nur hinunter, wenn er sehr hungrig war und etwas zu essen finden musste.

Auf diese Weise flog er weit von Gerhards Stadt und seinem Land fort und erfuhr nie, was aus seinem Freund geworden war. Er erfuhr nicht, dass er in jener Nacht von der Polizei festgenommen wurde. Und dass er vor Gericht, zwei Monate später, zu fünfundzwanzig Jahren Haft verurteilt wurde. Oder dass der Kaiser höchstpersönlich seine Haft wegen des Uniformdiebstahls auf zwei Jahre reduzierte, als die Geschichte bekannt geworden war, da die Uniform schuld war, die Gerhard getragen hatte, und nicht er selbst. Wäre er in Zivilkleidung erschienen, hätte er nichts von all seinen Schuldtaten durchführen können. Leider war es die Uniform, die die Tat möglich gemacht hatte, wie der Kaiser zugab.

Selbstverständlich erfuhr niemand, dass Politen die Uniform für Gerhard besorgt hatte.

4. Der große eiserne Vogel, der flog ohne die Flüge zu bewegen.

Als Professor Mardoken ihm von den Menschen erzählte, hatte er gesagt, der sicherste Ort, um sich im Falle einer Gefahr zu verstecken, wäre in der Nähe der Kinder, denn diese würden einem niemals schaden oder weh tun.

Eines Morgens also, als es ihm langweilig wurde, allein herumzufliegen wie ein Vogel, der nicht weiß, wo sein Nest ist, beschloss er, nach einem menschenleeren Ort zum Landen Ausschau zu halten, um dann in Ruhe nach einem Kind zu suchen.

Ein abgelegener Strand mit goldenem Sand zog ihn an wie ein Magnet.

Er blickte sich um und entschied, in Richtung der Felsen zu fliegen, um zu sehen, was sich hinter ihnen befand. Er flog tiefer, um nicht den Boden aus der Sicht zu verlieren. Er wusste, dass die Menschen nicht fliegen, deshalb würde er sie nur finden, wenn er nach unten schaute.

Das erwies sich schließlich als eine gute Idee, denn hinter den Felsen breitete sich eine ganze Stadt aus. Er traute seinen Augen kaum.

Es war das erste Mal, dass er die Häuser der Menschen von außen sah. Bis dahin hatte er nur Gerhards Zimmer, das Innere der Ledertasche und das Hotelzimmer gesehen, sonst nichts. In den Tagen danach war er ziemlich hoch geflogen und hatte daher nicht viel erkennen können. „In Ordnung", dachte er, als er über die Straßen der Stadt flog. „Es sieht ruhig aus. Die Straßen sind menschenleer. Es ist noch sehr früh am Morgen."

Plötzlich sah er zwei Menschen die Hauptstraße überqueren. Er bekam Angst und flog höher. Der Professor hatte gesagt, er sollte nie in der Nähe der Menschen fliegen, damit sie ihn nicht sahen.

Doch seine Neugierde war größer als seine Angst und deshalb flog er wieder hinunter, diesmal aber viel vorsichtiger.

In der Mitte eines Platzes stand ein großer Baum.

„Der perfekte Aussichtsturm", dachte er. „Das ist es. Dort drinnen wird mich niemand sehen."

Er landete flugs im Laub des Baumes.

So klein wie er war, verschwand er schnell in den grünen Blättern. Er machte es sich gemütlich soweit es ging und wartete ungeduldig darauf, endlich die Menschen beobachten zu dürfen.

Wenige Stunden später füllte sich der Platz mit Kindern und Erwachsenen. Manche kamen auf Pferden an und manche zu Fuß. Sie trugen merkwürdige Kleidung, die seinem Umhang gar nicht ähnlich war.

Er wunderte sich, wie man so viel Kleidung auf einmal tragen konnte und wie sie es aushielten. Nur bei der Vorstellung, in so viel Stoff eingewickelt zu sein, fühlte er sich in seinem Körper unbeweglich und unwohl. Er bewegte sich hin und her, als ob er sich von dieser Enge befreien wollte.

Dann richtete er seinen Blick und sein Vestris auf einen Mann, der rechts von ihm unter dem Baum saß. Vielleicht weil der ihm leidtat, wie er in seiner dicken Kleidung gefangen schien. Vielleicht auch, weil ihm klar wurde, dass der Gute Schwierigkeiten hatte zu atmen. Plötzlich verließen den Herrn eins nach dem anderen seine Kleidungsstücke und nachdem sie ihn einmal umkreisten, fielen sie zu Boden.

Politen hörte erst auf, als der Mann in Unterwäsche dasaß.

„Ok", dachte er zufrieden. „Jetzt fühlt er sich bestimmt schon wohler."

Er beugte sich nach unten, um sich zu vergewissern, dass er recht hatte. Was er sah, war aber nicht das, was er erwartet hatte.

Erschrockene Menschen blickten fragend um sich. Aus ihren Worten wurde Politen langsam klar, dass die Menschen, die die Szene gesehen hatten der Meinung waren, der korpulente Mann hätte sich allein ausgezogen. Sie sahen ihn an, als wäre er geistesgestört. Der Mann, der neben ihm gesessen hatte, entfernte sich langsam von ihm.

Mindestens fünfzehn Mal hörte Politen das Wort „verrückt".

„Schade", dachte er und bedauerte seine Tat. „Der Arme kann sie nicht davon überzeugen, dass er nicht verrückt ist. Und das ist allein meine Schuld."

Dann lächelte Politen schelmisch, weil ihm eine verrückte Idee in den Kopf gekommen war. Er musste etwas unternehmen, um die schlechte Lage des armen Menschen zu ändern, der schließlich unschuldig war.

Erneut erhob er sein Vestris und richtete es auf sein Ziel. Binnen weniger Sekunden entstand auf dem Marktplatz der Küstenstadt ein riesiges Durcheinander. Jackenärmel und Hemden hielten Händchen, Hosen und Blusen waren zusammengebunden und Krawatten umarmten Socken und wirbelten mit ihnen durch die Luft. Und dann fielen sie alle zusammen zu Boden, benommen von ihrem wilden Tanz.

Kurz darauf war der Boden des Platzes kaum mehr zu sehen. Kleidungsstücke, die bei dem Versuch, die menschlichen Körper zu verlassen, zerrissen waren, lagen in Fetzen auf dem Boden. Selbst die Stöcke der alten Männer hatten sich von Politens Vestris verführen lassen und wie besessen auf die Kleidung eingeschlagen, bevor auch sie zu Boden fielen.

Politen hatte recht. Dieses Mal benutzte niemand das Wort „verrückt". Im Gegenteil war die Reaktion diesmal eine ganz andere. Am Anfang herrschte absolute Stille. Die überraschten und sprachlosen Gesichter der Menschen zeigten ihre Verlegenheit und Hilflosigkeit angesichts des unerklärlichen Ereignisses. Danach kamen hysterische Schreie, Wutanfälle, Streitereien und Schubsereien, als sie alle zusammen versuchten, ihre Kleider im Haufen wieder zu finden. Sie mussten sich scheinbar erst bekleiden, danach würden sie nachdenken können.

Politen war sehr amüsiert, fast so sehr wie die Kinder auf einer Spielfläche des Platzes, ein paar Meter von seinem Baum entfernt.

Die Kinder, die nicht ins Visier seines Vestris gekommen waren, hatten alle ihre Kleider an. Sie schienen kein Interesse daran zu haben, das Ereignis zu erklären, sondern zelebrierten stattdessen das Resultat.

Sie blieben aber weit weg von ihren Eltern oder Verwandten. Sie befürchteten nämlich, dass diese an ihnen ihre Wut auslassen würde. Man weiß in solchen Momenten nicht genau, was passieren wird, wenn man über etwas oder jemanden lacht. Trotzdem konnten sie das Lachen nicht zurückhalten. Manche hatten sogar Tränen in den Augen.

Vermutlich war es das Lachen der Kinder, das Politen dazu brachte, unbedacht sein Versteck zu verlassen und sich ihnen zu nähern. Dort würden für ihn die wahren Abenteuer in der Welt der Menschen anfangen. Doch als er sich an den Rat seines Professors erinnerte, von den

Blicken der Menschen fernzubleiben, war es bereits zu spät.

Zuerst sahen ihn die Kinder, da die Erwachsenen mit dem Auffinden ihrer Kleider beschäftigt waren. Mit hellem Geschrei versuchten sie ihn mit ihren Händen zu fangen, als ob sie einen Vogel einfangen wollten, der friedlich auf dem Ast eines Baumes saß.

Politen erschrak so sehr, dass er ohne es zu merken abhob, um den näherkommenden Kinderhänden zu entfliehen. Und als die Erwachsenen in seine Richtung sahen, war Politen schon so hoch geflogen, dass sie ihn nicht mehr sehen konnten.

Hier oben fühlte er sich gerettet. Doch um sicher zu gehen, flog er immer höher und schaute dabei ständig nach unten. Allmählich verschwanden die Menschen und die Häuser aus seinem Blickfeld.

Eigentlich hätte er das lauter werdende Geräusch hören müssen, doch er merkte nichts davon, bis zum Zusammenstoß. Und was für ein Zusammenstoß!

Er drehte sich wie ein Kreisel, den jemand in Bewegung gesetzt hatte. Kurz bevor er ohnmächtig wurde, sah er, womit er zusammengestoßen war. Ein riesiger eiserner Vogel flog stolz und stoisch durch den Himmel. Aber wie merkwürdig! Er konnte fliegen, ohne seinen Kopf oder seine Flügel zu bewegen. Danach begann Politen sein Bewusstsein zu verlieren und zu fallen.

Er war nicht lange bewusstlos. Er wurde durch einen neuen, kräftigeren Ruck wach. Sein Rücken, der noch vom ersten Aufprall schmerzte, fiel erneut auf etwas Hartes. Zuerst dachte er, er wäre am Boden angekommen. Doch der kräftige Wind, der seinen Körper nach hinten trieb, ließ ihn umdenken.

Es stellte sich heraus, dass sein Professor absolut recht hatte. Die Welt der Menschen war viel gefährlicher als ihre eigene. Nach dem, was eben passiert war, hatte Politen keinen Zweifel mehr.

Er öffnete seine Augen und sah zu seiner Überraschung, dass er sich auf dem Rücken eines anderen komischen Vogels befand. Er spürte, wie etwas Flüssiges seine Backe herunterlief und wischte es mit der Hand ab. Es war Blut. Er war wahrscheinlich beim Aufprall verletzt worden. Er tastete sofort seinen Kopf ab und fand die Wunde. Zum Glück war sie nicht tief.

Er hatte keine Zeit, darüber nachzudenken, ob es derselbe oder ein anderer Vogel war. Er begann auf seiner kalten, merkwürdig silbernen Haut zu rutschen. Politen wollte nicht herunterfallen. Er fürchtete sich nicht vor dem Sturz, da er genauso gut fliegen könnte. Doch er fand es eine einmalige Gelegenheit herauszufinden, was das für ein Vogel war. Er legte seine Hand auf seine rechte Schulter und streichelte sein Menken zart. Was dieses arme Ding alles mitmachen musste! Und trotzdem, nach all dem klebte es immer noch fest an seiner Schulter. Er sah es liebevoll an. Erst dann bemerkte er, dass seine Augen weit aufgerissen waren und es zitterte.

„Warum?", fragte sich Politen. „Ist es wegen der Kälte oder aus Angst? Ich zittere wegen beidem, mein Freund", sagte er, nur um ihm Mut zu machen.

Er betastete seine Wunde erneut. Zum Glück lief kein Blut mehr.

Kraftvoll schlug er sein Vestris nach vorne und sogleich erschien eine dicke Kette mit einem Haken am Ende und hängte sich am silbernen Rücken des Vogels ein. „Sehr schön", dachte er. „Das wird mich hier festhalten." Als er sicher war, dass die Kette fixiert war, flog er zur vorderen Seite des Vogels, dort, wo eigentlich der Kopf sein müsste.

Er kam schnell an und stellte zu seiner Überraschung fest, dass dieser Vogel weder einen Schnabel noch Augen hatte.

„Wie zum Kuckuck will dieses Teil sehen?" Und dann erinnerte er sich: Gerhards silberne Zigarre! „Aber natürlich, es ist ein Zeppelin!"

Eines Abends, als sie zusammensaßen, hatte ihm Gerhard von einer fliegenden Maschine erzählt, die die Menschen gebaut hatten, und jene, die sie gesehen hatten sagten, sie ähnelte einer riesigen silbernen Zigarre. Mehr hatte er nicht gewusst.

Politen schien in seinem Unglück, zweimal hintereinander mit einem Zeppelin zusammenzustoßen, ein wenig Glück zu haben, denn nun hatte er die Möglichkeit, nah genug an einen von ihnen heranzukommen, um ihn zu erkunden.

Professor Mardoken hatte ihm beigebracht, nur an das zu glauben, was man mit eigenen Augen gesehen hatte. Und jetzt, wo er mit eigenen Augen etwas Unbegreifbares erblickte, das fliegen konnte, obwohl es weder ein Vogel noch ein Hermitten oder gar ein roter Drache war, konnte Politen nicht anders, als daran zu glauben.

Doch es war nicht der richtige Moment, um weiter darüber zu philosophieren. Die Neugier, den silbernen Vogel zu erkunden, war größer. Er flog ans untere Teil des Zeppelins.

Genauer gesagt, von der linken Seite und in Richtung des Schwanzes würde er einen Blick auf den unteren Teil werfen. Weil, einen Schwanz hatte dieser Vogel. Einen kleinen zwar, im Vergleich zu seiner Größe, aber er hatte einen.

Zum Glück war er mit seinem Vestris an den Zeppelin gebunden. Denn dieses Mal hätte er vor lauter Erstaunen fast sein Gleichgewicht verloren und wäre wieder gefallen. Menschen standen aufgereiht, einer hinter dem anderen, im eisernen Korb am Bauch des Zeppelins und schauten ihn an.

Aber seine Verblüffung war sicherlich kleiner als die der Menschen, die in diesem Moment aus dem Fenster sahen.

„Ich wette, niemand traut gerade seinen Augen", sagte sich Politen und verschwand schnell.

Und dann verspürte er grenzenlose Bewunderung für die Menschen und diese große Leistung. Es war immerhin keine kleine Sache. Sie hatten das Unmögliche ermöglicht. Obwohl sie keine eigenen Flügel hatten, war es ihnen gelungen zu fliegen.

Er ließ seiner Fantasie freien Lauf. Er hatte recht gehabt, in die Welt der Menschen kommen zu wollen. Er hatte recht gehabt, sie persönlich kennen lernen zu wollen. Er fragte sich, was sie noch alles erfunden hatten? Was würde er noch alles sehen? Er freute sich darauf, alles zu sehen und zu erfahren. Nichts konnte ihn mehr an diesem Zeppelin festhalten.

Er zog sein Vestris zurück und flog davon. In seinem Kopf tanzten wild alle möglichen Gedanken, die ihn beschäftigten, bis er sich entschied, an welcher Stelle er landen würde.

Auf einmal begann es kräftig zu regnen. Dicke, große Regentropfen klatschten auf seinen Körper. Und das war etwas, das seine Pläne änderte. Jetzt hatte er keine Zeit mehr zu überlegen, wann und wo er landen sollte. Er musste unbedingt einen Ort finden, wo er sich vor dem Regen schützen konnte.

5. Ein Feind und ein guter Freund

Vier Jahre lang, nach dem Kalender der Menschen, nachdem er den Schuster verlassen hatte, wanderte er zwischen den Menschen. Die meiste Zeit versuchte er versteckt zu bleiben, die großen Städte und die Menschenmassen zu meiden. In dieser Zeit lernte er mehrere Menschen kennen, vor allem einsame. Er hatte sich vorher nie vorstellen können, so viel Einsamkeit in der Welt der Menschen zu finden. Doch tatsächlich gab es viele Menschen, die allein lebten, von ihren Mitmenschen entfremdet. Außerdem traf er auf großes Elend. Er lernte Menschen kennen, die kein Geld hatten, um ihre Kinder großzuziehen. Sie arbeiteten den ganzen Tag lang wie Sklaven und hatten trotzdem keine Mittel, um ein menschenwürdiges Leben zu führen. Das beeindruckte ihn, da er keinen Hermitten kannte, der aus Geldmangel nicht überleben konnte.

Die Menschen hatten aber, trotz dieser Not, größere Fortschritte als die Hermitten gemacht. Sie hatten bemerkenswerte Dinge geschaffen, ohne magische Kräfte zu besitzen.

Drei Monate lang lebte er mit einer Familie in einem Armenviertel in London. Die Kinder gingen nicht zur Schule, weil die Eltern nicht einmal Geld für Essen hatten.

Bei einem nächtlichen Flug auf die andere Seite des Flusses sah er reiche Menschen, in schönen Kleidern, die in Herrenhäusern wohnten und luxuriöse Wagen fuhren, auf denen goldene Wappen schimmerten. Reichtum und Wohlstand fehlten also nicht, sie waren nur nicht gleichmäßig verteilt.

Politen verließ England im Mai des Jahres 1910, ein paar Tage nach dem Tod von König Eduard VII. Der junge Student Nelson, mit dem er das letzte Jahr in England verbracht hatte, verabschiedete ihn in dieser regnerischen Nacht, in warme Kleidung gehüllt. Der junge Student hatte ein freundliches Herz und hatte sich wie ein richtiger Bruder verhalten. Sogar in die Universität nahm er ihn manchmal mit. Politen, versteckt in Nelsons Tasche, hatte vielen Professoren zuhören dürfen, wie sie Gedichte vortrugen. In diesem Jahr hatte er fast alles über die Menschen erfahren, über ihre Erfolge, ihre Tugenden, ihre Heldentaten und ihre Leistungen, aber auch über ihre Fehler und ihre Hinterlistigkeit. Über die Bosheit und das Elend, das sie quälte, wie Nelson immer sagte.

„Es tut mir leid, dich zu verlieren, mein lieber Politen", sagte Nelson, als er sich schluchzend verabschiedete. „Es tut mir für mich leid, aber es freut mich für dich. Es freut mich, weil du frei bist. Weil du machen kannst, was du möchtest. Es freut mich, dass du dich entschieden hast, die Menschen kennenzulernen, während wir nicht mal unbedingt andere Menschen kennenlernen möchten."

In diesem Moment schämte er sich zu sagen, dass er in seiner Welt auch nicht so frei war. Die Hermitten hatten Gesetze, heilige Gesetze, und niemand würde gegen sie verstoßen, weil die Strafe äußerst streng war.

„Ich bedanke mich bei dir, für all das, was du mir beigebracht hast und für alles, was du mir erzählt hast. Ich werde dich nie vergessen", sagte Politen und begann, mit den Flügeln an seinen Füßen zu schlagen.

Als Politen seine Weiterreise ins Unbekannte antrat, wurde ihm klar, dass er während der ganzen Zeit mit

Nelson nicht einmal sein Vestris benutzt hatte. Er war der Einzige, der nicht verlangt hatte, es zu sehen.

Den Sommer des Jahres 1910 verbrachte Politen in Italien. Von dem Moment an, in dem er in einem kleinen Dorf am Meer ein paar Kilometer von Venedig entfernt landete bis zu seiner Weiterreise hatte er einen tollen Sommer. Der kleine Paolo und seine Schwester Sofia zeigten ihm, dass die Heiterkeit und die Unschuld der Menschenkinder genau die gleichen waren, wie die der kleinen Hermitten. Es war ein Fischerhaus, in dem er lebte, ein paar Meter vom Meer entfernt. Ein Haus, das ständig nach Salz und Meer roch, und nach den exquisiten Düften des leckeren Essens, das der Opa der Kinder zubereitete. Politen mag in dieser Zeit nicht viel über Erfindungen und Entdeckungen der Menschen gelernt haben, doch er lernte stattdessen, dass es Menschen gab, die trotz ihrer Armut glücklich miteinander lebten und ihr Leben genossen, einfach wie es ihnen gegeben war, ohne Sorgen und Unzufriedenheit.

Ende 1910 war Politen wieder in Deutschland. Nach einer weiteren langen und ermüdenden Reise beschloss er eines Abends zu landen. Er suchte und fand schnell den idealen Ort zum Übernachten. Ein Ort, an dem die Bäume rund herum dicht und groß wuchsen. Der weiße Schnee, der die Landschaft bedeckte, würde ihm keinerlei Probleme verursachen, da er in seiner Tasche, die an seinem Hals hing, einen Kinder-Wollpullover mit sich trug, den Nelson ihm geschenkt hatte, um während der nächtlichen winterlichen Spaziergänge nicht frieren zu müssen.

„Es sieht nach einem guten Versteck aus", beschloss Politen.

Als er am nächsten Morgen wach wurde und über sich menschliche Augen sah, die ihn überrascht und voller Staunen beobachteten, war er sich nicht mehr so sicher. Er schaffte es nicht einmal, die Flügel seiner Füße zu bewegen, bevor ihn so viele Hände packten, wie ihn Augen angestarrt hatten.

„Schnell! Fesselt ihn, bevor er uns abhaut!", befahl der Älteste von ihnen.

Während ihn zwei junge Männer fesselten, hatte Politen Zeit, sich alles genau anzuschauen. Er konnte zwölf Personen zählen.

Abgesehen von dem, der den Befehl gegeben hatte ihn zu fesseln und den zwei Männern, die ihn fest an Händen und Füßen banden, waren in der Runde drei ältere Männer, zwei behäbige Frauen, drei Jungen und ein merkwürdiger Mensch, der, obwohl er älter zu sein schien, nicht größer war als Politen selbst.

„Schneller! Los!", schrie wieder der ältere Mann. „Wir müssen zurück. In drei Stunden beginnt unsere Vorstellung und wir werden wieder nicht bereit sein. Schnell! Schnell! Bewegt euch."

Niemand sagte etwas. Alle standen um Politen versammelt und sahen ihn prüfend an. Sie flüsterten leise miteinander und versuchten Antworten auf ihre Fragen zu finden, ohne dass jemand auf die Idee kam, Politen anzusprechen. Er hielt es in diesem Moment für besser zu schweigen.

„Fertig, Boss", rief einer der beiden, die Politens Fesseln übernommen hatten.

„Seid ihr taub oder was? Habe ich nicht gesagt, dass wir sofort aufbrechen müssen?", schrie der Boss wütend.

Sein lautes Geschrei schien die anderen aber nicht davon abzuhalten, sich weiterhin mit Politen zu beschäftigten.

„Dieser Schreihals, was will der denn wieder von uns, Isabell? Warum schreit er wieder rum?" Dann drehte sie sich zum Boss um und sagte spöttisch: „Jetzt habe ich aber Angst bekommen!"

„Friederike, mach ihn nicht noch wütender", versuchte die andere Frau sie zu beruhigen. „Vergiss nicht, dass heute Zahltag ist, und ich persönlich würde gern mein Geld nach der Vorstellung heute Abend bekommen."

Friederike dachte wohl, dass Isabell Recht hätte, denn sie sagte nichts mehr.

Der Boss erteilte den Anderen nach wie vor Befehle:

„Albert, heb diese Kreatur auf. Du wirst sie bis zu den Zelten tragen. Und ihr, bewegt euch! Wir gehen los. Hans, sorg dafür, dass wir nicht die Karre mit dem Holz vergessen."

Einer nach dem anderen gingen sie los und bildeten eine kleine Karawane. Der Boss lief voran und schlug die Luft rhythmisch mit seiner Peitsche, die er in der rechten Hand hielt. Als letzte folgten die drei Jungs mit dem kleinen Mann zwischen ihnen. Sie liefen auf einem kleinen Pfad zwischen den Bäumen. Auf das Brüllen des Bosses, das wie Donner zwischen den Bäumen hallte, antwortete Friederike diesmal mit ihrem Gesang. Sie begann ein schönes Lied zu singen und ihre Stimme war so melodisch, man hätte meinen können, die Stimme käme aus einer schlanken und bildhübschen jungen Frau. Politen hob seinen Kopf über Alberts Schulter, um sich zu vergewissern, dass es wirklich die dicke Frau mittleren Alters war, die so wunderbar sang.

Obwohl er nach hinten schaute, hatte er den einen der drei Jungen nicht bemerkt, der von seinen Freunden weg in seine Richtung eilte.

„Ich bin Johannes", sagte er fast flüsternd. „Hast du auch einen Namen?"

Politen sah dem Jungen direkt in die Augen. Er antwortete nicht, sondern nickte nur bestätigend.

Johannes fragte beharrlich: „Verstehst du, was ich dich frage?"

„Geh weg!" Albert schob ihn mit seinem Ellbogen weg. „Der Boss wird dich hören und dann gibt es wieder Geschrei."

Johannes, obwohl er mit einem Schubs nicht gerechnet hatte und fast aus dem Gleichgewicht gekommen war, drängte sich aufs Neue zu Politen.

„Lass mich ihn doch ein wenig ansehen", bat er Albert. „Der Boss schaut gerade nicht, er ist beschäftigt", fuhr er fort und zeigte mit einer Kopfbewegung in dessen Richtung.

Tatsächlich hatte der Boss seine Position verlassen und lief weiter hinten, um den Mann zu beschimpfen, der die Karre mit dem Holz zog. Er war der Meinung, der Mann würde nicht genug aufpassen und sie ruinieren, da er die schiefen und wackeligen Räder auf dem holprigen Pfad voller Steine schlagen ließ.

Johannes versuchte nun die Abwesenheit des Bosses auszunutzen. „Nun?"

„Wo bringt ihr mich hin?", fragte Politen flüsternd, nachdem er seinen Namen gesagt hatte.

„Na, in den Zirkus!", antwortete der Kleine.

Politen hatte schon oft vom Zirkus gehört, hatte aber selbst noch nie einen gesehen. Das Einzige, woran er sich aus Erzählungen erinnern konnte, war, dass die Menschen dort hingingen, um Spaß zu haben.

„Habt ihr einen eigenen Zirkus?", fragte Politen interessiert und vergaß für einen Moment seine Gefangenschaft.

„Einen eigenen?", fragte Johannes und lächelte geheimnisvoll. „Natürlich nicht. Der Zirkus gehört dem Boss. Wir alle arbeiten für ihn."

Politen war überhaupt nicht überrascht davon, dass der kleine Johannes arbeiten musste, da er mittlerweile ganz genau wusste, dass die Kinder armer Menschen selten in die Schule gehen konnten. Sie mussten arbeiten, um ihrer Familie zu helfen. Doch der gesprächige Johannes erklärte ihm, dass er nicht mit seiner Familie lebte, die er übrigens nicht kannte, weil, wie Walter (der Boss) ihn oft erinnerte, er als Baby außerhalb des großen Zirkuszeltes ausgesetzt worden war und der „barmherzige Boss" die riesige Verantwortung übernommen hatte, ihn aufzuziehen. Der kleine Johannes musste ihm nun mit seiner Arbeit diese Barmherzigkeit zurückzahlen.

Politen schaffte es nicht, mehr zu erfahren, weil Albert, der den Boss kommen sah, Johannes ein Zeichen gab zu verschwinden.

„Ich habe aber leider nichts über dich erfahren", murmelte Johannes enttäuscht.

Drei ganze Tage ließ Walter Politen eingeschlossen und angekettet in einer hölzernen Kiste hungern und dursten. Er sollte erfahren, „wer der Boss ist", wie er den anderen sagte.

„Ihr könnt euch sicher sein, er wird er uns sagen, was er außer mit den Flügeln an Kopf und Füßen flattern noch so kann. Wie kann es sein, dass er mit Albert und Johannes redet und mit mir nicht? Ich frage euch, wie kann es sein? Es kann nicht sein! Nicht in meinem Zirkus!"

Am vierten Tag öffnete er die Box und wartete darauf, seinen Sieg zu genießen.

Sein Gesicht zog sich vor Wut zusammen, sobald ihm klar wurde, dass sich Politen immer noch nicht unterworfen hatte, da er seinen Mund weiterhin nicht öffnete. Das, was ihn noch wütender machte, war die Ruhe und das Grinsen im Gesicht dieser geflügelten Kreatur.

„Was ist los, Boss? Hast du vergessen, wie man Tiere zähmt? Was bist du für ein Dompteur?"

Friederike wollte sich keine Chance entgehen lassen, ihren Boss zu ärgern und zu nerven.

Walter wurde stinksauer. Er sah Friederike wütend an. Er schloss die hölzerne Kiste, indem er kräftig ihren Deckel auf Politens Kopf schlug und unverständliche Wörter murmelte.

Politen hätte sich ohne weiteres von den Ketten, die ihn gefangen hielten, befreien und sein hölzernes Gefängnis öffnen können. Er hätte bereits am ersten Abend wegfliegen können. Doch er hatte es nicht getan. Nicht, weil er nicht auf die Idee gekommen wäre, oder weil es ihm gefiel, stundenlang krumm und reglos in einer Kiste zu sitzen. Es war Johannes, der ihn in seinem Gefängnis festgehalten hatte, nicht der Boss.

Der ursprüngliche Plan war einfach gewesen. Er wollte abwarten, bis es dunkel war und alle schliefen, um fortzufliegen. Doch er hatte es nicht geschafft, seinen Plan in die Tat umzusetzen, weil er ein merkwürdiges Geräusch hörte, als Natur und Menschen still waren und er bereit, seine Flügel zu öffnen. Er war sich sicher gewesen, dass etwas oder jemand neben seiner Kiste herumkroch. Er hatte beschlossen, ein wenig zu warten, doch was er nicht erwartet hatte, war Johannes' leise Stimme.

„Schläfst du?", fragte Johannes zögernd.

„Nein, ich schlafe nicht. Warum bist du um diese Zeit noch wach? Der Mond ist schon lange in die Mitte des Himmels gestiegen."

Johannes hob seinen Kopf zum Himmel.

„Der Mond? Welcher Mond? Ich kann nichts sehen als Wolken. Ich hatte große Schwierigkeiten hierher zu kommen, weil ich im Dunkeln nichts sehen konnte."

„Und trotzdem ist er da. Du siehst ihn nur nicht, weil die Wolken ihn verstecken."

„Es tut mir sehr leid, dass der Boss dich hier drin eingesperrt hat", fuhr Johannes fort, indem er mit seiner Faust auf die Kiste schlug. „Ich weiß nicht, was ihn gepackt hat. Nicht einmal die Tiere bestraft er so."

„Also, damit du nicht traurig bist, sage ich dir, dass ich nicht vorhabe, viel länger hier drin zu sitzen."

„Wirst du ihn bitten, dich zu befreien?"

Während Johannes auf Politens Antwort wartete, erlebte er die größte magische Vorstellung seines Lebens.

Hellblaue Flammen, die kleinen Schlangen ähnelten, sprangen aus allen Ritzen und Ecken der hölzernen Kiste. Und während der Deckel in die Luft flog, konnte der kleine Johannes Politen aufstehen sehen, frei von seinen Fesseln, die bis vor ein paar Sekunden seine Hände und Füße fest zusammengebunden hielten.

„Lieber Gott! Wie hast du das gemacht?"

„Jetzt wird er mich bestimmt fragen, ob ich ein Zauberer bin", überlegte Politen lächelnd, als er dieselbe Überraschung in Johannes' Augen wahrnahm, die er vor ein paar Jahren in Gerhards gesehen hatte.

„Bist du ein Magier?", fragte Johannes.

„Ich bin ein Hermitten", antwortete Politen und erfreute sich an der Überraschung des Kleinen.

Und so gehörte der kleine Johannes zum kleinen Kreis der Menschen, die über die Hermitten erfahren durften, über ihre Welt und ihre Besonderheiten. Denn außer Johannes und Hans, der es später erfuhr, wusste sonst niemand in Walters Zirkus, was Politen wirklich war. Alle dachten, der arme Politen wäre ein unglückliches Wesen, eine Laune der Natur mit schwachen Füßen, der mit nutzlosen Flügeln an Kopf und Füßen geboren worden war. Am meisten enttäuscht war natürlich Walter, der gedacht hatte, er könne Politen einen Haufen Tricks beibringen, um mehr Menschen in den Zirkus zu locken und reich zu werden. Als ihm klar wurde, dass Politen nichts anderes als ein unbrauchbares Wesen war, das nicht einmal richtig laufen konnte, beauftragte er ihn mit dem Füttern und Säubern der Tiere. So würde er wenigstens die Kosten decken. Walter wollte abwarten, bis er genug Geld hätte, um mit seinem Zirkus eine große Stadt zu besuchen. Er war sich sicher, dass er dort das kleine Monster an ein Krankenhaus verkaufen könnte. Er hatte von Ärzten gehört, die monströse Kreaturen der Natur untersuchten und machte sich große Hoffnungen auf den Gewinn aus diesem Verkauf.

Als er eines Morgens entdeckte, dass zwei Pferde fehlten, legte er sich mit allen außer Politen an.

„Es waren die besten Pferde, die ich hatte. Wenn ihr sie bis heute Mittag nicht gefunden habt, gibt es heute keinen Tageslohn", drohte er.

Politen taten die Menschen leid, die für einen ganzen Tag umsonst arbeiten würden. Doch Johannes amüsierte sich köstlich, es war nämlich seine Idee gewesen, die zwei Pferde am Abend davor freizulassen. Und es blieb nicht bei diesen Pferden. Binnen von ein paar Monaten hatten sie alle Tiere freigelassen, von denen sie überzeugt waren, dass sie allein überleben konnten. Den einzigen Elefanten des Zirkus wollten sie nicht freilassen, weil sie genau wussten, dass er wieder in irgendeinem Zirkus landen würde.

Es kam sogar so weit, dass der Boss jeden Abend selbst alle Tierkäfige und Zelte doppelverriegelte und die Schlüssel in einem kleinen ledernen Beutel aufbewahrte, den er sich vor dem Schlafengehen um den Hals band. Doch vergebens, das Verschwinden der Tiere ging weiter. Eines Abends verschwanden sogar seine zwei klugen Hunde, denen er beigebracht hatte, am Rüssel des Elefanten zu schaukeln.

Nach dem Verschwinden der Hunde beschloss Walter weiterzuziehen, obwohl der Zirkus Besucher hatte, denn bald würden sie keine Tiere mehr haben. Er war zu dem Schluss gekommen, dass die Tiere von den Menschen in dieser Gegend geklaut wurden. Zum Glück, denn so bekamen die Zirkusangestellten wenigstens ihren Tageslohn.

Mittlerweile war dem kleinen Kreis von Politen und Johannes Hans der Zwerg beigetreten, der, da er sich von der Natur ungerecht behandelt fühlte, große Sympathie und Verständnis für den gleichartigen Politen zeigte. Und das änderte sich auch nicht, als er erfuhr, dass Politen kein unglückliches Wesen war, dem die Natur Unrecht getan hatte. Im Gegenteil, er kam Politen noch näher, als ob er dachte, dass er durch die Freundschaft mit einem Hermitten mit magischen Kräften etwas von Politens Schein abbekommen könnte. Sein größtes Problem war der Schlaf. Er konnte nie lange genug wach bleiben, um die schönen Momente zu genießen, die sie zusammen erlebten. Das, was er aber um nichts auf der Welt verpassen wollte, waren die abendlichen Unterrichtsstunden, wenn Politen Johannes das Schreiben, Lesen und Mathematik beibrachte.

Als der Schnee zu schmelzen begann und die Umsiedlung einfacher war, führte Walter den Zirkus weg von den Dieben seiner Tiere in eine Gegend, die ein paar Kilometer von einer Kleinstadt entfernt war. Nachdem die Zelte aufgebaut waren, kündigte der Boss an, dass er ein paar Wochen unterwegs sein würde. Er nahm Albert, Nino den Akrobaten und Hans den Zwerg mit und fuhr davon, um neue Tiere zu kaufen. Der Rest blieb, um auf die Zelte und die restlichen Tiere aufzupassen.

Vorstellungen gaben sie keine. Nachdem die Angestellten mit ihrer alltäglichen Arbeit fertig waren, fuhren sie mit dem Wagen in die nächste Kleinstadt und warben für ihre zukünftigen Vorstellungen. Das erzählten sie jedenfalls Johannes und Politen, in Wirklichkeit aber tranken sie und feierten in den Bierstuben bis in die frühen Morgenstunden.

„Schade, dass du nicht laufen und sprechen kannst, mein Armer", sagte Frederike eines Abends, kurz bevor sie gingen, während sie Politen zärtlich über den Kopf streichelte. „Magst du nicht auch mal mit uns mitkommen, ein wenig Spaß haben, mein Ärmster?"

„Lass ihn in Ruhe", sagte Isabell und schubste sie weg. „Der Boss hat doch gesagt, dass ihn niemand sehen darf."

„Wie die kopflose Dame meint", sagte Friderike lächelnd und stieg zu den anderen auf den Wagen.

Isabell hatte zwar einen Kopf, aber in den Vorstellungen trat sie immer als kopflose Frau auf.

Obwohl der dritte im Bunde, Hans der Zwerg fehlte, hatten die beiden Freunde Politen und Johannes an diesen Abenden miteinander Spaß. In den Unterrichtsstunden war Johannes mittlerweile ein Ass in den Rätseln geworden. Ein paar Tage später kündigte Politen den Beginn des Astronomie-Unterrichts an.

„Was machen wir mit den neuen Tieren, die der Boss bringen wird?", fragte Politen eines Abends.

„Wir werden sie auf jeden Fall freilassen", antwortete Johannes, ohne lange zu überlegen. „Sie sind unglücklich, Politen. Eingesperrt in ihren Zelten und Käfigen. Sie sind unglücklich, wenn sie vom Boss dazu gezwungen werden, ihre Nummer vorzuführen. Ich bin mir sicher, dass sie nicht wissen, was sie machen, und nicht verstehen, warum sie es machen müssen. Diese Tiere haben auch eine Seele, Politen. Eine Seele, die mit Traurigkeit und Angst gefüllt ist. Angst vor der Peitsche des Bosses, die oft ihre Körper bluten lässt. Warum ist das Pferd schuld, wenn es nicht lange auf zwei Beinen stehen kann? Oder das arme Hündchen, das Angst davor hat, durch den Feuerring zu springen? Es springt dann doch, weil es die Peitsche durch die Luft sausen sieht und das grauenvoll schneidende Geräusch neben sich hört. Sie wollen alle weg, können es aber nicht. Deshalb müssen wir ihnen helfen."

„Und du?", fragte Politen. „Willst du auch weg?"

„Eines Tages, Politen, eines Tages werde ich auch gehen."

Drei Wochen später kamen Walter, Albert, Nino der Akrobat und Hans der Zwerg zurück und brachten fünf bildhübsche schneeweiße Pferde mit langer gekämmter Mähne, drei kleine Äffchen in merkwürdiger roter Kleidung mit gelbem Winkelmuster, zwei Hunde und drei braune Kätzchen mit.

Walter übernahm es, in den nächsten zwei Monaten die neuen Tiere systematisch und gezielt zu trainieren. Keiner der Zirkusleute wollte ihn bei den Trainingsstunden unterbrechen. Alle fanden etwas, um sich zu beschäftigen, damit der Boss sie nicht sitzen sah und zu Hilfe rufen würde. Sie wussten genau, was für einer Gefahr sie ausgeliefert wären, wenn sie sich in der Trainingsstunde mit ihm zusammen in einem Käfig befänden. Nicht selten musste Alberts Rücken für die Unwilligkeit eines Tieres herhalten, das sich weigerte, die Befehle des Bosses auszuführen. Zum Glück, für sie und für die Tiere, hatte er nicht länger als zwei Monate Zeit, weil sein Geld zu Ende war und die Vorstellungen so schnell wie möglich beginnen mussten.

Dann, es war das Ende des Jahres 1911, wurde Walter fast verrückt, da alle Tiere, die er gekauft hatte, eins nach dem anderen innerhalb von sechs Monaten verschwunden waren. Er schrie wie ein Verrückter herum und drohte jedem, dem er begegnete.

„Was für eine Katastrophe! Was für ein Unglück! Ihr habt mich ruiniert, ihr Penner! Mein Geld ist fort. Ihr habt es mir gestohlen. Ihr seid alle schuld und werdet dafür bezahlen!"

Meist zahlten dafür aber die Tiere, die noch nicht freigelassen worden waren. Die Peitsche sauste durch die Luft und schnellte kraftvoll auf ihren Rücken. Politen sah heimlich zu und sein Herz schnürte sich zusammen, aber er war sich sicher, wenn Walter erführe, wer die Tiere freigelassen hatte, dann würde Johannes noch viel schlimmer leiden als sie.

Als die verbliebenen Tiere das Zirkusprogramm nicht mehr allein füllen konnten, waren Hans der Zwerg, der als Clown auftrat, die zwei Akrobaten Nino und Marko und die zwei Frauen für die Unterhaltung des Publikums zuständig. Doch die Einnahmen der Vorstellungen wurden ohne die Tiere, die die Kinder anzogen, immer geringer.

Eines Morgens lud Walter alle Angestellten ins Hauptzelt ein, um mit ihnen zu reden.

„Ich werde für ein paar Tage fortgehen", sagte er.

Alle sahen einander überrascht an. Es war das erste Mal, dass so etwas passierte. Er war noch nie allein fort gewesen. Er hatte immer jemanden mitgenommen.

„Allein, Boss? Wirst du allein gehen?", fragte Albert.

„Genau. Ich werde allein gehen", bestätigte der Boss.

„Und was sollen wir machen, Boss?", fragte Friderike aus Neugier, denn ihr war es eigentlich egal, ob der Boss allein ging oder nicht.

„Ihr, meine Dame, werdet jeden Abend arbeiten. Es wird sich nichts ändern, solange ich weg bin. Die Vorstellungen müssen weiterlaufen."

„Etwas stinkt bei der ganzen Sache", murmelte Johannes.

„Wann kommst du wieder zurück?", wollte Marko der Akrobat wissen.

„Ich werde so lange wegbleiben, wie ich muss", stellte Walter klar. Danach sagte er mit trauriger Miene, die, seiner Meinung nach auch ein eisernes Herz brechen konnte: „Ihr wisst alle, ich habe sehr viel Geld verloren. Der Diebstahl meiner Tiere hat mich ruiniert."

Seine Stimme wurde von einem tiefen Seufzer unterbrochen.

„Er hätte Schauspieler werden sollen und kein Zirkusdirektor", murmelte Friderike zu Isabell, die neben ihr stand.

Walter hörte sie nicht und fuhr fort:

„Jetzt brauchen wir wieder neue Tiere und ich habe kein Geld mehr. Und ihr wisst ganz genau, dass es nicht um mich geht. Ich mache das nur für euch! Damit ihr jeden Abend euren Tageslohn bekommt. Ich habe lange darüber nachgedacht. Ich muss Geld finden, um neue Tiere zu kaufen. Ihr werdet also, solange ich weg bin, hart arbeiten müssen. Ihr müsst eure Vorstellungen und Nummern pflichtbewusst und aufopfernd ausführen. So, wie ich mich um euch kümmere, müsst ihr euch um den Zirkus kümmern, der euch jeden Tag zu essen gibt."

Am Nachmittag, als er abreiste, zeichnete sich in seinem Gesicht ein rätselhaftes Grinsen ab, so intensiv, dass es nicht einmal von seinem riesigen Schnurrbart versteckt werden konnte. Nichts erinnerte mehr an die Enttäuschung und Traurigkeit, die er bei dem morgendlichen Theaterstück vorgeführt hatte. Doch keines der Gespräche, die nach seiner Abfahrt geführt wurden, kam zu einer Schlussfolgerung. Niemand wusste, oder konnte sich vorstellen, wie Walter zu dem Geld kommen würde, das ihm fehlte.

Fünf Tage später sahen sie einen luxuriösen schwarzen Wagen ein paar Meter von ihren Zelten halten. Der erste, der aus dem Wagen ausstieg, als ob der ihm gehören würde, war Walter.

Er winkte Albert zu sich heran und flüsterte ihm etwas ins Ohr. Die anderen, die weiter weg standen, sahen interessiert zu. Doch nach der abweisenden Geste ihres Bosses kehrten sie alle schnell zu ihrer Arbeit zurück.

„Keiner nähert sich meinem Zelt, bis ich was sage, ist das klar?", schrie er in seiner gewöhnlichen bedrohlichen Art.

Der Einzige, der die vier Männer vom Wagen absteigen sah, war Hans der Zwerg, der viel langsamer als alle anderen lief und daher als Letzter noch dort war.

„Zwei von denen sind Ärzte", sagte er überrascht und spähte hinter dem Zelt der zwei Frauen hervor.

Ihre Kleidung, ihre schwarzen runden Hüte und die schwarze Ledertasche, die sie in der Hand trugen, ließen ihm keinen Zweifel daran.

Er rannte so schnell er konnte zu Johannes, der gerade den Elefanten fütterte.

„Er hat zwei Ärzte mitgebracht", rief er außer Atem.

„Zwei Ärzte?", fragte Johannes erstaunt. „Ärzte für die Tiere?"

„Nein, Johannes. Ärzte für die Menschen, solche mit schwarzen Hüten, schwarzen Taschen in der Hand und Uhren an der Brust", sagte er und zeigte sehr anschaulich, wo genau die Uhren hingen.

„Kann es sein, dass du dich geirrt hast?", zweifelte Johannes. „Niemand hier braucht einen Arzt. Uns geht es allen gut, wir sind gesund. Es sind bestimmt Banker. Er ist doch gegangen, um Geld zu finden. Er hat also die Bankleute hergebracht, um ihnen den Zirkus zu zeigen, damit sie ihm glauben und ihm den Kredit geben, den er braucht."

Die Interpretation von Johannes hörte sich recht glaubwürdig an und beruhigte Hans den Zwerg ein wenig. Doch nicht genug, um nicht fortzufahren:

„Ok, in Ordnung. Angenommen es sind zwei Banker. Was sind dann aber die anderen zwei, die das Geld für den Boss tragen?"

„Welche anderen zwei?"

„Die, die als letztes vom Wagen gestiegen sind."

Johannes brauchte nicht mehr zu hören. Hans der Zwerg hatte ihm eine undefinierbare Angst eingejagt.

„Wir müssen Albert finden. Der Boss hat ihm etwas gesagt. Lass uns herausfinden, was das war."

Johannes, ohne genau zu wissen warum, hatte das Gefühl, sie müssten sich beeilen.

Sie fanden Albert außerhalb des Zeltes, das sie als Lagerraum benutzten, in den Armen die Kiste, in der sie einst Politen gefangen gehalten hatten.

„Albert, warte auf uns!", rief Hans der Zwerg von weitem. „Wir müssen dich was fragen."

Albert stellte die Kiste auf den Boden und wartete auf sie.

„Wo gehst du mit dieser Kiste hin, Albert?", fragte ihn Johannes, als sie nahe genug waren, um nicht schreien zu müssen.

„Der Boss hat gesagt, ich soll sie säubern und ein sauberes Kleidungsstück mit zwei großen weichen Kissen reinlegen."

„Warum?"

„Die Herren, die heute gekommen sind, möchten Politen sehen", sagte Albert unschuldig.

„Hat er gesagt, du sollst Politen da reintun?"

„Ja! Ich soll ihn da reintun und zu ihm bringen, wenn er mich ruft."

„Politen... Wo zum Kuckuck ist Politen?"

„Kannst du ihn für mich finden, Johannes?", bat ihn Albert. „Ich habe genug mit dem Säubern der Kiste zu tun. Und wo soll ich jetzt zwei Kissen hernehmen?"

„Und wenn du Isabell bittest, dir zwei zu nähen? Wie findest du diese Idee?", witzelte Hans der Zwerg.

„Bist du verrückt? Ich habe nicht so viel Zeit. Der Boss hat gesagt, ich soll in einer Stunde fertig sein. Ich nehme die zwei aus dem Käfig des Elefanten", beschloss Albert.

„Ich glaub, du bist der Verrückte", versuchte Hans ihn aufzuhalten. „Unsere zwei schönen Kissen aus Indien? Der Boss wird dich umbringen. Du musst dir was anderes ausdenken. Ja, du musst dir sicher was anderes ausdenken. Die zwei guten Kissen des Bosses! Wie bist du nur auf diese Idee gekommen?"

Johannes, der in seiner Fantasie die Sandkörner der Sanduhr so schnell wie das Wasser dahin rinnen sah, wusste, dass sie sich beeilen mussten.

„Komm, Hans, lass Albert seine Arbeit machen. Wir gehen Politen suchen und bringen ihn dann her. Siehst du, Albert, wie sehr wir dir helfen? Vergiss nicht, das beim Boss zu erwähnen."

Sie liefen so schnell wie möglich und redeten erst wieder miteinander, als sie ganz sicher waren, dass er sie nicht mehr hören konnte.

„Wir müssen Politen finden. Er muss so schnell es geht hier weg, bevor ihn die Ärzte sehen", sagte Hans der Zwerg.

„Keine Sorge", versuchte ihn Johannes zu beruhigen. „Sie können ihm überhaupt nichts antun. Politen kann noch fliehen, wenn ihn zwanzig Personen festhalten. Er kann sich befreien, selbst wenn sie ihn mit den dicksten Ketten fesseln. Er kann fortfliegen, selbst wenn sie auf ihn schießen."

„Ja, wenn er bei sich ist", unterbrach ihn Hans der Zwerg.

„Was meinst du?", fragte Johannes.

„Ich meine, dass er all das, was du beschrieben hast, nur kann, wenn er wach ist. Was ist aber, wenn er schläft? Dann kann er nicht reagieren! Er kann sich weder befreien noch wegfliegen. Und wenn er im Labor irgendeines Krankenhauses wach wird, wird es zu spät für ihn sein."

„Warum sollte er schlafen? Was sagst du da? Es ist doch jetzt nicht Zeit, schlafen zu gehen."

„Mein kleiner unschuldiger Johannes! Ich weiß genau, wovon ich rede. Eine Spritze mit Betäubungsmittel oder Schlafmittel von den Ärzten und Politen wird in den nächsten Jahren, die er mit ihnen verbringt, nur schlafen."

Johannes bekam durch die finstere Beschreibung fürchterliche Angst.

„Ok, ich habe verstanden", murmelte er. „Los... Lass uns schnell suchen, ohne zu zögern, weil die Zeit vergeht nicht nur, sie rennt uns davon."

So sehr sie auch suchten, Politen war nirgendwo zu finden.

„Wo zum Kuckuck ist er hin? Wohin ist er denn heut verschwunden?", fragte sich Johannes, während er in allen Zelten fieberhaft suchte.

Nachdem er Hans den Zwerg wieder getroffen hatte, beschlossen sie, zu Albert zurückzukehren. Vielleicht hatte er Politen gefunden oder ihn sogar schon in die Kiste gesteckt.

„Wo ist er? Habt ihr ihn gefunden?", fragte Albert besorgt.

„Nein", antwortete Johannes, im Grunde zufrieden. „Er ist nirgendwo. Wie vom Erdboden verschluckt."

„Oh, nein! Was mache ich jetzt? Der Boss wird mich umbringen", winselte Albert wie ein kleines Kind. „Ihr seid schuld! Und ich Dummer habe euch noch vertraut. Nein, ihr seid nicht schuld." Albert änderte sofort seine Meinung. „Ich bin schuld, weil ich dachte, ein Clown und ein Kind könnten mir helfen. Es ist meine Schuld", winselte er weiter. „Und was mache ich jetzt? Was sage ich dem Boss, wenn er die Kiste haben will?"

„Beruhig dich", versuchte Hans der Zwerg ihn zu trösten. „Wir werden uns schon was einfallen lassen."

Alle drei setzten sich auf den Boden. Albert weinte im Voraus über den Schmerz der Peitsche, die erneut seinen Rücken aufschlitzen würde. Johannes und Hans versuchten, sich etwas einfallen zu lassen, um Politen vor den bevorstehenden Qualen zu schützen.

„Ich hab's!", rief Johannes plötzlich. „Ich habe eine Idee."

Die anderen zwei sahen ihn gespannt an.

„Hört zu. Der Boss will Politen den Ärzten verkaufen, um Geld zu verdienen. Deshalb befahl er Albert, ihn in die Kiste zu stecken."

„Richtig", bestätigte Hans.

„Albert kann Politen aber nicht in die Kiste stecken, weil wir ihn einfach nicht finden."

„Ist er vielleicht unten am Fluss?", fragte sich Albert. „Ich habe ihn dort oft stundenlang lesen sehen."

„Selbst wenn es so ist, schaffen wir es nicht, ihn zu holen", sagte Johannes, um etwas Zeit zu gewinnen. „Wenn er überhaupt dort ist... Und wenn nicht? Dann haben wir nur wegen einer geringen Wahrscheinlichkeit unsere Zeit verloren."

Albert musste dem zustimmen.

„Sprich weiter, bitte!" , sagte Hans der Zwerg an Johannes gerichtet.

„Wenn Albert dem Boss die Kiste mit einem falschen Politen liefert, wird er kein Problem haben, da er seine Aufgabe erledigt hat."

Albert konnte den Worten des Jungen nicht folgen.

„Einen falschen? Was genau meinst du damit?"

„Es ist sehr einfach. Wenn ich mich als Politen verkleide und in die Kiste steige, die Albert dann dem Boss aushändigt, wird Albert seine Wut nicht mehr abkriegen, wenn der Boss die Kiste öffnet. Was mich betrifft, werde ich nicht in Gefahr sein, denn die Ärzte, als gebildete Menschen, werden gleich merken, dass ich ein normaler Mensch bin, der Hahnenfedern an Kopf und Füßen kleben hat. Dann kann ich schnell wegrennen, da der Boss beschäftigt sein wird, den Ärzten zu erklären, warum er sie bis hierher geschleift hat."

„Ausgezeichnet!", hüpfte Hans der Zwerg begeistert.

Albert blieb still und dachte darüber nach, wie groß die Chance war, nicht dabei sein zu müssen, wenn der Boss die Kiste öffnen würde. Wahrscheinlich würde er ihn wegschicken, bevor er die Kiste öffnete.

„Ausgezeichnet!", wiederholte Hans, „Aber es gibt da ein kleines Problem."

„Was für ein Problem?", fragte Johannes.

„Du passt nicht in die Kiste", erklärte er ihm. „Obwohl du klein bist, bist du zu groß für die Kiste. Ich wiederum habe die gleiche Höhe wie Politen", fügte er in einem Ton hinzu, der deutlich machte, dass er sich nie mit seinem Körper abgefunden hatte.

„Nein, das kommt nicht in Frage", unterbrach ihn Johannes. „Es ist zu gefährlich für dich. Einem Kind verzeiht man leichter für einen Streich als einem erwachsenen Mann. Nein, es ist nicht richtig."

„Sei ruhig!", unterbrach ihn Hans der Zwerg. „Warum glaubst du, dass du Politen mehr lieb hast als ich?"

„Ich habe ihn lieb, weil er mein Freund ist", sagte Johannes.

„Aus dem gleichen Grund will ich auch in die Kiste."

Johannes war verbissen, als ob ihm jemand sein Lieblingsspielzeug wegnehmen wollte.

„Vergiss es, du gehst nicht in die Kiste."

„Genau das Gleiche wollte ich dir sagen. DU bist jünger und solltest auf MICH hören!"

Albert beobachte den Streit der zwei Freunde, ohne genau zu verstehen, warum sie stritten. Hatten sie Politen wirklich beide so lieb, dass sie sich darum stritten, wer ihm helfen dürfte?

Wegen der sturen Beharrlichkeit von Hans gab Johannes schließlich nach. Er wusste, dass sie nicht viel Zeit hatten. Darum ging Hans den Schwanz des Hahnes rupfen und Johannes die Kleider von Politen holen, um damit Hans den Zwerg zu verkleiden. Albert sollte Isabell um einen Faden bitten, um die Federn an Kopf und Füßen zu befestigen.

Als der Boss Nino den Akrobaten schickte, um Albert zu holen, stand der mit der Kiste in den Händen bereit.

Er lief Nino hinterher und spürte sein Herz schnell und laut klopfen. Seine Beine zitterten vor Angst und Schweißtropfen liefen ihm an den Wangen herunter.

Beide betraten das große Zelt. Nino ging voran und Albert hinterher.

„Bitte schön, meine Herren, ein Wunder der Natur befindet sich vor Ihnen!", rief der Zirkusdirektor demonstrativ aus und hob seine Hände in die Luft, in derselben Art, in der er jeden Abend seine Nummern im Zirkus präsentierte, während Albert die Kiste vor seinen Füßen abstellte.

Die zwei Herren mit den Uhren an der Brust näherten sich der Kiste. Albert wurde gelb wie Wachs. Fast wäre er ohnmächtig vor die Füße der Ärzte gefallen. Aber was für ein Glück, vor zwei Ärzten umzufallen! Eine

Soforthilfe wäre das gewesen, wortwörtlich! Zum Glück aber hörten sich die Worte, die der Boss verächtlich ausspuckte, wie göttliche Musik in Alberts Ohren an:

„Was gibt es für euch zwei Deppen da zu glotzen? Verschwindet, aber sofort! Seht ihr nicht, dass wir eine ernste Angelegenheit haben, die nicht für eure dummen Ohren und Augen bestimmt ist?"

Albert hörte die letzten Worte des Bosses nicht mehr, da er aus dem Zelt eilte, gefolgt von Nino dem Akrobaten, der sich Zeit ließ.

„Und? Was ist passiert?", fragte Johannes, der sofort zu ihm gerannt kam. „Alles in Ordnung? Alles nach Plan?"

Albert nickte bestätigend. Es kam noch keine Stimme aus seinem Mund heraus. Johannes hatte sich aber in diesem Moment überhaupt keine Gedanken um Albert gemacht. Bald würde es ihm wieder gut gehen. Etwas Anderes ließ ihm keine Ruhe. Würde Hans der Zwerg schnell genug sein, um der Peitsche des Bosses zu entkommen?

Er durfte sich nicht entfernen. Er würde bleiben, um ihm sofort helfen zu können. Er lief ein paar Meter vom großen Zelt weg, zum Zelt der Frauen. Dahinter würde er sich verstecken und warten.

Auf einmal sah er Politen, der sich nichtsahnend näherte. Johannes rannte zu ihm und zog ihn in das Zelt der Frauen.

„Schnell, du musst rausfinden, was los ist. Wir haben nicht viel Zeit", sagte er hastig, während sie ins Zelt schlüpften.

Hans der Zwerg sah vorgeblich verängstigt die Männer an, die über ihn gebeugt standen. Er musste seine Rolle bis zum Ende richtig spielen.

Einer von ihnen brachte sein Gesicht so nah an ihn heran, dass Hans der Zwerg seinen Atem an seiner Wange spüren konnte. Dann zupfte der Mann mit großer Leichtigkeit eine Hahnfeder ab, die an Hans' Kopf befestigt war, hielt sie hoch und schrie Walter an:

„Glauben Sie, dass Sie uns verarschen können? Was ist das? Ich verlange eine Erklärung von Ihnen. Sind wir für einen Zwerg mit Hahnenfedern an Kopf und Füßen den langen Weg hierhergefahren? Es war eine sehr lange Reise. Erklären sie mir, was das hier soll."

Walter wurde sofort bewusst, dass etwas nicht in Ordnung war. Er hatte etwas weiter weg gestanden, damit die Ärzte das Monster der Natur in Ruhe untersuchen konnten und hatte nicht von Anfang an gesehen, wer sich in der Kiste befand.

„Ich verstehe nicht, was für ein Zwerg?", murmelte er, während er zur Kiste lief. „Er ist klein, ich weiß, aber ist er deswegen schon ein Monster? Finden Sie ihn also normal?"

„Zum Teufel mit dir!", dachte Hans der Zwerg. „Und mit allen Menschen wie dir, die Zwerge für Monster halten! Dir geschieht das, was dir gleich passieren wird, genau recht. Du mieser, elender Typ! Nur Politen ist anders. Er hat mich nie als Monster angesehen. Er hat mich lieb, als wäre ich eine normale Person. Du verdienst alles, was dir ab jetzt passieren wird. Du Dreckskerl!"

Als er Hans den Zwerg in der Kiste sah, war Walters Schrei so laut, dass ihn selbst Johannes und Politen hören konnten.

„Ihr Hohlköpfe!", rief Politen. „Dummköpfe, alle beide! Gehen wir, schnell! Hans ist in Gefahr."

„Aber wir haben es für dich getan", murmelte Johannes und versuchte sich zu verteidigen. Politen packte ihn an der Hüfte.

„Was machst du da?", fragte Johannes erschrocken. Er hatte Politen noch nie wütend gesehen. Er dachte, Hermitten würden nie wütend.

„Lass mich. Wir haben es für dich getan. Damit dir nichts passiert. Warum wirst du so böse?"

„Wir fliegen jetzt zusammen bis zum Hauptzelt", beruhigte ihn Politen. „Wir dürfen keine Zeit verlieren."

Er packte ihn, hielt ihn fest und nachdem sie aus dem Zelt waren, hoben sie ab. Wenn die Situation nicht so ernst gewesen wäre, hätte Johannes gelacht. Ein kleiner fliegender Hermitten, der ihn in seinen Armen hielt, obwohl er zweimal größer war als Politen. Niemand sah sie, weil alle zum Eingang des Hauptzeltes rannten, um zu sehen, was passiert war.

Politen und Johannes landeten auf dem Dach des Zeltes.

„Was machst du hier drin?", schrie Walter zornig um sich spuckend. „Wie bist du in die Kiste gekommen?"

Hans der Zwerg sagte kein Wort. Er lächelte ihn nur an, was ihn noch zorniger machte. Der Boss griff nach der Peitsche, die an seinem Gürtel hing.

Der Arzt, der neben ihm stand, zog ihn zurück, als ihm klar wurde, was er vorhatte.

„Beruhigen Sie sich, Mann. Das ist doch keine Art. Nicht nur haben Sie versucht, uns reinzulegen, jetzt wollen Sie auch noch diesen armen unschuldigen Menschen schlagen."

Die wenigen Sekunden, in denen Walter den Arzt ansah, waren genug, um Hans den Zwerg aus der Kiste springen und wegrennen zu lassen. Er hatte vor, zum zentralen Ausgang zu rennen, doch er musste feststellen, dass die Zirkusleute den Ausgang blockiert hatten. Dass Johannes nicht zwischen ihnen war, verwunderte ihn. Er wartete nicht darauf, dass sie auf die Seite treten und ihn durchlassen würden, er versuchte einen anderen Fluchtweg zu finden. Also lief er zur Seilleiter, die die Akrobaten für ihre Nummern benutzten. Er stieg eine Stufe nach der anderen hinauf und als er die Leiter in der Luft schaukeln spürte, wurde es ihm auf einmal sehr schwindelig. Als der Boss ebenfalls die erste Stufe erklomm, wackelte die ganze Leiter.

„Komm sofort runter, du dummer Clown. Komm sofort runter und ich zeig dir, wer der Boss ist."

Walter stieg auf die zweite Stufe und Hans der Zwerg trat auf das hölzerne Brett, von dem aus die Akrobaten auf die Schaukel sprangen, die von der Mitte des Zeltdachs hing.

„Komm runter, umso höher ich komme, desto größer wird deine Strafe sein", brüllte Walter wie ein Löwe.

Hans der Zwerg fühlte sich zum ersten Mal gefangen. Der Witz kam zu seinem Ende. Walter und seine Peitsche kamen immer näher. Die Peitsche würde er ertragen, es wäre eh nicht das erste Mal. Aber wenn ihn der Boss aus dem Zirkus hinauswerfen würde? Was sollte er dann machen? Wo würde er hingehen? Wie könnte er dann überleben? Das Einzige, das er in seinem Leben gelernt hatte, war Clown zu sein. Menschen und Kinder zum Lachen zu bringen. Wenn ihn der Boss entließ, hätte er überhaupt keine Chance zu überleben.

„Was denke ich für einen Unsinn?", versuchte er sich zu trösten. „Ich habe Freunde, die mich lieben und die mir helfen werden. Politen und Johannes sind meine Freunde. Wir werden diesen Zirkus gemeinsam verlassen und ein neues Leben beginnen. Der Boss darf mich nicht einfangen. Ich muss ihm irgendwie entkommen. Aber wie?"

Vielleicht war es eine gute Idee, bis zur Schaukel zu springen. Sie war nicht weit weg und das Ganze sah nicht besonders schwierig aus. Nino und Marko meisterten es jeden Abend seit vielen Jahren. Es gab keinen Abend, an dem sie es nicht geschafft hatten. Der Boss würde ihn gehen lassen müssen, da er es bestimmt nicht wagte, selbst auf die Schaukel zu springen. Und dann würde Hans, der es geschafft hatte, sich von Nino und Marko hinunterhelfen lassen, nachdem der Boss ihm versichert hätte, ihn mit Politen und Johannes ziehen zu lassen.

Walter stieg eine weitere Stufe höher und wedelte seine Peitsche wild in der Luft. Die Ärzte versuchten ihn zur Vernunft zu bringen und ihn zu überreden, den armen Menschen in Ruhe zu lassen. Die Zirkusmitarbeiter beobachteten das Geschehen gespannt.

Politen machte mit seinem Vestris ein Loch in das Zeltdach, um Hans dem Zwerg schneller zu Hilfe zu eilen.

In dem Moment, als Hans der Zwerg, der mickrige tapfere Clown beschlossen hatte, den großen Sprung zu wagen und sein Leben zu verändern, erwiesen sich seine kleinen Händchen als zu kurz, um die Schaukel zu erreichen. Er schaffte es nicht einmal, die Schaukel zu berühren.

Alle Anwesenden mussten sprachlos, hilflos und fassungslos zusehen, wie der Körper von Hans dem Zwerg mit dem Rücken nach unten ins Leere fiel.

Doch er sah niemanden von ihnen. Sein Blick war fest auf Politens Gesicht gerichtet, das plötzlich an der Zeltspitze erschienen war.

Die Liebe, die er in Politens Augen sah, half ihm durch die Ewigkeit mit dem Gedanken, dass er, dieser hässliche, kleine Mensch, diese Laune der Natur, Freunde hatte und geliebt wurde.

Alle Blicke waren auf den leblosen Körper von Hans dem Großen gerichtet, der auf dem Boden lag. Die Ärzte eilten zu ihm, nur um feststellen zu können, dass er sie verlassen hatte und weggeflogen war.

Nur einer blickte in diesem Moment nicht auf den leblosen Körper, sondern starrte hoch zur Zeltdecke, auf die Stelle, an der Politens Vestris eine große Öffnung erzeugt hatte.

„Da ist er! Da oben! Seht ihr? Ich habe nicht gelogen! Da ist er, da oben!"

Der Boss zeigte mit beiden Händen (wenn er gekonnt hätte, hätte er auch seine Füße benutzt) auf die Stelle, wo Politen schwebte.

Wie auf Kommando drehten sich alle Köpfe nach oben und sahen Politen in der Luft schweben, getragen von der Bewegung der Flügel an seinem Kopf. Sowohl die vier fremden Männer als auch alle Zirkusangestellten waren wie erstarrt. Diese Menschen hatten ihn fast zwei Jahre lang als unglückliches Wesen erlebt, das nicht nur nicht sprechen konnte, sondern nicht einmal besonders gut auf seinen schwachen Füßen laufen konnte. Jetzt sahen sie, wie er dank der Flügel an Kopf und Füßen in der Luft schwebte, ins goldene Licht der Sonnenstrahlen getaucht, und sie mit einem leuchtenden Blick ansah. Selbst der Boss hatte in diesem Anblick seine Stimme verloren. Bis zu diesem Moment hatte er gedacht, er hätte eine Laune der Natur in seinen Händen gehabt, jetzt betrachtete er ein Wunder der Natur.

„Los, fangt ihn ein!", rief er zwei Männern zu, die wie angewurzelt hinter den Ärzten standen. „Fangt ihn ein, bevor er uns abhaut."

Trotz seinen Schreien schien niemand von ihnen bereit zu sein sich von der Stelle zu rühren und diesen prachtvollen Anblick zu verpassen. Doch für Walter bedeutete dieser Anblick Geld, eine Menge Geld, das von einem Moment auf den nächsten verloren gehen würde, wenn er nichts unternahm.

„Ihr Dummköpfe, er wird abhauen!", schrie er und rannte zum Zeltausgang.

Alle traten auf die Seite, ließen ihn durch und eilten ihm danach hinterher.

„Bleib hier, rühr dich nicht von der Stelle, bis ich dich abholen komme", sagte Politen zu Johannes, der sich am Gerüst des Zeltes festhielt, auf dem die Zirkusflagge im Wind wehte. Zum Glück hatte Johannes den letzten Akt nicht gesehen.

„Wohin gehst du? Lass mich hier nicht allein", rief Johannes verängstigt.

Politen antwortete ihm nicht. Er flog nach rechts und blieb über dem Ausgang in der Luft stehen. Er war am Boden zerstört. Er konnte es nicht glauben, dass Hans der Zwerg sein Leben gegeben hatte, um ihn zu retten. Und doch hatte er es mit eigenen Augen vor ein paar Minuten gesehen. Und das Schlimmste war, er hatte nichts machen können, um es zu verhindern. Doch er war fest entschlossen, das Mindeste für ihn zu tun und allen zu zeigen, wie großartig Hans der Zwerg war. Der Boss sollte erfahren, dass ein kleiner hilfloser Körper ein großes Herz haben kann.

„Komm sofort runter!", schrie der Boss, als hätte er ein Recht, ihm zu befehlen.

„Ich würde runterkommen, wenn du ein Freund wärst", antwortete Politen lächelnd. „Ich könnte mir ein Beispiel an meinem Freund Hans dem Zwergs nehmen, und mein Leben für dich geben, wenn du es wert wärst.

Wenn du über seinen ungerechten Tod wenigstens ein kleines bisschen traurig wärst. Wenn dieser Tod dich wenigstens für eine Sekunde betroffen gemacht hätte. Ich würde ein Versuchskaninchen für die Menschen werden, damit du das Geld bekommst. Wenn du es wirklich bräuchtest. Wenn du wirklich vorhättest, all denen zu helfen, die für dich arbeiten, seitdem sie auf diese Welt gekommen sind. Wenn du das Geld für die drei minderjährigen Jungen ausgeben würdest, damit sie in die Schule gehen und schreiben lernen können. Wenn du das Geld Nino dem Akrobaten geben würdest, damit er seine kranke Mutter ins Krankenhaus schicken kann. Aber wenn ich runterkomme, kassierst du das Geld und behältst es für dich. Einen Teil davon würdest du natürlich ausgeben, um wieder neue Tiere für den Zirkus zu kaufen. Du würdest sie quälen und hart trainieren, um Geld mit ihnen zu verdienen."

„Du hast keine Ahnung, wovon du redest, du Trottel!", schrie Walter, der mittlerweile knallrot vor Wut war. „Was glaubst du, warum ich arbeite? Für mich? Da liegst du falsch. Ich arbeite für diese Menschen. Dank mir haben sie Geld, um jeden Tag essen und trinken zu können. Ohne mich hätten sie nichts! Ohne mich wären sie nichts! Und die Freude, die der Zirkus dem Publikum macht? Zählt die für dich etwa nicht? Aber was erzähle ich dir überhaupt. Komm sofort runter. Du schuldest es mir! Du musst für das Essen zahlen, das ich dir so lange gegeben habe."

Langsam und schüchtern waren einige Stimmen der anderen Anwesenden zu hören. Alle redeten durcheinander und die Ärzte versuchten die Situation zu beruhigen.

„Herr Walter, Sie müssen sich beruhigen. Sie müssen ihn auf eine ruhige Art und Weise herunterholen. Mit dem Geschrei erreichen sie nichts", schlug Doktor Schmidt in einem milden Ton vor.

„Ok, ok", sagte Walter etwas versöhnlicher. „Macht wie ihr meint, aber schnell. Er ist klug und wird euch austricksen. Habt ihr nicht mitbekommen, dass dieser elende Mistkerl mich ein ganzes Jahr lang ausgetrickst hat?"

Doktor Schmidt hob seinen Kopf, um mit Politen zu sprechen, doch er war erneut sprachlos, als er ihn einen Jungen halten sah, der mindestens doppelt so groß war wie er.

„Wir gehen", sagte Politen ruhig.

„Johannes! Was machst du da oben?", rief der Boss, dieses Mal etwas schwächer.

Er hätte aber keine Antwort gebraucht. Er wusste genau, was passieren würde.

„Wir gehen, Boss", sagte Johannes und bestätigte damit seine Gedanken. „Ich gehe mit Politen. Ich gehe mit meinem Freund."

„Sie gehen…", murmelte Walter, während er zusah, wie sie am Himmel verschwanden, wie Vögel, die seiner Falle entwichen waren.

6. Ein merkwürdiges Bücherregal, riesig, hoch und breit.

Sie schloss die Außentür auf und ging zügig ins Haus. Ihre Schultasche warf sie auf die Wohnzimmercouch und eilte in die Küche, um ein Glas Wasser zu trinken. Im Haus herrschte absolute Stille. Ihre Eltern waren noch arbeiten. Iris warf einen Blick auf das Essen, das ihre Mutter morgens zubereitet hatte, beschloss aber später mit ihren Eltern zu essen.

Sie lief zurück in das Wohnzimmer, nahm ihre Tasche von der Couch und stieg die Treppe hinauf, die zu den Schlafzimmern im Obergeschoss führte. Es war besser, dort auf die Eltern zu warten. In ihrem Zimmer durfte sie machen, was sie wollte, solange sie es danach wieder in Ordnung brachte. Im restlichen Haus aber musste sie sich zurückhalten, denn ihre Mutter verlor oft die Geduld, wenn Iris irgendwelche Sachen herumliegen ließ.

Sie betrat ihr Zimmer und schloss die Holztür hinter sich. Sie stellte die Schultasche auf den Bürostuhl und lief zum Kleiderschrank, um sich umzuziehen. Sie betrachtete sich im großen Spiegel der mittleren Schranktür. Ihre langen krausen Haare, die wie immer ungekämmt waren, verbargen fast ihr ganzes Gesicht. Sie versuchte, sie zu einem Zopf zusammenzubinden, wie ihre Mutter ihr jeden Morgen vorschlug, fand aber kein Haargummi und ließ sie wieder offen fallen. „Du hast so hübsche, große braune Augen!", sagte ihre Mutter immer. „Ich verstehe nicht, warum du deine Haare nicht etwas schneiden möchtest, damit man dein Gesicht und deine schönen Augen sehen kann. Bind sie wenigstens zusammen, damit die Lehrer in der Schule dein Gesicht sehen können."

„Nein!", antwortete Iris immer stur.

Für zwei Dinge machten sich ihre Mitschüler über sie lustig: ihre krausen Haare und ihre Größe. Ihr feingliedriger Körper und dieses krause Haar ließen sie wie einen umgedrehten Besen aussehen. So hatte sie eine Mitschülerin vor ein paar Tagen genannt.

Sie trat vom Schrankspiegel weg, ohne beschlossen zu haben, wie sie die Zeit verbringen würde, bis ihre Eltern nach Hause kämen. Doch eines war sie sich sicher, sie würde vor dem Essen keine Schultasche öffnen! Sie sah sich forschend im Zimmer um. Ihr Blick fiel auf ihre Porzellanpuppen. Warum war sie nicht vorher auf die Idee gekommen? So musste sie nicht allein auf ihre Eltern warten.

Sie legte sich auf das Bett und platzierte ihre Hände hinter ihrem Kopf als Kissen. So blieb sie eine Weile liegen, schaute an die weiße Decke ihres Zimmers und lächelte, als sie an Oma Monika dachte, die ihr diese wunderschönen Porzellanpuppen geschenkt hatte, die ihr Gesellschaft leisteten, solange sie allein zuhause war.

Oma Monika...

Oma Monika, die Mutter ihres Vaters, war eine Oma, wie man sie aus den Märchenbüchern kennt. Pummelig, lächelnd, mit weißen Haaren und der Brille auf der Nasenspitze, wie Onkel Geppetto. Mit ihren weiten, langen Röcken und ihren bunten Strickjacken sah sie nicht wie die anderen, modernen Großmütter ihrer Freundinnen aus, die Hosen trugen und sich schminkten, um ihre Falten zu verbergen. Ihre Oma trug keine Hosen und musste sich nicht schminken, um hübsch auszusehen. Auf ihrem runden, herzlichen Gesicht hatte sie immer ein breites, warmes Lächeln. Und wann immer sie Iris ansah, zeigten ihre Augen, wie gern sie sie hatte. Ihre Hände waren trotz ihres Alters zart. Und ihre Worte... Wie einfach ihre Worte sie in schöne, fremde und magische Welten bringen konnten, jedes Mal, wenn sie ihr eine Geschichte erzählte. So lange Iris sich an ihre Oma erinnern konnte, war ihr weißer Zopf immer an derselben Stelle am Hinterkopf. Im Gegenteil zu den Haaren ihres Vaters, die mit den Jahren immer weniger wurden, obwohl er noch so jung war.

„Als er noch jünger war, habe ich ihm immer gesagt, er soll nicht so viel Gel in seine Haare tun", hatte die Oma eines Tages fröhlich über die Glatze ihres Sohnes gesagt. „Natürlich würde er sie eines Tages verlieren."

„Wenn ich das nur vorher gewusst hätte!", war das Einzige, was ihr Vater dazu gesagt hatte.

Die Oma benutzte viele Sprichwörter und Redewendungen. Sie hatte mit den Jahren alle in der Familie angesteckt. Wenn die Familie zu einem Anlass zusammenkam, redeten sie alle fast nur noch in Sprichwörtern. Iris hatte den Eindruck, dass ihr Vater ganz offen mit der Oma wetteiferte, da er sogar ganze Bücher mit Sprichwörtern und Redewendungen aus anderen Sprachen las, um sie zu beeindrucken.

Trotzdem hatte die Oma immer das letzte Wort. Bevor sie ins Bett ging, sagte sie das letzte Sprichwort des Tages, was ihren Vater ärgerte. Oma Monika schien enorme Reserven an Sprichwörtern in ihrem weißhaarigen Kopf verstaut zu haben.

„Sei nicht traurig, Papa. Bis du so alt bist wie Omi, ist dein Kopf genauso voll!", sagte Iris eines Abends, um ihn zu ermutigen, das Spiel mit Oma weiterzuspielen. Die Einzige, die diesen blutlosen Zweikampf wirklich genoss, an der manchmal auch Iris Mutter teilnahm, war Iris selbst.

Abgesehen davon, hatte sie mittlerweile etliche Sprichwörter gelernt und füllte damit langsam ihre ‚Sprichwort-Kiste'. Wer weiß? Vieleicht würde sie eines Tages mit ihrem alten Vater konkurrieren können.

Iris strahlte immer, wenn es darum ging, Oma Monika zu besuchen. Und der Grund dafür war einfach: jedes Mal verließ sie das Haus ihrer Großmutter mit einem wunderschönen Geschenk in ihren Händen. Sie konnte sich nicht erinnern, jemals ohne Geschenk gegangen zu sein. Die Geschenke waren nicht immer Spielsachen, es waren mitunter Bücher, Süßigkeiten oder Kleidung. Doch das, was Iris an ihrer Oma am meisten liebte und schätzte, war, dass sie immer ein Gespür für das richtige Geschenk hatte.

Als sie vor zwei Monaten die Oma besuchten, hatte sie Iris ihre Porzellanpuppen geschenkt, das schönste Geschenk, das sie jemals von ihr bekommen hatte.

An diesem Sonntagmorgen fuhren sie alle zusammen zur Oma Monika, um einen ruhigen Sonntag mit ihr auf dem Land zu verbringen. Ihr Vater hatte in den letzten Tagen immer wieder gesagt, dass er ein wenig Erholung nötig hatte. Die Sonne schien morgens schon kräftig und deshalb nutzten sie die Gelegenheit zur Entspannung aus.

„Ähm, ja und ein kleines Geschenk für mich!" sagte Iris lächelnd.

Leider zwang sie der lebhafte Verkehr auf den Straßen dazu, den sonnigen Sonntagmorgen im Auto zu verbringen. Sie waren offensichtlich nicht die einzigen gewesen, die die Gelegenheit des schönen Wetters ausnutzen wollten. Schließlich kamen sie kurz vor dem Mittagessen bei Oma Monika an.

Doch diese Verspätung konnte Iris Freude, ihre Oma endlich wiederzusehen, nicht beeinträchtigen. Rennend, fast fliegend, lief sie die Stufen zum Haus hinauf und fiel ihrer Oma, die vor der Haustür wartete, in die Arme.

So schön wie die warme Begrüßung verlief auch der restliche Tag. Ein leckeres Essen, Spiel mit Omas Hündin Kora und ein kleiner Spaziergang in dem nahe gelegenen Wald. Kurz vor der Rückfahrt, während sie im Garten saßen und sich von der süßen Anstrengung des Tages erholten und ihren Kaffee und Omas leckeren Käsekuchen genossen, wurde Iris von ihrer Oma gebeten, ihr zu folgen.

„Ihr werdet uns kurz entschuldigen", sagte sie zu ihrem Sohn und ihrer Schwiegertochter. „Wir sind gleich wieder da."

Iris Eltern sagten nichts, sie lächelten nur. Sie hatten sowieso kein besonderes Verlangen gehabt aufzustehen.

Iris sprang sofort auf wie eine Feder und rannte ihrer Oma hinterher. Alle wussten, die Zeit des Geschenks war gekommen. Es war jedoch das erste Mal, dass es ihr die Oma nicht vor allen überreichte.

Die Großmutter voran und die Enkeltochter hinterher, gingen sie in den hinteren Teil des Hauses. Hinaus in den Garten, an einem Teil des Grundstücks vorbei, das bis zur Grenze des Gartens reichte, dort, wo früher die Pferdeställe ihres Opas standen. Leider gab es die Pferde nicht mehr. Nur die hölzernen Pfähle, die der Umzäunung des Grundstücks dienten, in dem die Pferde einst frei herumliefen, standen noch an derselben Stelle. Niemand war im Stande, sie auszubuddeln, nachdem die beiden wegen Opas hohen Alters die Pferdezucht aufgegeben hatten. Sie standen immer noch an derselben Stelle und erinnerten an die schönen Tage, die die Familie dort verbracht hatte.

Sie gingen weiter zum Gartenhäuschen. Iris war noch nie im Inneren gewesen. Sie war auch selten auf dieser Seite des Grundstücks gewesen. Ihr Vater hatte ihr einmal erzählt, dass vor etlichen Jahren, als er selbst noch klein war, in diesem Häuschen der Gärtner mit seiner Frau gewohnt hatte. In den letzten Jahren hatte die Oma aber keinen festen Gärtner mehr gehabt. Herr Richter, der nur ein paar Straßen weiter wohnte, kam einmal die Woche und pflegte den Garten. Für die Oma, die mit den Jahren weder jünger noch leichter wurde, war die Gartenarbeit, das Bücken, Knien und Heben zu anstrengend geworden. Und so war das Häuschen des Gärtners zum Lagerhäuschen für ihre alten Möbel geworden. Die Oma liebte jedes Stück und fand es schade, etwas wegzuwerfen. Jedes Mal, wenn sie ein altes gegen ein neues Möbelstück im Haus austauschte, kam das alte ins Lagerhäuschen.

Der große eiserne Schlüssel, den Oma Monika aus ihrer Tasche gezogen hatte, drehte sich geräuschvoll im Schlüsselloch und die Tür öffnete sich. Die Kleine beeilte sich einzutreten.

„Warte, Iris. Immer langsam! Wir müssen erst das Licht anmachen, sonst sehen wir nichts. Ich glaube, jetzt ist das vordere Zimmer auch voll und im Dunkeln können wir nicht gut durchlaufen."

Sie tastete die Innenwand nach dem Lichtschalter ab und plötzlich wurde der Raum hell.

Iris schaute sich mit aufgerissenen Augen um.

„Oma, du hast recht. Es ist alles voll! Nicht einmal in meinem Zimmer sieht es so schlimm aus!"

„Komm, geh rein! Hilf mir einen Weg zu finden und heb dir die Bemerkungen für später auf."

Oma Monika rückte mühsam einen hölzernen, geschnitzten Stuhl mit dunkelroter Polsterung auf die

Seite. Das Stuhlbein war aber zwischen zwei alten hölzernen Blumenständern eingeklemmt und so brauchte die Oma einige Zeit und Kraft, um es zu befreien.

„So viel Müll hat die Oma hier angesammelt", dachte Iris, während sie den Raum betrachtete.

Ein starker Holzgeruch stieg in die Nase des Mädchens.

„Um ehrlich zu sein", sagte die Oma, „war ich lange nicht mehr hier drin und wusste nicht mehr, wie schlecht die Sachen aussehen. Ich glaube, ich muss die Tage Herrn Richter darum bitten, mir ein wenig beim Ausmisten zu helfen."

„Was willst du mit den ganzen Sachen, Oma?"

Im letzten Moment hielt Iris sich zurück, denn beinahe hätte sie „Schrott" gesagt.

Doch die Oma hatte der Kleinen überhaupt nicht zugehört.

„Hilf mir doch ein wenig, mein Kind, damit wir hineingehen können."

Iris half ihrer Oma, die Möbelstücke zu bewegen, die ihnen im Weg standen. So gelang es ihnen nach ein paar Minuten, das zweite Zimmer zu erreichen.

Dort sah alles ganz anders aus. Die Möbel standen ordentlich an ihrem Platz. Dieses Zimmer war mit der Unordentlichkeit des vorderen überhaupt nicht zu vergleichen.

„Kein Staub, kein Dreck, alles ist sauber", bemerkte Iris, nachdem sie heimlich mit dem Finger über den kleinen polierten Holztisch gestrichen hatte, der in der Mitte des Zimmers stand. Als ob jemand in dem Zimmer lebte und alles jeden Tag abstaubte.

So etwas schien Iris aber eher unwahrscheinlich, denn derjenige müsste jeden Tag durch die Berge des vorderen Zimmers klettern, um in das zweite zu gelangen.

Die Oma stand bereits vor dem schweren roten Vorhang, der an der gegenüberliegenden Wand hing, und war bereit, ihn aufzuziehen.

Iris dachte, dass ihre Oma das Fenster öffnen würde, um ein wenig Licht und frische Luft in das Zimmer zu lassen. Doch sie irrte sich, denn hinter dem roten dicken Vorhang befand sich kein Fenster, sondern ein großes hölzernes Bücherregal.

Es war ein merkwürdiges Bücherregal, riesig, hoch und breit, in die Wand eingebaut. Seine Fächer schienen gemauert und dann mit dunklem Holz ausgekleidet zu sein. In den zwei obersten Fächern waren ganz viele Bücher eng aneinander gequetscht, enger als in der Leihbibliothek ihrer Schule. Genauso sah es auch in den zwei untersten Fächern des Bücherregals aus, nur waren die Bücher so platziert, als würden sie als Stufen dienen. Die Bücher des Fachs am Boden befanden sich weiter außen, während die des vorletzten Fachs etwas weiter nach innen standen, als ob sie jemand benutzte, um auf ihnen stehend an die Bücher der obersten Fächer zu kommen.

Das Merkwürdigste war, dass die restlichen Fächer dieses riesigen Bücherregals voll mit Porzellanpuppen waren, was den Eindruck eines Regals in einem Spielzeugwarengeschäft erweckte. Nur in einem Spielzeugladen würde man so viele unterschiedliche Porzellanpuppen nebeneinander erwarten, dort würden sie darauf warten, von potenziellen Kunden gekauft zu werden. Aber was hatten sie in Omas Lagerhäuschen zu suchen?

Iris konnte sich nicht erklären, warum ihre Oma so viele Puppen haben sollte. Sie hatte vorher nicht realisiert, dass ihre Oma selbst mal ein kleines Mädchen gewesen war und vielleicht damals diese ganzen Puppen gesammelt hatte. In Wirklichkeit sahen diese Puppen auch überhaupt nicht neu aus. Sie kamen bestimmt aus der Zeit, in der Oma noch jung war. Iris konnte keine Barbie, keinen Ken oder eine Sally entdecken. Das änderte aber nichts an der Tatsache, dass alle Puppen wunderschön waren, die eine schöner als die andere.

Sie konnte ihren Blick von diesem Schatz nicht abwenden, wie magnetisch blieb ihre Aufmerksamkeit an ihnen haften.

Es waren große Puppen mit wunderschönen Kleidern und langen seidigen Haaren. Kleine Puppen mit kurzen Haaren. Puppen mit lockigen und Puppen mit glatten Haaren. Blonde, rothaarige und brünette Puppen. Puppen, die in ihrem Stuhl saßen und andere, die träge in ihrem Bett lagen. Die meisten hielten getrocknete Blumen in ihren Händen und fast alle trugen große Hüte. Eine bildschöne Prinzessin stach unter ihnen besonders heraus, neben ihr stand ein blonder Ritter in seiner knallroten, samtigen Uniform. Sein schwarzer Umhang fiel elegant auf seinen Körper und ließ seine linke Schulter unbedeckt. Seinen roten Hut schmückte eine lange weiße Feder.

In einem anderen Fach stand ein charmanter, kraushaariger Harlekin, der eine Geige spielte. Ferner ein Pariser Maler, eine russische Prinzessin, eine venezianische Contessina und ein rothaariges Bauernmädchen. Ein wunderschönes Baby in weiß sah Iris lächelnd in die Augen.

„Gefallen sie dir, meine Kleine?"

Oma Monika wartete gespannt auf die Antwort ihrer Enkelin.

„Sag bloß nicht, dass die alle dir gehören."

Iris lächelte und konnte ihren Blick nicht von dem hübschen Prinzen lösen.

„Gefallen sie dir?", fragte Oma Monika erneut, als hätte Iris ihre Frage nicht gehört.

Iris wurde ernst.

„Sie sind wundervoll! Alle sind so wunderschön. Eine schöner als die andere. Gehören sie wirklich alle dir? Seit wann hast du sie?"

„Nein, Iris", sagte ihre Oma in einem ernsten Ton. „Sie gehören nicht mir. Sie gehören dir. Ich habe sie nur für dich aufbewahrt, um sie dir zu übergeben."

Iris sah ihre Oma neugierig an.

„Um sie mir zu übergeben? Was meinst du?"

„Sagen wir mal, ich war bis heute ihre ‚Wächterin'. Ich habe sie vierzig Jahre lang für dich aufgehoben. Und jetzt ist die Zeit gekommen, sie dir zu übergeben", sagte die Oma gerührt. „Lieb sie und pass gut auf sie auf. Behüte sie wie deinen Augapfel. Sie dürfen nicht kaputtgehen. Das ist sehr wichtig, Iris. Du darfst sie auf keinen Fall kaputtmachen. Du bist nun ein großes Mädchen. Ich glaube, dass du ein Weilchen auf sie aufpassen kannst. Ich bin mir nicht sicher, wie lange ich es noch tun könnte. Ich bin alt geworden und lebe jeden Moment, als ob es mein letzter wäre."

„Oma, was erzählst du denn da?", fragte das Mädchen überrascht und verwirrt.

Eine Träne glitzerte in ihren Augen. Iris hatte ihre Oma noch nie weinen gesehen.

„Du hast mich gehört, mein Kind. Von nun an bist DU ihre Beschützerin."

„In Ordnung, Oma. Mach dir keine Sorgen."

Es wäre keine gute Idee gewesen, in diesem Moment ihrer Oma zu widersprechen. Sie war sich zudem sicher, dass sie ein anderes Mal mehr über diese Puppen erfahren würde.

Und so waren die Puppen in ihren Besitz gekommen. Iris konnte nicht alle auf einmal mitnehmen. Jedes Mal, wenn sie von Oma Monika heimfuhren, nahmen sie drei oder vier mit.

Iris fand an dieser Sache etwas besonders merkwürdig. Ihre Oma hatte gesagt, sie hätte in diesem Zimmer einhundertachtunddreißig Puppen. Iris selbst hatte sie niemals gezählt. Aber nachdem sie die ersten zweiundzwanzig bekommen hatte, hörte ihre Oma auf ihr Puppen zu schenken und schenkte ihr dafür, ohne jegliche Erklärung, wieder andere Dinge.

Als Iris sie bei einem gewöhnlichen Sonntagsbesuch fragte, wann sie die restlichen Puppen bekäme, hatte ihre Oma rätselhaft geantwortet:

„Momentan ist deine Aufgabe, auf diese zweiundzwanzig Puppen aufzupassen. Wenn es an der Zeit ist, wirst du die restlichen auch noch bekommen."

Iris lag auf ihrem Bett mit den Händen als Kissen unter ihrem Kopf. Sie war eingeschlafen, lächelte aber immer noch weiter.

7. Magische Kräfte, Zauberstäbe und Puppen

Als Iris zum ersten Mal von der Schule nach Hause kam und ihr Bett unordentlich vorfand, dachte sie, sie hätte es in der morgendlichen Eile vergessen zu machen.

Beim zweiten Mal sah sie sich misstrauisch um. War vielleicht jemand in ihrem Zimmer gewesen? Ihre Eltern konnten es sicher nicht gewesen sein, denn sie kamen erst nach ihr von der Arbeit nach Hause.

Beim dritten Mal war sie komplett verwirrt. Alles war sehr merkwürdig. Jemand wollte ihr wohl einen Streich spielen. Aber wer? Sie musste ihre Mutter fragen, ob sie vielleicht auch dasselbe Problem mit ihrem Bett hatte. Es konnte nicht sein, dass sie jeden Morgen das Bett machte, um es mittags in diesem Zustand vorzufinden!

Doch dann war plötzlich alles wieder wie vorher. Eine ganze Woche lang war ihr Bett mittags gemacht, genauso wie sie es morgens hinterlassen hatte. Bald hatte sie die Sache vergessen und ihrer Mutter doch nichts davon erzählt.

Auch die Woche drauf war mittags ihr Bett immer ordentlich und aufgeräumt. Doch dieses Mal war es ihr Kleiderschrank, der sich seltsam verhielt. Jeden Mittag war dieser Kleiderschrank ein pures Chaos. Ihre Kleider lagen auf dem Boden, die Kleiderbügel hingen leer und ihre Schuhe waren im ganzen Zimmer verteilt. Drei Tage lang räumte sie das Durcheinander auf. Am vierten Tag, als sie heimkam und die übliche Sauerei sah, brach sie zusammen. Sicher wollte ihr jemand einen Streich spielen. Sie musste unbedingt ihre Mutter fragen, wer außer ihnen dreien noch die Schlüssel ihres Hauses hatte. Auf keinen Fall würde ihre Mutter jeden Morgen den Kleiderschrank verwüsten. Sie wollte immer, dass zuhause alles ordentlich und aufgeräumt war. Und wenn sie Iris Kleiderschrank so sah, dann würde sie Iris sicher dafür bestrafen. Eigentlich wollte sie weinen, aber stattdessen schrie sie laut und empört:

„Genuuuuuuuuuuuuuug!!!! Jetzt reicht es mir aber!!!!"

Eine Antwort hatte sie natürlich nicht erwartet, da nur sie im Zimmer war. Eigentlich wollte sie nur ihre Wut herauslassen.

„Hör auf, so hysterisch zu schreien!"

Die männliche Stimme, die Iris Ohren erreichte, hörte sich entfernt und schwach an. Iris erschrak zu Tode. Sie spürte einen Schmerz in ihrem Magen, als hätte sie gerade jemand geschlagen. Woher kam diese Stimme? Wer hatte geredet? Sie hatte also recht gehabt. Jemand war die ganze Zeit in ihrem Zimmer gewesen. Und in diesem Moment war er da. War es vielleicht Christian? Er war in den letzten Tagen nicht in die Schule gekommen. Sie hatte gehört, er wäre krank. Pff, krank! Er hatte sich versteckt, um ihr einen Streich zu spielen. Doch wie hatte er es bloß geschafft, ins Haus zu kommen?

„Aber was frage ich denn überhaupt?", sagte Iris. Es war doch er, der vor einem Monat die Schließfächer in der Schule geknackt hatte, um Eidechsen hineinzulegen?

Sie versuchte sich aufzuraffen und ihren Mut zu sammeln.

„Wer ist da? Christian, bist du es? Zeig dich sofort!", rief sie; sichtlich empört.

Absolute Stille. Sie bekam keine Antwort. Iris begann zu zweifeln. War vielleicht doch niemand im Zimmer? War es vielleicht doch nur das Echo von ihrem Gebrüll gewesen? Oder hatte sie sich die Stimme nur eingebildet?

Sie sammelte noch mehr Mut und fragte erneut:

„Ist jemand hier in diesem Zimmer? Christian, antworte doch endlich! Bist du es? Wo versteckst du dich? Wehe du spielst mir einen Streich!"

Nachdem auch diesmal keine Antwort kam, verlor sie komplett ihre Angst. Es war doch nichts anderes als das Echo ihrer eigenen Stimme gewesen. Sie beschloss sich selbst zu beweisen, wie mutig sie war, und um sicher zu sein, dass alles in Ordnung war, sagte sie eigenwillig:

„Wer sich in diesem Zimmer befindet, sollte sich besser sofort zeigen." Sie stampfte mit ihrem Fuß auf den Boden und stützte ihre Fäuste in die Taille.

An das, was dann passierte, konnte sie sich hinterher nicht mehr gut erinnern. Nur an den heftigen Wind, der plötzlich in ihrem Zimmer aufkam und all ihre Sachen von ihrem Platz hochhob. Iris sah ihre Puppen auf einmal durch die Luft wirbeln, auf ihr Bett fallen und wieder hochfliegen, als hätten sie Flügel. Das Merkwürdigste von allem war aber das komische Gefühl, dass dieser Anblick absolut normal war. Denn eigentlich ist ein Wind, der plötzlich im Zimmer weht und deine Puppen wie gewandte Ballerinen tanzen lässt, alles andere als normal. Ganz von den grünäugigen Insekten mit durchsichtigen Flügeln zu schweigen, die von links nach rechts und wieder zurück quer durchs Zimmer flogen und an dieser seltsamen Choreographie teilnahmen. Obwohl es innerhalb des Zimmers extrem brauste, blieben die Vorhänge am Fenster völlig unbewegt! Sie war sich schließlich nicht mehr sicher, dass all das in Wirklichkeit passierte und schenkte dem Spektakel nicht die angemessene Aufmerksamkeit.

Und so plötzlich, wie alles begann, hörte es wieder auf.

Doch nichts im Zimmer war so wie vorher. Zwar standen die Wände noch, die Tür war an ihrem Platz und trennte Iris Zimmer vom restlichen Haus und das Fenster war geschlossen, aber das Mädchen hatte das Gefühl, dass alles anders war. Alle Gegenstände hatten sich verändert, hatten einen neuen Charakter bekommen. Und sie standen alle in eine bestimmte Richtung. Als hätten sie Hände und würden auf eine bestimmte Stelle deuten.

Nachdem sie sich sorgfältig umgesehen hatte, erkannte sie, was wirklich anders war.

An einer bestimmten Stelle in Iris' Zimmer, zwischen dem Schreibtisch und dem Bett, lagen auf einem Stapel all ihre Puppen. Ihre Kleider waren zerrissen, ihre Hände und Füße waren gebrochen und sie sahen aus, als hätte sie jemand aus dem Müll geholt.

„Meine Puppen...", wimmerte Iris erschlagen. „Mein Gott, wie sie aussehen!"

Eine unerträgliche Traurigkeit eroberte sie. Sie musste sofort an ihre Oma denken. Was würde sie sagen, wenn sie ihre Puppen so sähe? So viele Jahre lang waren sie in solch gutem Zustand gewesen. Und jetzt, wo die Puppen in Iris' Händen waren, sahen sie aus wie ein Haufen Müll! Aber war es ihre Schuld gewesen?

Ohne es zu merken, füllten sich ihre Augen beim Anblick der zerbrochenen Puppen mit Tränen. Jede einzelne war kaputt. Ihr Kopf tat weh, ihre Ohren dröhnten und ihre Augen wurden vom Weinen rot. Sie hatte nicht nur ihre Spielsachen verloren, sondern auch ihre Freundinnen und Freunde, die ihr Gesellschaft leisteten, bis ihre Eltern von der Arbeit heimkamen.

„Hör auf, wie ein kleines Kind zu weinen. Hör auf, um deine Puppen zu weinen. Du machst alles kaputt. Wir haben keine Zeit mehr für die Puppen."

Es war dieselbe Stimme, die zuvor gesprochen hatte. Doch diesmal war sie laut und deutlich zu hören.

Iris bekam große Augen, als sie sie erneut hörte. Ihre Beine zitterten und ihre Füße waren wie am Boden angewachsen. Sie konnte sie nicht bewegen.

„Es war nicht Christian...", dachte sie. „Diese Stimme war nicht die von Christian."

„Du bist nicht Christian", sagte sie leise. „Wer bist du? Wer redet da?"

Ihre Stimme kam kraftlos und schwach aus ihrem Mund. Iris wusste nicht einmal, aus welcher Zimmerecke die männliche Stimme gekommen war.

„Dreh dich um und schau uns an."

Die Stimme hatte „uns" gesagt. Sie hatte es deutlich gehört. Wie viele waren es bloß? Sie drehte sich schnell um. Auf der anderen Zimmerseite stand derjenige, der eben gesprochen hatte.

Sie bemühte sich zu begreifen, was sie dort sah, doch schließlich verstand sie alles. Es war ganz einfach. Sie träumte! Und sie hatte einen sehr komischen Traum. Was konnte es sonst sein. Sie sah ihre Puppen vor sich, sie hatten einen menschlichen Körper und einen menschlichen Kopf. Doch dann waren da noch diese kleinen Flügel, die rechts und links aus ihren Füßen und Köpfen wuchsen. Diese bewegten sich blitzschnell und ließen diese Wesen, die bis vor ein paar Minuten noch Puppen gewesen waren, schweben. Es konnte nur ein Traum sein. Neben der Schulter jedes Wesens flog eines dieser merkwürdigen Insekten mit menschlichen grünen Äugelein, die sie vorher seitwärts fliegen gesehen hatte, als plötzlich der starke Wind aufgekommen war. Sie machten genau dieselbe Bewegung, ohne sich von ihrem Wesen zu entfernen.

Unwillkürlich drehte sich Iris um und sah die Puppen an. Verformt und zerbrochen lagen sie noch immer dort auf dem Boden.

„Was ist los? Wer seid ihr alle? Nein, nein, es ist ok, ich brauche doch keine Antwort. Ich weiß, ich träume. Es kann nicht sein, dass Puppen lebendig werden. So etwas ist nur in Träumen oder Märchen möglich."

„Erzähl doch kein Unsinn. Die Puppen wurden nicht lebendig. Schau, die liegen auf dem Boden. Wie kannst du glauben, dass sie lebendig geworden sind?"

Der ehemalige Porzellan- und jetzt gefiederte Prinz hatte geredet. Doch er trug keine knallrote Uniform und keinen Samthut mit weißer Feder mehr. Jetzt trug er ein kurzes weißes Kleid, das seine linke Schulter freiließ, mit einem goldenen Gürtel um die Taille. Sein Kopf und seine Füße hatten Flügel.

„Was weiß ich! Angeblich ist im Traum alles möglich!"

„Im Traum vielleicht. Aber nicht in der Realität. Aber warum redest du ständig über Träume? Glaubst du wirklich, dass du schläfst und dass wir ein Traum sind?"

Sie kicherten alle zusammen, was Iris wütend machte.

„Warum lacht ihr? Glaubt ihr etwa, dass es euch wirklich gibt? Wie dumm! Jetzt lache ICH. Euch gibt es nicht! Ihr seid ein Traum. Ihr seid Luft. Und ich kann es euch sogar beweisen. Schaut. Ich bin mir sicher, dass ich euch nicht anfassen kann. Meine Hand wird durch euren Körper gehen, als ob es ihn nicht gäbe, und die Wand dahinter berühren. Ich habe es mal im Kino in einem Film gesehen."

Mit großer Zuversicht und ausgestreckter Hand lief sie nun auf sie zu. Als sie kurz davor war, den Körper des

Prinzen zu berühren, stellte sie fest, dass dieser zwar echt aussah, jedoch die Größe der Puppe hatte, die er mal gewesen war. „Er ist bestimmt nicht größer als ein halber Meter", dachte Iris. Auf einmal spürte Iris einen starken Schmerz an ihrer Hand, der sie fast schreien ließ, als hätte man ihr einen Nagel in die Handfläche gehauen. Schnell versuchte sie ihre Hand von dieser merkwürdigen Mücke mit den menschlichen Augen zu lösen, die vor ein paar Augenblicken noch über der Schulter des Prinzen geflogen war. Doch diese schien dazu nicht bereit zu sein. Erst als der Prinz mit seinem Finger auf sie zeigte, ließ sie locker und flog mal nach rechts mal nach links flatternd zurück an ihren Platz.

Iris bemerkte einen winzigen silbernen Stab aus dem Finger des Prinzen herausragen, der wie eine natürliche Fortsetzung seines Fingers aussah. Obwohl der Stab sehr klein war, waren die zwei Federn an seiner Basis deutlich erkennbar. Doch noch merkwürdiger wirkten die zwei silbernen Schlangen, die gegenüberliegend positioniert aus der linken und rechten Seite des Stabes vorsprangen. Die übrigen Finger des Prinzen schienen normal zu sein. Iris warf einen flüchtigen Blick auf die anderen Wesen. Alle hatten denselben kleinen silbernen Stab am Zeigefinger der rechten Hand und alle zeigten auf sie.

„Und? Was sagst du jetzt? Glaubst du immer noch, dass du träumst?"

Jeder im Raum brach erneut in Gelächter aus.

„Die übrigen Wesen können wahrscheinlich nur lachen und sonst nichts", dachte Iris, während sie ihre langsam rotwerdende Handfläche rieb. Sie traute sich aber nicht, etwas zu sagen und betrachtete nur all diese merkwürdigen Insekten, die sich ihr gegenüber befanden.

„Du bist sehr böse! Du hast mir wehgetan", antwortete sie wütend.

„Es tut mir leid, dass ich mein Vestris benutzen musste, aber nur so kannst du mir glauben, dass du nicht schläfst, dass wir kein Traum sind oder Wesen deiner Fantasie."

„Dein was?! Vestris? So heißt deine Mücke? Sieh mal einer an, Mücken haben Namen!"

„Es ist nicht dasselbe. Meine Mücke, wie du es genannt hast, ist ein Menken und könnte es reden, würde es dir zu verstehen geben, dass es sehr traurig ist, wegen der Meinung, die du über es gebildet hast. Ich bin mir sicher, dass es dir nicht weh tun wollte. Ich habe es dazu gezwungen. Es tut mir leid, aber es war der einzige Weg, um dir zu zeigen, dass du nicht träumst."

Der Prinz streckte erneut seine Hand in Iris Richtung aus. Das Mädchen erschrak und machte einen Schritt zurück.

„Keine Angst. Ich will dir nur alles erklären", versuchte der gefiederte Prinz sie zu beruhigen.

„Was willst du mir erklären?"

Es hatte sich anfangs alles so irreal angehört. Doch nach und nach wurde das Gespräch richtig interessant.

„Von dem Moment unserer Geburt bis zu unserem Tod hat jeder und jede von uns am rechten Zeigefinger ein Vestris. Es ist unser Zauberstab, wenn dir das was sagt. Es ist das Werkzeug, mit dem wir unsere magischen Kräfte auf ein bestimmtes Ziel richten", erklärte der Prinz nun.

Magische Kräfte, Zauberstäbe, Puppen mit menschlicher Stimme und Flügeln an Kopf und Füßen. Und das sollte kein Traum sein?

Iris wollte unbedingt wissen, was das alles zu bedeuten hatte.

„Und wenn ihr kein Traum oder Gespenster seid, was seid ihr sonst? Sind die Flügel an euren Köpfen und Füßen echt oder werden sie mit Batterien betrieben? Wie seid ihr ins Zimmer gekommen? Die Tür und das Fenster waren nicht geöffnet. Wenn ihr keine Gespenster seid, wie seid ihr dann hier reingekommen? Und die wichtigste aller Fragen... Warum habt ihr meine Puppen kaputtgemacht?"

Nachdem sie die wichtigsten Fragen alle auf einmal losgeworden war, blieb sie, ohne sich zu bewegen, vor ihnen stehen und wartete auf eine Antwort.

Die Atmosphäre im Zimmer schien sich entspannt zu haben. Iris beruhigte sich, nachdem sie ihre Fragen gestellt hatte. Sogar die Menken mit den winzigen grünen Äugelein wurden ruhiger und saßen nun, ohne mit ihren Flügeln zu flattern, auf den Schultern der gefiederten Wesen.

Der Einzige, der bisher geredet hatte und diese ungewöhnliche Gruppe vertrat, war der Prinz. Die restlichen Wesen kicherten nur, als würden sie sich eine Komödie anschauen.

„Wir sind weder durch die Tür noch durch das Fenster in das Zimmer gekommen. Du hast uns hier reingebracht."

Iris sah ihn überrascht an.

„Ich? Wie? Ich verstehe nicht."

„Wir waren in den Puppen versteckt, die du von deiner Oma brachtest. Manche von uns waren kürzer und andere längere darin versteckt."

„Sind die anderen Puppen von Oma auch wie ihr? Sind es keine richtigen Puppen?"

„Nein. Die übrigen Puppen sind ganz normale Porzellanpuppen. Es war die Idee deiner Oma, echte

Puppen zu kaufen, damit wir sicherer zwischen ihnen wären.

Alles begann eines Abends, etliche Monde ist es nun her, als mein Vestris beim Anblick einer Porzellanpuppe hellblaue Flammen warf. Ich wusste sofort, dass etwas daran merkwürdig war. Ich war natürlich nicht so überrascht wie du, als ich die Porzellanpuppe kaputtgehen und einen Hermitten herauskommen sah. Und dann kam mir eine tolle Idee. Die Porzellanpuppen waren das beste Versteck für uns Hermitten, denn so wären wir immer in der Nähe der Kinder. Wie Professor Mardoken mir geraten hatte. Wie ich selbst auch festgestellt hatte, waren die Kinder am wenigsten gefährlich für uns Hermitten."

Sprachlos und mit offenem Mund starrte Iris den ehemaligen Porzellanprinzen an. Nach großen Bemühungen gelang es ihr schließlich etwas zu sagen:

„Und ihr habt euch also in den Puppen versteckt?"

„Genau. Jedes Mal, wenn ich einen Hermitten traf, erzählte ich ihm von den Porzellanpuppen."

„Das heißt, ihr kanntet euch vorher gar nicht?"

„Kennst du denn etwa alle Menschen der Welt?"

„Natürlich nicht!"

„Ich kenne auch nicht jeden Hermitten."

„Was sind die... wie sagtest du? Hermitten?"

„Mein Volk. Alle, die so aussehen wie ich."

Iris schien nicht viel zu verstehen.

„Es gibt also ein ganzes Volk, das wie Puppen aussieht?"

„Natürlich nicht."

Erneut füllte sich das Zimmer mit Lachen.

„Ein wesentliches Merkmal von uns ist, dass wir nicht wie die Menschen laufen können. Nur ein paar Schritte, und das wirklich mühsam. Du siehst es doch selbst, nicht wahr? Aber fliegen, das können wir alle."

„Ihr könnt vielleicht nicht laufen wie wir Menschen, aber ihr könnt reden wie wir. Du zumindest", sagte Iris.

„Wir können alle so reden wie du", erwiderte die Kleinste der Gruppe und es war das erste Mal, dass sie überhaupt sprach. Weil sie so klein war, flog sie höher als die anderen, um sehen zu können und gesehen zu werden.

Iris schien von dem, was sie hörte, angetan zu sein, aber kein besonderes Interesse an der kleinen Hermitten zu haben. Sie sah weiterhin den Prinzen an.

„Wir brauchen deine Hilfe", sagte der. „Du musst uns helfen, das Tor zu finden. Wir haben nicht mehr viel Zeit. Und haben noch viel zu erledigen."

8. Es war kein Traum, es war alles real

„Hört sofort auf! Wenn ihr alle gleichzeitig redet, kann ich absolut kein Wort verstehen."

Iris hatte ihre Stimme erhoben, um das jetzt aufgeregte Durcheinanderreden der Hermitten zu übertönen. So brachte sie sie dazu, mit dem Lärm aufzuhören und wieder an einer Stelle zu schweben.

„Vorhin wart ihr alle noch ganz still und ruhig. Was ist denn jetzt auf einmal mit euch passiert? Und kommt alle runter. Ich kann euch nicht anschauen, wenn ihr da oben seid. Bald bekomme ich noch Nackenschmerzen, weil ich ständig zur Decke schauen muss."

Die erste, die sich Iris näherte, war ein wunderschönes Mädchen mit langen blonden Haaren und einem schönen, einfachen, hellblauen Kleid. Als sie noch eine Puppe gewesen war, dachte Iris immer, sie wäre eine Prinzessin. Ihre langen lockigen Haare verdeckten zur Hälfte die Flügel, die rechts und links an ihrem Kopf wuchsen. Abgesehen davon, dass sie nicht lief, war nichts an ihr ungewöhnlich. Außer ihrer kleinen Körpergröße, natürlich.

Sanft wie ein Windhauch strich ihre melodische Stimme über Iris Ohren:

„Wenn du so lange von Daheim fortgewesen wärst... Wenn du so viel durchgemacht hättest..."

Die Stimme der kleinen Prinzessin offenbarte ihre Nostalgie. Iris sah sie erstaunt an.

„Ich heiße Arinen und ich glaube, es ist das erste Mal, dass ich mich nicht fürchte. Im Gegenteil, ich freue mich richtig, mich mit einem Menschen persönlich zu unterhalten."

Arinen machte eine komische kleine Verbeugung vor Iris. Diese fand die Geste so witzig, dass sie lachen musste.

„Ist das dein erster Kontakt mit einem Menschen?", fragte sie.

Arinen lächelte geheimnisvoll.

„Warum denkst du, dass ich mich in der Prinzessinnenpuppe versteckt habe?"

„Warum?", fragte Iris neugierig.

Iris fiel es schwer, die fliegenden Wesen in ihrem Zimmer zu verstehen. Es war so viel, was sie noch nicht begreifen konnte. Sie gab sich aber Mühe, denn sie wollte ihnen helfen.

„Ich wünschte, du könntest verstehen, wie sehr ich die Menschen persönlich kennenlernen wollte! Als ich in eure Welt kam, war das mein größter Traum. Ich bin heimlich von zuhause weg. Meine Eltern wussten nichts von meinen Plänen. Meine lieben Eltern... Was wohl aus ihnen geworden ist? Ob sie nach mir gesucht haben? Ob sie noch leben?"

Ein dicker Knoten wanderte ihren Magen hinauf bis zu ihrem Hals und nahm ihr den Atem. Ihre Stimme kam etwas schwach heraus:

„Zusammen mit Frinien bin ich eines Abends abgehauen", sagte Arinen und zeigte mit ihrem Finger auf ein rothaariges Mädchen. Als das noch eine Puppe war, hatte es venezianische Kleidung getragen und seine Haare waren mit Perlen geschmückt gewesen. „Damals schien uns alles einfach und spaßig zu sein. Wir haben gegen alle Regeln unseres Volkes verstoßen. Obwohl wir Frauen sind, haben wir uns getraut. Es war eine Art Rache, eine Antwort auf diejenigen, die einst beschlossen haben, dass wir Frauen nur existieren, um ständig im Haus zu bleiben. Auf der Reise in eure Welt sind wir ihnen um ein Haar entkommen. Wenn wir erwischt worden wären, hätte man uns schwer bestraft. Doch wir gaben nicht auf. Das Verlangen, das Gefängnis unserer Welt zu verlassen war groß und schließlich haben wir es geschafft. Wir sind in eure Welt gekommen. Doch was hat es uns schließlich gebracht? Es ist hier alles sehr anders, als wir uns das vorgestellt hatten."

Iris fühlte sich bei den letzten Worten von Arinen plötzlich sehr unwohl, obwohl sie immer noch nicht viel verstehen konnte.

„Bist du sehr unglücklich?"

„Ja, ich bin traurig und unglücklich zugleich."

„Wie lange hast du deine Eltern nicht mehr gesehen?", fragte Iris mit echtem Interesse.

„Viele viele Jahre."

„Wie bitte?!"

„Soviele Jahre", wiederholte Arinen mit einem leichten Schluchzen in ihrer Stimme. „Doch ich habe noch Hoffnungen. Ich glaube, das hat uns alle zu dir gebracht... die Hoffnung. Die Hoffnung, dass wir diesmal zurückkönnen. Unsere Freunde, Familien, unser Haus und Dorf wiedersehen. Weißt du, Iris, mein Dorf sieht deinem nicht besonders ähnlich. Obwohl die Hermitten Kräfte besitzen, die ihr Menschen nicht besitzt, bin ich der Meinung, dass sie nicht so viele Fortschritte gemacht haben wie ihr. Unsere Häuser sind nicht so groß wie eure. Vielleicht weil wir selbst nicht so groß sind und unsere Bedürfnisse auch nicht. Als ich klein war, habe ich meinem Vater beim Bauen unseres neuen Hauses zugesehen. Er hat weder einen Lastwagen für den Transport der Baustoffe noch einen riesigen Kran für den Bau gebraucht. Er benutzte nur sein Vestris und die Steine kamen einer nach dem anderen und platzierten sich von alleine. Zwei Monde hat es ungefähr gedauert, bis er alles Nötige vom Markt geholt hatte. Es mag sich für dich vielleicht merkwürdig anhören, aber unser Haus ist nicht einmal halb so voll wie euers. Obwohl aber in meinem Zimmer keine elektronischen Spielzeuge und Computer zu finden sind, ist es mit ganz vielen Holzspielsachen und Schriftrollen mit Rätseln ausgestattet. So viele Rätsel, ich brauchte unzählige Monde, um sie alle zu lösen. Nach der langen Zeit, die inzwischen vergangen ist, kann ich mich immer noch an dieses Gefühl der Wärme und Geborgenheit erinnern, das ich in diesem einfachen und warmen Zimmer empfunden habe."

Frinien flog heran und stellte sich neben sie.

„Wir müssen zurück nach Hause, nicht wahr?"

Sie stellte die Frage und sah jede Person im Zimmer an, während sie auf Antwort wartete. Von allen Ecken des Zimmers war nur ein Wort zu hören. Alle hatten auf einmal „Ja" gesagt. Wahrscheinlich waren es Arinens Worte gewesen, die die Emotionen aller Anwesenden angesprochen hatten.

Und dann war es Frinien, die die Erzählung fortsetzte. Es war, als ob sie nur zu Arinen sprach, doch alle hörten aufmerksam zu.

„Kannst du dich noch an unsere Feste auf dem großen Platz erinnern? Alle großen Straßenlaternen brannten und beleuchteten den ganzen Ort taghell. Die großen, langen Holztische waren jedes Mal mit vielen Leckereien überfüllt, die die Frauen des Dorfes zubereitet hatten. Und immer spachtelten alle fleißig. Danach zündeten die Jungs und Männer des Dorfes ein großes Feuerwerk an, ein buntes Spektakel am nächtlichen Himmel. Der Höhepunkt des Festes waren unsere Tänze und unser Gewirbel in der Luft. Fast jeden Abend fand ein Fest statt. Ein Fest für denjenigen, der die

Volljährigkeitsprüfung bestanden hatte. Ein Fest für das Ende der Jagdzeit. Ein Fest für den Gewinner des Rätselwettbewerbs. Ein Fest für den Bauabschluss eines neuen Hauses im Dorf. Ein Fest für Hermes. Ein Fest, wenn die Männer die roten Drachen oder die Trochitten besiegt und sie hinter die Schwarzen Bergen vertrieben hatten. Ein Fest für den Gewinner des Patent-Wettbewerbs. Sogar für die Menken gab es Feste."

Tränen traten ihr in die Augen und sie hörte auf zu sprechen, um sie wegzuwischen.

Iris hatte das Gefühl, sie müsste etwas sagen.

„Und warum geht ihr dann nicht nach Hause? Ihr könnt doch fliegen, ihr braucht also auch keine Transportmittel."

„Es ist leider nicht so einfach."

Dieses Mal hatte Politen gesprochen.

„Wir brauchen deine Hilfe, um nach Hause zu kommen", sagte er dann.

„Meine Hilfe?", fragte Iris interessiert. „Wie kann ich euch helfen?"

Sie setzte sich auf den Bettrand.

„Wir müssen das Tor finden, das in unsere Welt führt. Jetzt, wo wir endlich den Schlüssel haben", sagte er in einem nostalgischen Ton.

„Schlüssel? Tor? Ich verstehe nur Bahnhof. Warum denkt ihr, dass ich weiß, wo dieses Tor ist?" Nach einer kleinen Pause fügte sie hinzu:

„Den Schlüssel? Ihr seid es also, die die ganze Zeit mein Bett und meinen Schrank durchwühlten. Glaubt ihr im Ernst, dass dieser Schlüssel in meinem Zimmer versteckt ist? Warum sollte er das sein? Habt ihr ihn hier gesucht?"

Alle Hermitten drehten fast gleichzeitig ihre Köpfe zu Politen.

„Wir glauben nicht, dass wir den Schlüssel hier in diesem Zimmer finden, sondern die Zutaten, um diesen Schlüssel anzufertigen", sagte Politen dann.

Plötzlich fing Iris an zu lachen und klatschte laut.

„Meint ihr, ihr könnt mir erzählen, was ihr wollt, und ich glaube euch sowieso alles, was ihr sagt? Ihr denkt, dass ihr mich verspotten könnt, nur weil ich klein bin? Es macht mir überhaupt nichts aus. Ich habe mich an den Anblick winziger Menschen gewöhnt, die aus meinen Puppen herauskommen und mit einem Insekt an der Schulter in meinem Zimmer herumfliegen. Glaubt ihr, dass es mich noch überrascht, wenn ich von euch höre, dass ihr die ganze Zeit mein Zimmer durchwühlt habt, um die Zutaten für die Anfertigung eines Schlüssels zu finden? Und? Habt ihr wenigstens die Zutaten gefunden? Habt ihr euren Schlüssel angefertigt oder nicht?"

„Iris, ich bitte dich. Die Sache ist sehr ernst, mach dich bitte nicht über uns lustig. Wir haben keine Zeit für Witze. Heute Abend wird sich das Tor öffnen und wir müssen dort sein. Du musst uns dort hinbringen, ohne dass uns jemand sieht. Unser Plan darf nicht gefährdet werden."

„Welcher Plan denn?"

„Ich werde dir alles so langsam und einfach wie möglich erklären. Doch zuerst musst du eine Nachricht für deine Eltern hinterlassen. Wenn sie von der Arbeit kommen, wirst du nicht da sein. Sie dürfen sich keine Sorgen machen und nicht die Polizei informieren. Es darf dich, heute Abend zumindest, niemand suchen. Es ist sehr riskant."

Iris bekam große Augen, je länger sie Politen zuhörte.

„Was ist los? Haben wir dir Angst gemacht?", fragte Frinien bekümmert.

„Eine Nachricht...", murmelte Iris.

Erst in diesem Moment wurde ihr klar, dass sie nicht träumen konnte. Es war kein Traum, es war alles real!

9. Das tröstliche Gefühl der Freiheit

Iris lief auf dem Gehweg, fest in ihre dicke Strickjacke eingewickelt. Selbstverständlich war ihr nicht kalt. Es war ein warmer, sonniger Frühlingstag und alle trugen leichte Sommerkleidung. Iris dagegen trug eine dicke Strickjacke. Deshalb bestand die Wahrscheinlichkeit, von den Passanten komisch angeschaut oder sogar für verrückt gehalten zu werden. Doch sie konnte nicht anders. Diese dicke Strickjacke, die ihr ihre Oma letztes Weihnachten gestrickt hatte, war das einzige Kleidungsstück mit riesigen Taschen. In der rechten Tasche hatte sich Politen zusammengerollt, um nicht gesehen zu werden. In der linken hatten es sich Arinen und Frinien gemütlich gemacht. Die anderen waren im großen Rucksack gestapelt, den Iris auf ihrem Rücken trug. Davor hatte Iris beobachtet, wie die Hermitten noch winziger wurden, als sie sowieso schon waren, als Politen den Befehl dazu gegeben hatte. Doch Iris hatte sich mittlerweile schon etwas daran gewöhnt, merkwürdige Dinge zu sehen.

„Könnt ihr auch größer werden?", hatte sie neugierig gefragt.

„Nein", hatte Politen geantwortet.

Und so hatten es sich alle in Iris Taschen und Rucksack gemütlich gemacht.

Sie hatten anfangs ein kleines Problem mit ihren Menken gehabt, doch letztendlich eine Lösung gefunden. An Iris Schulter hing die Kofferhülle ihrer Geige. Nur dass sich dort drinnen keine Geige befand, sondern zweiundzwanzig Menken. Wenigstens war die Geigenkofferhülle, im Gegensatz zu ihrem Rucksack, überhaupt nicht schwer.

Ein weiteres Problem war, dass sie nicht genau wussten, wohin sie sollten. Ihr Vestris war das Einzige, das ihnen helfen konnte, indem es ihnen die Richtung zeigte. Der Professor hatte es Politen oft genug ausführlich erklärt, um sicher zu gehen, dass er es nicht vergaß:

„Das Tor wird aus Sicherheitsgründen von Seiten der Menschen nie an derselben Stelle erscheinen. Du wirst dein Vestris benutzen müssen, um die Stelle zu finden, an der das Tor erscheinen wird. Versuche es nie ohne wichtigen Grund zu benutzen, solange du unter den Menschen bist. Wenn dein Vestris entkräftet ist, wirst du es allein nicht revitalisieren können und du wirst den Heimweg nie finden."

Doch alle Vestris waren mittlerweile entkräftet, weil sie sehr lange nicht revitalisiert worden waren. In keinem Fall konnte es einer allein schaffen. Das Einzige, was ihnen noch blieb, war die Kräfte aller Vestris zu vereinen und zu hoffen, dass sie noch die nötige Energie hatten, um ihnen den Weg zu zeigen. Immerhin hatten sie es bis hierher geschafft. Andernfalls hatten sie keine Hoffnung, den Weg in ihre Welt zurückzufinden.

Iris, schwer beladen mit ihrem Rucksack und der Geigenkofferhülle, wusste ebenso wenig, wohin sie gingen. Sie wartete, bis sie von Politen Anweisungen wie „geradeaus", „rechts" oder „links" hörte, um in die entsprechende Richtung zu laufen.

Vor dem Verlassen des Hauses hatten sie sich geeinigt, wie sie danach vorgehen würden.

Iris, die die Anweisungen aus ihrer rechten Strickjackentasche treu befolgte, lief seit ungefähr zehn Minuten.

Sie erreichte den Platz am Sendlinger Tor und hielt an. Sie stand genau in der Mitte des Platzes, neben dem großen Springbrunnen, der ringsum mit bunten, frisch gesetzten Stiefmütterchen geschmückt war.

„Rechts!", erklang Politens Stimme aus ihrer Tasche. Sie sah auf nach rechts. Sie musste die Hauptstraße überqueren. Sie ging zur Ampel und wartete geduldig, bis sie auf grün schaltete. Dann lief sie auf die andere Seite der Straße.

Als sie dort ankam, hielt sie vor dem Schaufenster eines großen Geschäfts mit Musikinstrumenten inne und tat so, als würde sie die schwarzen, glänzenden Klaviere bewundern, während sie in Wirklichkeit auf neue Anweisungen wartete. Sie wollte schon lange mit dem Klavierunterricht beginnen, doch heute war nicht der passende Tag für solche Überlegungen.

Politen wusste: jedes Mal, wenn Iris anhielt, musste er ihr neue Anweisungen geben.

„Geradeaus. Dann wieder rechts."

Iris lief nun auf einer kleineren Straße. Sie las ihren Namen: Thalkirchner Straße. Sie musste sich die Namen merken, um später wieder nach Hause zu finden.

Sie ging auf der rechten Straßenseite und hielt häufig inne, um sich von Politen die Richtung bestätigen zu lassen.

Doch seine Stimme wiederholte bereits seit einiger Zeit dasselbe Wort: „geradeaus".

Iris musste schon eine ganze Weile gelaufen sein, denn irgendwann spürte sie, wie ihre Beine, Schultern und ihr Rücken schmerzten. Bei dem Gewicht, das sie trug, war das ja vollkommen klar.

In diesem Moment lief sie gerade an einer Bushaltestelle vorbei. Als sie die blaue, eiserne Sitzbank vor der Haltestelle sah, ging sie auf sie zu, um sich hinzusetzten und kurz auszuruhen.

„Es ist noch hell. Es ist ja nicht die Welt, wenn ich mich ein wenig ausruhe", dachte sie, sagte aber nichts.

Ein tiefer Seufzer der Erleichterung kam aus ihrer Brust, während sie sich auf die Bank setzte und ihre Beine ausstreckte.

„Geradeaus", ertönte Politens Stimme aus ihrer Jackentasche.

Iris sah sich um. Die Haltestelle war menschenleer. Zwei Männer, ein sehr großer und ein sehr kleiner, standen etwas entfernt und schienen in ihr Gespräch vertieft zu sein. Sie würden wahrscheinlich nichts hören, wenn Iris sprach.

„Ich kann nicht mehr. Mir tun meine Beine und mein Rücken weh. Ich möchte mich ein wenig ausruhen", murmelte sie zwischen den Zähnen hindurch.

Politen sagte nichts.

Iris wollte sich bei ihm für sein Verständnis bedanken.

„Du brauchst nicht unnötig zu reden", sagte er dann. „Sobald es dir bessergeht, können wir weitergehen."

Es war später Nachmittag, doch die goldenen Strahlen der Maisonne waren noch warm und streichelten sanft die Gesichter der Passanten. Iris öffnete ihre Strickjacke ein wenig, um sich etwas abzukühlen. Die Wesen in den Taschen bewegten sich, sagten aber kein Wort.

In diesem Moment lief eine Dame an ihr vorbei, an der Hand einen kleinen Jungen, der ein riesiges belegtes Brot aß. Iris merkte plötzlich, dass sie enormen Hunger hatte. Kein Wunder, sie hatte lange nichts mehr gegessen. Die Hermitten hatten ihr ja auch keine Zeit gelassen, an Essen zu denken.

„Ich glaube, ich habe Hunger", sagte sie laut, um von Politen gehört zu werden.

Doch dann fiel ihr sofort ein, dass sie überhaupt kein Geld eingesteckt hatte. Ihr Rucksack und ihre Taschen waren voller Insekten mit kleinen grünen Menschenaugen, sowie mit kleinen Menschen, die Flügel an Kopf und Füßen hatten.

Sie fand sich also mit der Idee ab, dass sie erstmal nichts essen würde. So oder so würde sie nur bis zum Abend hungern müssen. Sie würde nach Hause gehen und das essen, was ihre Mutter zubereitet hatte. Ein paar Stunden kein Essen zu bekommen war keinesfalls mit der Aufregung vergleichbar, die Iris in den Gesichtern der Hermitten gelesen hatte, als diese sehnsuchtsvoll von ihrem Wunsch erzählten, endlich in ihre Welt zurückzukehren.

Iris legte ihre Hände zuerst auf die Knie und schlug dann mehrmals fest darauf, quasi um sich selbst zu erinnern, dass sie aufstehen musste, um weiterzugehen.

„Ich habe mich jetzt genug ausgeruht", murmelte sie.

Politen hatte sie informiert, dass sie am Ziel ankommen mussten, bevor der Mond aufging.

„Los geht es", sagte sie laut, um von Politen gehört zu werden.

Doch ihre Stimme kam lauter heraus als erwartet. Das hatte zur Folge, dass die zwei Männer, die ein wenig abseits standen und miteinander diskutierten, sie hörten.

Gleichzeitig drehten sich beide um, richteten den Blick auf Iris und sahen sich danach verwundert an.

Die zwei Männer hatten während ihres Gesprächs einige verstohlene Blicke auf das Mädchen gerichtet, das seit etlicher Zeit alleine auf der Bank der Bushaltestelle saß und in keinen der drei Busse eingestiegen war, die seither vorbeigefahren waren.

„Endlich."

Politens Stimme war nicht laut gewesen und so hörten die zwei Männer ihn nicht.

Iris, die sich erholt hatte, lief jetzt in schnellem Tempo, sie rannte fast und befolgte dabei weiterhin Politens Anweisungen.

„Geradeaus. Geradeaus. Geradeaus. Geradeaus..."

Er musste es mindestens zwanzig Mal gesagt haben. Iris lief nur geradeaus. Sie sah dabei weder nach rechts noch nach links. Nach hinten sah sie ebenso nicht. Demzufolge sah sie auch die zwei Männer nicht, die ihr folgten.

Die Sonne hatte sich mittlerweile hinter den großen Hochhäusern der Thalkirchner Straße versteckt, doch Iris konnte noch die warmen Farben sehen, die den Himmel tief am Horizont beleuchteten.

Und dann, zum ersten Mal seit langem, wies Politen Iris an, rechts abzubiegen.

„Ein paar Meter weiter sehe ich eine Ampel. Dort können wir rechts abbiegen."

„In Ordnung", stimmte Politen zu.

Tatsächlich bog Iris ein paar Minuten später an der Ecke rechts ab. Und hielt plötzlich inne.

„Ich weiß, wo wir sind!", sagte sie zu Politen. „Ich war hier schon mehrmals mit meinen Eltern. Wir sind am Wald an der Isar. Ich kannte den Weg hierher nicht, weil wir immer mit dem Auto meines Vaters hergefahren sind."

„Du sagtest Wald?", fragte Politen und machte dabei fast einen Purzelbaum in Iris' Strickjackentasche.

„Ja. Es ist wunderschön hier. Ein kleiner Wald mitten in der Stadt. Ein kleiner Bach fließt zwischen den Bäumen und es gibt viele kleine Holzbrücken, um ihn zu überqueren. Der Fluss heißt Isar. Von diesem Fluss erhielt die Gegend ihren Namen. Da, dort hinten ist schon die erste Brücke zu sehen."

„Dann sind wir wohl am richtigen Ort", sagte Arinen und sprach zum ersten Mal, seitdem sie das Haus verlassen hatten. „Es macht Sinn, dass sich das Tor in einem Wald befindet."

„Und jetzt?", fragte Iris. „Wo müssen wir jetzt lang?" Politens Vestris zeigte wieder einmal geradeaus.

Zuerst gingen sie über die erste kleine Holzbrücke und dann über eine zweite. Nun mussten sie tief im Wald sein, denn es wurde immer dunkler. Die hohen Bäume ließen kaum noch Licht durch. Und plötzlich war alles ruhig. Die Vestris zeigten auf einmal nichts mehr.

„Ich glaube, wir sind da", sagte Politen entschlossen.

„Ich glaube auch", stimmte ihm Arinen zu.

„Sind hier Menschen zu sehen?", fragte Politen.

Iris sah sich um. Sie konnte einige aufzählen, die auf dem schmalen Waldweg vorbeiliefen. Manche trugen Trainingsanzüge und joggten durch die Gegend.

„Etliche."

„Iris, bis es dunkel wird, musst du eine Stelle für uns gefunden haben, an der uns niemand sehen kann. Geht das?", fragte Politen.

„Ok, verstanden", sagte Iris und verließ den Waldweg, auf dem sie lange gelaufen war.

Sie lief zwischen den Bäumen hindurch, von den Menschen weg. Inzwischen hatte die Dämmerung Einzug gehalten und warf ihren Schleier über den Wald, in dem es nun ziemlich dunkel geworden war. Doch es war das erste Mal, dass Iris sich nicht vor der Dunkelheit fürchtete. Mit so vielen Hermitten in ihren Taschen konnte sie sich nicht allein fühlen.

Wie eine erfahrene Beobachterin inspizierte Iris erstmal die Gegend. Weit und breit war niemand zu sehen. Nach einem zweiten vergewissernden Blick war sie sich sicher, dass sie die Hermitten nun freilassen konnte.

„Alles klar. Ihr könnt rauskommen. Es ist alles ruhig hier. Kein Mensch am Horizont."

Politen, Arinen und Frinien sprangen zuerst aus den Taschen der Strickjacke.

Die anderen Hermitten mussten noch kurz warten, bis Iris den Rucksack abgenommen hatte, ihn auf den Boden gestellt und geöffnet hatte. Als letztes durften die Menken die Geigenkofferhülle verlassen.

Nun flatterten alle wie verrückt um Iris herum. Hin und her flogen sie und genossen dabei das tröstliche Gefühl der Freiheit, nach ihrer langen, wenn auch freiwilligen, Gefangenschaft.

Iris sagte nichts. Sie zog ihre Strickjacke aus, legte sie zu Boden und setzte sich gemütlich darauf. Welch ein schöner Anblick. Die Hermitten freuten sich frei zu sein. Bald würde es für sie nach Hause gehen.

10. „Aloissen-Noissen."

Inzwischen war die Sonne untergegangen. Doch das schwache Licht der Laternen am Waldweg schaffte es gerade noch durch das Laub der Bäume und beleuchtete die Stelle, an der sich Iris und die Hermitten aufhielten.

Ihre geflügelten Freunde und ihre Menken hatten sich mittlerweile beruhigt und saßen Rücken an Rücken neben ihr auf der Strickjacke. Einer der Hermitten beschrieb, wie er sich in der Porzellanpuppe versteckt hatte.

Politen hatte lange nicht geredet. Er war der erste gewesen, der Iris von den Abenteuern erzählt hatte, die er im Zirkus von Walter erlebt hatte, bevor er mit Johannes abgehauen war. Seitdem saß er schweigend und in Gedanken versunken da und betrachtete den Mond zwischen den Bamkronen.

Iris näherte sich und setzte sich neben ihm auf die von der abendlichen Feuchtigkeit kalte Erde.

„Ich muss es wissen", sagte sie so leise, dass ihre Stimme kaum zu hören war. „Bevor du gehst, musst du es mir sagen."

„Was möchtest du wissen?", fragte Politen.

„Hat Oma Monika es gewusst?"

„Ja, sie wusste es", sagte Politen nur.

„Hat sie euch gesehen?" Iris konnte nicht lockerlassen. „Hat sie euch selbst gesehen oder wusste sie nur, was in jeder Puppe steckt?"

„Als wir vom Zirkus flohen, war dein Opa Johannes gerade einmal neun Jahre alt und..."

„Dein kleiner Freund Johannes aus dem Zirkus war mein Opi?", fragte Iris neugierig und fröhlich zugleich, weil auch andere Familienmitglieder außer ihr Politen kennengelernt hatten.

„Uns begegneten am Anfang viele Schwierigkeiten, da dein Opa noch so jung war. Niemand wollte einem kleinen Kind, das allein herumlief, ein Zimmer vermieten. Ich hielt mich in seinem Lederrucksack versteckt, der immer an seiner Brust hing."

„Und wie habt ihr gelebt? Was habt ihr gegessen? Wo habt ihr geschlafen?", fragte Iris interessiert.

„Johannes verkaufte an Weihnachtsmärkten und Straßenfesten das Holzspielzeug, das ich abends für ihn mit meinem Vestris herstellte. Es war aber auch nicht immer einfach, es zu verkaufen. Bei einem Straßenfest wurde er wegen Verdacht auf Diebstahl fast verhaftet, weil manche der Meinung waren, er hätte das Spielzeug geklaut. In den ersten Jahren haben wir in einem Zelt geschlafen, das Johannes mit dem ersten Geld aus dem Verkauf der Spielsachen erstanden hatte. Wir verbrachten unsere Abende, indem wir zusammen Bücher lasen, aus den Schulfächern der Menschen.

Im Jahr 1917, als Johannes fünfzehn Jahre alt war, hatten wir das Geld beisammen, um ein kleines Landhaus am Rande des Dorfes zu kaufen, dort, wo jetzt deine Oma Monika wohnt. Und Johannes konnte eine Abendschule besuchen. Während Johannes in der Schule war, baute ich Holzspielsachen. Ich hatte schon so viel hergestellt, dass beide Zimmer unseres Hauses voll waren. Eines Abends überraschte mich Johannes: „Politen, ich habe es mir gut überlegt. Wir werden einen Spielzeugladen eröffnen. Dort verkaufen wir das ganze Spielzeug, das du bis jetzt gebaut hast, und mit dem Geld reisen wir um die Welt. Und so wird sich auch dein Traum verwirklichen. Und wir werden in diesen Zimmern wieder Platz haben", fügte er lächelnd hinzu. Ich war in diesem Moment so gerührt, dass ich keine Worte fand. Johannes wurde einer der größten Spielzeughändler der Gegend."

„Ich wusste gar nicht, dass Opa einen Spielzeugladen hatte", sagte Iris verblüfft. „Es hat mir niemand etwas davon erzählt. Ich dachte, Opa hatte Pferde."

„Das war viel später."

„Ok, ok, erzähl weiter", sagte Iris und bereute gleich, ihn unterbrochen zu haben.

„Die Geschäfte im Spielzeugladen liefen sehr gut. Jeden Tag kamen Erwachsene und Kinder, um die Spielsachen zu bewundern und einzukaufen. Am Heiligen Abend des Jahres 1924 passierte etwas sehr Merkwürdiges. Johannes war dabei, den Laden zu schließen, als eine Dame mit einem großen Paket in den Laden kam. Ich hatte es gerade noch geschafft, mich hinter einem Regal zu verstecken. „Ich hoffe, es ist kein Umtausch", murmelte Johannes und sah die Frau überrascht an. „Ich möchte diese Puppe verkaufen", sagte die Frau rundheraus und öffnete das Paket vor Johannes staunenden Augen.

Im Paket befand sich eine Porzellanpuppe mit knallroten geflochtenen Zöpfen. Sie hatte ein weißes Wollkleid an und trug auf ihrem Kopf einen weißen Hut mit bunten Blumen. „Sie ist wunderschön", murmelte Johannes, während er die Porzellanpuppe ansah. „Warum möchten Sie sie verkaufen? Gefällt sie Ihnen nicht?"

„Kaufst du sie mir ab?", fragte die Frau plötzlich und bemühte sich überhaupt nicht, freundlich zu wirken.

„Ich kaufe sie Ihnen ab", antwortete Johannes und wunderte sich über ihr merkwürdiges Verhalten.

Die Frau steckte das Geld, das ihr Johannes gegeben hatte, hastig in die Tasche und ging, ohne noch ein Wort zu sagen. Auf diesem Weg kam die erste Hermitten-Puppe zu uns."

Er sah die Hermitten an, die zwischen Arinen und Frinien saß.

„Und wie habt ihr es gemerkt?", wollte Iris wissen.

„Ich wusste es ab dem Moment, als ich die Puppe sah. Wie ich dir schon erzählt habe, als wir zwei uns kennengelernt haben: mein Vestris begann Flammen zu werfen und ich konnte es nicht mehr kontrollieren. Es dauerte nicht lange, bis die Porzellanpuppe zerbrach und wir die ersten Hermitten in der Welt der Menschen kennenlernten.

Die nächsten Jahre verbrachten wir reisend, dein Opa und ich, auf der Suche nach weiteren Hermitten. Ich wusste von meinem Professor, dass es möglicherweise noch einige Hermitten gab, die in eurer Welt gefangen waren und nicht mehr zurück in unsere konnten.

Ich wünschte, wir hätten Zeit, Iris, um dir erzählen zu können, wie dein Opa und ich auf unseren Reisen weitere zwanzig Hermitten getroffen haben. Du musst deine Oma fragen. Sie kennt diese Geschichten. Ich denke, wenn du ihr sagst, dass wir durch das Tor gegangen sind, dann wird sie dir alles erzählen."

„Wann hast du meine Oma kennengelernt?"

„Acht Jahre später, 1932 beschlossen wir, dein Opa und ich, zu unserem Haus und Laden zurückzukehren. In diesem Jahr lernte Johannes Monika kennen und verliebte sich in sie. Sie war siebzehn, wunderschön, wie eine zarte Rosenknospe, wie dein Opa immer sagte, und arbeitete in der Schneiderei nebenan.

Ein Jahr später haben sie geheiratet und Monika gab ihre Arbeit in der Schneiderei auf und half im Spielzugladen aus. Nach ihrer Hochzeit erzählte ihr Johannes von den Hermitten und den einundzwanzig

Porzellanpuppen. Bis dahin hatte sie mich nie gesehen. Doch nachdem wir uns kennenlernten, sind wir gute Freunde geworden.

Die Jahre vergingen und begannen, Spuren auf Johannes und Monikas Gesichtern zu hinterlassen. Wir alle waren wie Kinder für die beiden, die uns gut vor der Welt versteckt hielten. Eines Abends überraschte mich Johannes erneut: „Ich werde den Spielzeugladen schließen", verkündete er mir und Monika. Wir sahen ihn beide fragend an. „Ich bin mittlerweile fünfundvierzig Jahre alt. Wir haben genug Geld beisammen."

„Du bist nicht etwa jetzt schon erschöpft?", versuchte Monika zu scherzen. Johannes Blick brachte sie aber zum Schweigen.

„Tatsächlich, ich bin erschöpft. Aber nicht von der Arbeit, sondern von dem, was um uns herum passiert. Der Krieg mag vorbei sein, nicht aber das Elend, das er hinterlassen hat. Die Menschen haben kein Geld, um sich Essen zu kaufen, geschweige dann Spielzeug. In den letzten Jahren konnte ich mich selbst nicht leiden, dafür, dass ich Geld einnehme, das viel besser für andere Zwecke ausgegeben werden sollte."

Niemand von uns beiden sagte etwas. Wir ließen ihn seine Rede fortsetzen, um alles loszuwerden, was ihn belastete. „Weißt du noch Politen, damals im Zirkus? Wir ließen die Tiere frei, damit sie nicht leiden", sagte er nostalgisch.

„Ich kann mich erinnern, ja", sagte ich.

„Genau das werde ich ab jetzt tun", sagte er entschieden. „Werdet ihr mir helfen?"

Und so kam es dazu, Iris, dass dein Opa die Ställe baute, die hinter dem Haus deiner Oma stehen. In diesen Ställen wurden für viele Jahre, bis zu seinem Tod, die Tiere der Gegend beschützt, gefüttert und gepflegt.

Vorwiegend waren es Pferde, dein Opa war ein Pferdefreund.

Zwölf Jahre vor seinem Tod kam das einzige Kind von Johannes und Monika auf die Welt: dein Vater. An jenem Tag, an dem dein Opa starb, verabschiedete ich mich von Monika und vergewisserte mich, dass sie dafür sorgen würde, dass wir eines Tages aus den Puppen herauskommen würden. Danach versteckte ich mich in der Puppe und kam in deinem Zimmer zum ersten Mal wieder heraus."

Politen hielt inne und Iris sagte kein Wort, da sie seine Rührung spürte. Doch Politens Schweigen war nicht von langer Dauer.

„Wir müssen den Schlüssel vorbereiten", sagte er plötzlich. „Der Mond ist bald an der richtigen Position."

Arinen stand auf und trat zu Politen.

„Einen Moment. Bevor du anfängst, möchte ich dir etwas sagen."

Politen sah sie fragend an.

„Ich werde im Namen aller Anwesenden sprechen", fuhr Arinen fort. „Politen, wir verdanken dir unser Leben. Hätten wir nicht das Glück gehabt, dich vor *zweiundachtzig Jahren kennenzulernen, würde niemand von uns heute hier stehen. Niemand könnte alle*in nach Hause, nur du wusstest über das Tor und den Schlüssel Bescheid. Wir alle sind von zuhause weg, besessen von der Idee, die Menschen kennenzulernen, ohne an unsere Rückkehr zu denken. Du hast uns die Puppen gezeigt und uns beim Verstecken geholfen. Du und Johannes, ihr habt uns gesucht. Wir sind dir für ewig dankbar. Leider ist Johannes nicht mehr bei uns, doch würde er heute Abend hier stehen, wäre er sicher mit uns nach Hause gekommen. Egal, was ab jetzt passiert, wir sind dir zu großem Dank verpflichtet."

„Ich glaube, du übertreibst ein wenig", unterbrach sie Politen verlegen. „Deine Dankesworte sind an Professor Mardoken weiterzugeben, meinen Professor. Wäre er nicht gewesen, dann hätte ich das gleiche Glück wie ihr gehabt. Ich wäre durch das Tor gegangen, ohne zu wissen, wie ich zurückkommen soll. Er hat mir von dem Schlüssel erzählt. Siehst du? Ihr müsst euch also nicht bei mir bedanken, sondern bei meinem Professor. Wenn wir zurück sind, habt ihr die Gelegenheit.

Ich werde nie, solange ich lebe, Johannes und Monika vergessen. Und natürlich unsere kleine Freundin, Iris. Los geht's also, lasst uns versuchen, den Schlüssel fertigzustellen, um rechtzeitig zurück zu sein. Sonst..."

„Psst!", unterbrach ihn Arinen. „Denk nicht einmal darüber nach, es gibt kein „sonst"! Keine Sorge, wir werden es schaffen. Wir wollen es alle so sehr, und deshalb werden wir es auch schaffen. Ich bin mir sicher."

Iris betrachtete sie schweigend. Die Hermitten hatten doch jede Menge Gemeinsamkeiten mit den Menschen! Sie waren zwar kleiner und konnten fliegen, sie konnten aber genauso stark lieben wie die Menschen. Sie empfanden Traurigkeit, Schmerz und Freude in derselben Art und Weise und mit derselben Intensität. Sie wollten zu ihrem Zuhause und ihren Familien zurück mit derselben Sehnsucht, wie sie manchmal die Menschen haben.

„Machen wir uns also an die Arbeit", unterbrach Politens laute Stimme Iris' Gedanken. „Ich brauche die Kraft aller Vestris. Meins allein kann nicht viel schaffen, eure auch nicht, vermute ich."

„Meins will sich nicht mehr bewegen", wimmerte eine winzige Hermittin, die weiter hinten stand.

„Natürlich! Der Professor hatte mich vor diesem Problem gewarnt. Ich wusste von Anfang an, dass ich die Kräfte des Vestris wie den wertvollsten Schatz aufbewahren muss. Weil ich ohne seine Kraft auf keinen Fall zurückkehren könnte. Wie ihr versteht, habe ich auch Glück gehabt, euch kennengelernt zu haben. Ohne die Hilfe euer Vestris könnte ich das Tor von Seiten der Menschen nicht sichtbar machen."

Politen sah, während er redete, Arinen an.

„Genügt aber die Kraft der Vestris, um das Tor sichtbar zu machen? Ist es so einfach?" fragte ihn Frinien überrascht.

„Natürlich nicht. Vergisst nicht die Sachen, die wir aus Iris' Zimmer mitgenommen haben."

„Welche Sachen? Was habt ihr aus meinem Zimmer genommen?", fragte Iris, sichtbar verwirrt.

Politen senkte seinen Blick, nachdem er Iris ansah.

„Wir haben die Sachen nicht geklaut. Wenn alles vorbei ist, kannst du sie wieder mitnehmen. Aber, du verstehst... Wir brauchen diese Dinge auf jeden Fall. Ohne sie würden wir es nicht schaffen."

„Gut, gut, meinetwegen. Sag mir doch, was das für Dinge sind, ich bin sehr neugierig", unterbrach ihn Iris.

Sofort begann Politen seine Taschen zu leeren. Zwei dicke weiße Kerzen, ein Feuerzeug, eine kleine Schere und zwei kleine Weingläser befanden sich nun auf Iris' Strickjacke auf dem Boden.

„Ja, die Kerzen und die Schere habt ihr aus meiner Basteltasche genommen. Aber das Feuerzeug und die Weingläser? Sind die etwa auch aus meinem Zimmer?", fragte sie.

„Nein, die haben wir in der Küche gefunden", warf ein Hermitten ein.

„Ich sehe, ihr habt das ganze Haus erkundet, nicht wahr?", sagte Iris lächelnd.

Politen hob seinen Kopf und sah den Mond an.

„Der Mond ist schon weit oben. Das Tor müsste schon geöffnet sein. Wir müssen beginnen. Außerdem ist es für Iris sowieso schon spät, sie muss ja selbst noch nach Hause. Umso später es ist, desto gefährlicher wird es für sie."

Arinen flog zu Iris und nahm sanft ihre Hand.

„Ich wünschte, du könntest mit uns kommen", sagte sie dann in einem melancholischen Ton.

Iris lächelte, ohne etwas zu sagen. Arinen konnte nicht wissen, dass Iris vor ein paar Minuten genau dasselbe gedacht hatte.

„Wir müssen sofort anfangen", erinnerte sie Politen mit ernster Miene.

Iris ging ein paar Schritte zurück und setzte sich auf eine Baumwurzel. Sie schwieg und beobachtete die Hermitten, wie sie den Schlüssel fertigstellten, der das Tor von der Seite der Menschen sichtbar machen würde.

Politen nahm die zwei Kerzen und steckte sie in einem Abstand von ungefähr einem Meter voneinander in die Erde. Dann stellte er die Weingläser vor die Kerzen. Als er mit der Platzierung der Kerzen und der Weingläser fertig war, legte er Iris' kleine Schere dazwischen und rief die Hermitten auf, zu Boden zu sinken und sich einer neben dem anderen um die Kerzen herum im Kreis aufzustellen.

Iris setzte sich anders hin, um besser sehen zu können. Zum Glück war es ein warmer Abend und ihr war überhaupt nicht kalt.

Politen nahm das Feuerzeug und zündete die beiden Kerzen an. Sofort wurde die Lichtung mit einem warmen, gelblichen Licht beleuchtet. Jetzt konnte Iris ihre Gesichter besser sehen. All diese Gesichter voller Aufregung und Erwartung.

„Richtet eure Vestris auf die Schere und sprecht gemeinsam mit mir „Aloissen-Noissen" aus."

„Aloissen-Noissen."

Alle Vestris zeigten auf die Schere.

„Aloissen-Noissen."

Alle Vestris begannen allmählich schwache blaue Flammen zu werfen.

„Aloissen-Noissen."

Die blauen Flammen wurden stärker.

„ Aloissen-Noissen."

Die blauen Flammen rutschten auf die Schere zu.

„ Aloissen-Noissen."

Die Vestris waren mit der Schere verbunden.

„Aloissen-Noissen."

Der Schweiß floss den Hermitten über ihre Gesichter.

„Aloissen-Noissen."

Die Kerzen brennten jetzt immer schneller herunter.

„ Aloissen-Noissen."

Die Weingläser füllten sich langsam mit einer goldgrünen Flüssigkeit.

„ Aloooooissen-Nooooissen!!!"

Die Kerzen verschwanden und die Gläser waren bis zum Rand mit der leuchtenden Flüssigkeit gefüllt.

Als es vorbei war, legten sich die Hermitten erschöpft auf die Erde.

„Und wo ist jetzt das Tor?", unterbrach Iris die Stille.

„Es muss noch eine Sache gemacht werden, der letzte Schritt. Wir müssen den Schlüssel in das Tor stecken", antwortete Politen. Iris bemerkte, dass seine Hände zitterten.

„Die Flüssigkeit in den Gläsern ist der Schlüssel?"

„Ja, Iris. Diese kostbare Flüssigkeit wird uns helfen, das Tor sichtbar zu machen. Deshalb müssen wir jetzt den Schlüssel ins Tor stecken."

„Und wie willst du das machen?"

„Du Kleine, bist so ungeduldig!", lächelte Politen. „Noch ein wenig Geduld, Iris, dann sind deine Leiden auch zu Ende."

„Leiden? Welche Leiden? Bist du verrückt? Ich habe an einem Tag so viele Sachen gesehen und gelernt, die andere Menschen in ihrem ganzen Leben nicht sehen werden. Ich bin Oma Monika sehr dankbar dafür, dass sie mich in eure magische Welt geführt hat. Ich habe meinen Opa Johannes leider nicht kennengelernt, aber ich habe von euch so viel über ihn erfahren, dass ich das Gefühl habe, ihn zu kennen. Ich bin stolz darauf, seine Enkelin zu sein. Ich bin sehr dankbar, euch kennengelernt zu haben. Und noch etwas bin ich: ich bin traurig."

„Traurig?"

„Ja, traurig. Weil ich euch verlieren werde. Ihr werdet gehen und ich werde euch nie wiedersehen."

Sie sagte nichts mehr. Politen kommentierte es nicht, weil er Iris verstand. Es ging ihm genauso. Er sprach zu den Hermitten.

„Kommt, unsere letztr Anstrengung", sagte er, während er die Gläser mit der Flüssigkeit nebeneinanderstellte.

Die Hermitten flogen um ihn herum.

„Richtet eure Vestris auf die Gläser und..."

„Mein Vestris hat überhaupt keine Kraft mehr", sagte Frinien und sah ihr Vestris traurig an. „Es tut mir leid, Politen, ich kann dir nicht helfen."

„Meins hat auch keine Kraft mehr", sagte eine weitere Hermitten.

„Meins auch nicht."

Politen zog nachdenklich seine Augenbrauen zusammen. Das war ein großes Problem. Sie hatten viel Kraft benötigt, um den Schlüssel anzufertigen. Jetzt wurde die Situation kompliziert.

Doch sie mussten vorangehen mit den Kräften, die sie noch übrighatten. Es ging nicht anders. Er hoffte, nicht noch mehr Vestris-Ausfälle zu haben.

„Wie viele Vestris haben noch Kraft?", fragte er alle.

Die Antwort war enttäuschend. Nur acht der zweiundzwanzig konnten noch helfen.

„Nur acht?", fragte er besorgt.

Doch sie hatten keine andere Wahl. Es war das Einzige, was sie machen konnten. Sie mussten es wenigsten versuchen. Aufgeben dürften sie jetzt nicht.

„Wir werden es schaffen, Politen", flüsterte ihm Arinen zu.

„Ihr werdet es schaffen, meine Freunde", versuchte Frinien ihnen Mut zu machen.

„JA! Wir werden es schaffen", stimmte Politen zu und versuchte gleichzeitig, sich selbst zu bestärken. „Kommt, wir fangen an."

Und so näherten sich die acht Hermitten, dazwischen Politen und Arinen, mit ihren aktiven Vestris den zwei Gläsern. Sie blieben vor den Gläsern stehen und richteten ihre Vestris auf sie. Zuerst kamen nur schwache hellblaue Flammen heraus, die nach und nach immer stärker wurden und die Gläser mit der Flüssigkeit erreichten.

Die anderen Hermitten standen mit Iris etwas weiter weg und sahen aufgeregt zu.

Für etliche Sekunden schien sich nichts zu verändern. Die Gläser schienen sich nicht von den

Flammen der Vestris beeinflussen zu lassen. Doch plötzlich kippten die Gläser um und verschütten die goldgrüne Flüssigkeit auf die Erde.

Iris blieb vor Staunen der Mund offen. Die Flüssigkeit der zwei Gläser floss zueinander und bildete einen leuchtenden kleinen Bach, der in eine bestimmte Richtung verlief.

„Wie eine goldgrüne Schlange sieht das aus", dachte sie, während er an ihren Füßen vorbeifloss.

Am Anfang rann die Flüssigkeit so, als ob sie nicht richtig wüsste, wohin sie fließen sollte. Sie beschrieb ein paar Achter auf der Erde und verlief dann nördlich. Die Hermitten flogen in diese Richtung und Iris rannte hinter ihnen her. Nach etlichen Metern, ganz plötzlich, hörte die Flüssigkeit auf zu fließen und bewegte sich nach oben. Nicht wie ein Springbrunnen, sondern eher, als würde sich die leuchtende Flüssigkeit in einem Rohr befinden. Ohne auch nur einen Tropfen zu verlieren, floss sie nun gleichmäßig aufwärts. Doch das Spektakulärste war für Iris, was danach folgte. Als die Flüssigkeit eine Höhe von zwei bis drei Metern erreicht hatte, explodierte sie in der Luft wie viele kleine bunte Feuerwerkskörper. Als sie komplett verdunstet war, blieb an ihrer Stelle hinter dem bunten Feuerwerk ein feuriges Tor.

Sowohl die Hermitten als auch Iris sahen das riesige Tor sprachlos und verblüfft an.

„Schnell, geht durch!!", schrie Politen. „Das Tor bleibt nicht lange geöffnet."

Doch das erste, das alle Hermitten taten, war nicht durch das feurige Tor zu gehen, sondern zu Iris zu fliegen, die sich vor Verwirrung noch immer die Augen rieb. Ihr Blick starrte die Flammen an, die die riesige Tür vor ihr bildeten.

Sie bekam eine warme Umarmung und einen Kuss von jedem und jeder Hermitten, bevor einer nach der anderen durch das Tor flog und vor ihren Augen verschwand. Als letzte waren Frinien, Arinen und Politen geblieben.

„Sei nicht traurig, Iris", sagte Frinien. „Ich mag dein Gesicht nicht mürrisch in Erinnerung behalten. Schenk mir bitte, bevor ich gehe, dein schönstes Lächeln!"

„Ich kann nichts dafür", antwortete Iris. „So ist es, wenn Personen gehen, die ich liebe."

„Vielen Dank, meine Liebe! Das höre ich gerne. Ich werde dich vermissen."

Ohne noch etwas zu sagen, gab sie Iris einen Kuss und flog zum Tor.

Nun war Arinen an der Reihe, sich von Iris zu verabschieden.

„Ich habe in den letzten einhundert Jahren zwischen den Menschen gelebt. Eine Sache ist mir dabei klargeworden. Diese Welt wäre viel besser, wenn alle Menschen für immer Kinder bleiben würden. Und ich bin dankbar, dass ich den letzten Tag auf dieser Welt mit dir verbringen durfte. Es wäre so schön, wenn du mitkommen würdest!"

Arinen kamen die Tränen, während sie ihre Arme öffnete, um Iris zu umarmen. Eine richtige Umarmung gelang ihr nicht wirklich, da ihre Arme zu kurz waren.

Iris streichelte Arinen über die Haare und schenkte ihr ein breites Lächeln, das sie so lange begleitete, bis sie im Tor hinter den Flammen verschwunden war. Iris drehte sich um und sah Politen an.

„Bleib, bitte bleib hier bei mir", sagte sie zu ihm.

„Es tut mir leid, Iris. Selbst wenn ich es wollte, könnte ich es nicht. Ich habe eine heilige Pflicht zu erfüllen, wenn ich wieder zuhause bin."

„Ich verstehe", sagte Iris. „Die Hermin, richtig?"

„Ja, Iris, die Hermin. Ich muss zurück. Ich möchte zurück. Ich glaube, ich bin jetzt bereit. Ich habe in den letzten Jahren vieles gesehen und einiges über die Menschen gelernt."

„Du musst gehen", unterbrach das Mädchen Politen. „Das Tor wird sich schließen und dann musst du weitere hundert Jahre hierbleiben."

„Du hast recht, meine Kleine. Ich muss gehen. Sei aber gewiss, dieses Abschiednehmen ist für mich genauso schwierig, wie es für dich ist."

„Dann machen wir folgendes, Politen. Ich drehe mich um und so kann weder ich dich noch du mich sehen, während du gehst."

„Abgemacht! Ich möchte, dass du weißt, dass ich froh bin, dass du die Enkelin von Johannes und Monika bist."

Iris drehte sich hastig um, sie wollte nicht, dass Politen ihre Tränen sah.

„Leb wohl, süße Iris", hörte sie Politen sagen.

Doch sie schaffte es nicht mehr, etwas zu sagen, denn sie war erstarrt vor Schreck.

Sie sah wegen der Tränen nur verschwommen einen sehr großen und einen sehr kleinen Mann, die bedrohlich auf sie zu rannten.

Sie hatte fürchterliche Angst und ging unbewusst ein paar Schritte zurück und hoffte dabei, dass die zwei Männer ihr nicht näherkommen würden. Während sie weiter zurücktrat, wurde ihr klar, dass sie ganz allein in diesem Wald war. Die Hermitten waren weg. Politen war nicht mehr neben ihr, um ihr helfen zu können, und die zwei Männer hatten sie nun fast erreicht.

Einen Schritt nach hinten machte sie noch, bevor sie eine heiße Kraft spürte, die sie nach hinten zog und vier Hände, die sie an den Füßen packten, während sie fiel.

Und dann wurde alles dunkel.

11. Der Wächter der Hermin

Iris wurde wach. Sie öffnete ihre Augen und sah um sich. Eigentlich müsste sie in ihrem Bett liegen aber...

Ihr wurde sofort klar, warum sie am ganzen Körper Schmerzen hatte und sich nicht bewegen konnte. Sie war mit Armen und Beinen an einen dicken Pfosten gefesselt. Ihre Hände und Füße fühlten sich taub an. Was war los? Wo war sie überhaupt? Und warum hatte sie das Gefühl, ihr Körper würde das ganze Zimmer einnehmen? Sie spürte, wie die Zimmerwände sie fast berührten.

Ihr Kopf fing an zu arbeiten wie eine Zugmaschine, ganz langsam zuerst und dann mit ganzer Kraft. Sie rannte schnell durch die engen Gassen ihres Gedächtnisses und es dauerte nicht lange, bis sie sich an alles erinnern konnte: an Politen, Arinen, die anderen Hermitten und das feurige Tor. Wäre sie in ihrem eigenen Bett gewesen, dann wäre das alles einfach nur ein schöner Traum. Es konnte also kein Traum sein. Aber was war es dann?

Als sie sich an die zwei Männer erinnerte, die versucht hatten, sie an den Füßen zu ziehen, erschauerte sie am ganzen Körper. Was war wohl im letzten Moment passiert? Und warum war sie an diesen Pfosten gefesselt?

„Wo bin ich hier?", rief sie laut, empört durch die Taubheit ihrer Glieder, obwohl sie eigentlich schon ahnte, wo sie sein könnte. Ob sie schlief, und all das ein Traum war? Oder war sie etwa doch wach und musste sich mit dieser neuen Realität nur abfinden?

Sie drehte ihren Kopf um und sah aus dem kleinen Fenster, das sich auf ihrer Augenhöhe befand. Sie konnte nichts Besorgniserregendes erkennen. Sie sah nur grüne Bäume.

„Ist jemand hier?", rief sie mit derselben Intensität in ihrer Stimme.

Die Tür öffnete sich geräuschvoll und zwei Hermitten kamen ins Zimmer geflogen, etwas mühevoll, da Iris tatsächlich fast den ganzen Platz im Zimmer einnahm. Sie blieben in der Luft stehen. Sie lehnte ihren Kopf leicht nach hinten, um sie besser zu sehen. Iris war natürlich nicht erschrocken oder beunruhigt, denn sie hatte sich daran gewöhnt, Hermitten zu sehen. Der einzige Unterschied zwischen diesen zwei Hermitten und Politen und den anderen war, dass diese zwei eine komische Uniform und Bögen am Rücken trugen.

„Seid ihr Hermitten-Soldaten?", fragte sie.

„Bist du ein Mensch?", antwortete der Rothaarige mit einer Frage. Es mag sein, dass Iris sich beim Anblick der beiden Hermitten nicht erschrocken hatte, diese zwei schienen aber sehr überrascht und verwirrt zu sein. Sie flogen um Iris herum und berührten sie fast dabei. Betrachteten sie ausgiebig, als sähen sie ein seltsames Tier.

Der Rothaarige kam sogar nah an Iris' Gesicht und roch an ihr. Danach fasste er ihr Gesicht an.

„Fass mich nicht an", schrie Iris erschrocken.

Der Rothaarige flog zurück, genauso erschrocken von ihrer lauten Stimme, und landete auf dem anderen.

„Hey, pass doch mal auf!" sagte der. „Du bringst mich noch um."

Iris begann zu lachen, weil ihr klar wurde, dass die zwei Angst vor ihr hatten.

„Warum bin ich gefesselt?", fragte sie sie.

„Weil du der Feind bist. Was hast du erwartet? Dass wir dich mit Blümchen begrüßen?"

„Feind? Ich, euer Feind? Nein! Nein, da irrt ihr euch. Ich bin nicht euer Feind. Ich bin euer Freund. Fragt Politen, wenn ihr wollt. Er wird es euch bestätigen."

„Politen? Wer ist das? Kennst du jemanden mit den Namen Politen, Klitten?"

„Nein", sagte Klitten und schüttelte seinen Kopf. „Hör nicht auf sie, Rodinen. Sie will uns sicher reinlegen. Bestimmt wurde sie von den Trochitten geschickt."

„Aber sie ist doch ein Mensch", sagte der rothaarige Rodinen, offensichtlich verwirrt.

„Ja und? Die Trochitten haben sich mit den roten Drachen verbündet, um uns zu besiegen. Würden sie nicht das Gleiche mit den Menschen tun?"

Klittens Erklärung schien Rodinen nicht überzeugt zu haben.

„Ja, aber die war doch in der Nähe des Tors."

„Iris. Iris ist mein Name", unterbrach ihn das Mädchen.

„Ok, ok", fuhr Rodinen fort. „Iris und die zwei anderen Menschen sind in diesem Moment durch das Tor gegangen, als es sich gerade schloss. Die Trochitten haben keine Ahnung vom Tor."

„Was? Die zwei Männer sind auch durchgekommen?", fragte Iris überrascht.

Rodinen drehte sich um und sah sie an.

„Seid ihr nicht zusammen?"

„Nein, ich kenne sie nicht. Ich weiß nicht mal, was sie von mir wollten. Sie zogen mich an den Füßen. Sie wollten mich fangen. Es war dunkel und ich hatte Angst. Politen und die anderen waren schon durch das Tor gegangen und ich war ganz allein im Dunkeln. Dann sah ich, wie sie auf mich zugerannt kamen."

Ihre Stimme klang erschrocken und das verwirrte die Hermitten.

„Wo ist Politen? Ihr müsst Politen finden. Er weiß Bescheid und wird euch alles erklären. Ihr müsst ihn finden."

„Ok, beruhig dich erstmal", versuchte sie Rodinen zu beschwichtigen. „Wir werden Politen finden. Magst du Wasser trinken?"

„Ja, ich habe einen riesigen Durst. Und wenn ihr was zu essen habt, würde ich auch nicht „nein" sagen."

„Mit solchen Soldaten ist es kein Wunder, wenn die Trochitten uns besiegen", murmelte Klitten verächtlich während er seinen Kollegen ansah, und flog aus dem Zimmer.

Rodinen flog schweigend hinter ihm her und Iris blieb wieder allein im Zimmer, leider immer noch gefesselt.

Politen wagte es nicht, die Wahrheit zu gestehen. Niemand durfte wissen, wo er sich die letzten hundert Jahre aufgehalten hatte. Wenn die Hermitten herausfinden würden, dass ihr Ausgewählter gegen das Heilige Gesetz verstoßen hatte und heimlich in der Welt der Menschen gewesen war, würden sie ihm nicht nur verbieten, seine heilige Pflicht zu erfüllen, sondern ihn sogar ins Gefängnis stecken. An den Abenden erzählte er also von den Abenteuern, die er angeblich hinter den Schwarzen Bergen erlebt hatte und von den merkwürdigen Monstern, denen er auf seiner imaginären Reise begegnet war.

Der Einzige, dem Politen vertraute und die ganze Wahrheit über seine Reise erzählte, war Professor Mardoken.

„Ich danke dir, mein Junge", sagte er an diesem Abend, nachdem Politen mit der Erzählung fertig war. „Ich bin vielleicht dein Professor, aber ich habe viel von dir gelernt. Was mich aber am meisten beeindruckt hat, ist das, was du am Ende deiner Erzählung gesagt hast. Dass wir zwar magische Kräfte besitzen, die Menschen aber ohne sie wahre Wunder vollbracht haben."

„Ich habe sie gesehen, Professor. Ich habe sie alle mit meinen eigenen Augen gesehen."

Politen freute sich sehr darüber, dass er seinen Professor glücklich machen konnte. Er würde außerdem nie vergessen, dass er es ohne des Professors Hilfe nie geschafft hätte, in die Welt der Menschen zu reisen und von dort auch wieder zurückzufinden.

Die Hermitten waren in den letzten Tagen mit weniger erfreulichen Ereignissen beschäftigt. Wie eine graue Wolke überschattete eine Kriegsankündigung die Herzen aller Hermitten.

König Parthen V verkündete, dass die Trochitten ihnen erneut den Krieg erklärt hatten. Doch dieses Mal war die Situation sehr ernst, da sie sich mit den roten Drachen verbündet hatten, wie ihre Kriegsboten den Hermitten mitgeteilt hatten. Der Krieg zwischen ihnen würde dadurch für die Trochitten zu einem Kinderspiel werden. Sie hatten die eindeutige Ansage geäußert, die Hermitten vom Angesicht der Erde fegen zu wollen. Nicht einer von ihnen sollte überleben, es sei denn, sie würden ihnen und ihren Verbündeten die Hermin übergeben.

„Dass die Trochitten Hermin haben wollen, verstehe ich. Sie dachten schon immer, dass sie mit Hermin zu den Herrschern der Welt würden. Aber was wollen die roten Drachen mit Hermin?", fragte Politen seinen Professor.

„Den Trochitten gelang es, den Anführer der roten Drachen davon zu überzeugen, dass die sich mit den Kräften der Hermin in Menschen verwandeln könnten. Sie haben ihnen Dinge versprochen, von denen sie nicht einmal zu träumen gewagt hätten."

Politen hörte überrascht zu, wie sein Professor ihm erzählte, dass die Trochitten den Hermitten eine Frist von eintausend Monden gesetzt hatten, ihnen die Hermin zu überreichen, bevor sie ihre fürchterlichen Kräfte gegen sie richten würden.

Das Geräusch der Tür, die sich plötzlich öffnete, unterbrach ihr Gespräch. Ein junger Hermitten näherte sich dem Professor.

„Was ist los, Kerkinen? Habe ich nicht den Befehl gegeben, dass uns niemand unterbrechen soll? Und warum kommst du herein, ohne vorher zu klopfen?"

Des Professors ernste Miene machte dem jungen Schüler für einen Moment Angst. Er war wie erstarrt in der Luft stehen geblieben.

„Also? Sagst du mir, was los ist, oder bleibst du da noch lange wie eine Salzsäule hängen?"

„Es ist dringend, Herr Professor", stotterte der junge Kerkinen.

„Dann erzähl uns doch bitte, was so dringend ist."

„Sie haben zwei dringende Botschaften."

„Los erzähl! Von wem sind sie?"

„Die eine ist vom... vom Geheimbund der Ausgewählten, Professor."

Professor spürte plötzlich eine Anspannung, versuchte sie aber zu verbergen.

„Vom Geheimbund der Ausgewählten, sagtest du?"

„Jawohl, Professor. Deren Bote ist vor ein paar Minuten angekommen."

„Und wo ist er jetzt?"

„Vor der Tür und möchte hereingelassen werden, Professor."

„Dann bring ihn sofort herein! Lass ihn nicht warten."

Der junge Kerkinen machte kehrt Richtung Tür.

„Warte!", stoppte ihn der Professor. „Du sagtest doch, dass ich zwei Botschaften habe. Welche ist die zweite?"

„Vor der Tür wartet auch eine Frau, eine Hermitten aus dem Stamm hinter dem grünen Tal. Ihr Name ist Arinen und sie möchte mit Ihnen reden. Sie muss Ihnen etwas Wichtiges sagen."

Politen sprang wie eine Feder von seinem Platz auf, als er den Namen Arinen hörte. Der Professor gab ihm ein Zeichen, ruhig zu bleiben und wandte sich an Kerkinen:

„Bring den Boten des Geheimbundes der Ausgewählten herein und sag der Dame, dass sie noch kurz warten soll. Ich werde sie sehen, nachdem der Bote weg ist."

Kerkinen verließ das Zimmer und die Tür schloss sich hinter ihm.

„Was ist los, Professor?", fragte Politen beunruhigt. „Denken Sie, dass sie etwas herausgefunden haben? Und die Frau draußen... Arinen... Ob es sie ist?"

„Beruhig dich", empfahl ihm der Professor. „Mach dir keine negativen Gedanken, Politen. Lern sie wegzuschieben, denn meistens erweisen sie sich als unnötig. Bleib jetzt sitzen und sag nichts, egal was du hörst."

Beim erneuten geräuschvollen Öffnen der Tür drehten sie sich beide auf der Stelle zu ihr um.

Politen konnte sich aber, trotz der Bemühungen des Professors, nicht beruhigen. Er spürte seine Beine zittern und sein Herz so schnell und laut schlagen, dass er befürchtete, jeder im Zimmer könnte es hämmern hören. Er selbst würde jede Art von Strafe verkraften können, er hatte immerhin eine rechtswidrige Tat begangen. Doch er wollte nicht, dass sein Professor bestraft würde, wenn herauskäme, dass er ihm geholfen hatte, in die Menschenwelt zu gelangen.

Der Bote des Geheimbundes der Ausgewählten verneigte sich ehrerbietig vor dem alten Professor.

„Professor Mardoken, ich begrüße Sie."

„Sei gegrüßt, Bote."

Der Bote sah Politen an.

„Er hat meine Erlaubnis, im Zimmer zu bleiben", sagte der Professor, um die Dinge schnell zu klären.

„Aber, wissen Sie... Die Botschaft ist äußerst wichtig. Mir wurde absolute Geheimhaltung angeordnet, Herr Professor."

„Bitte, tun Sie so, als wäre sonst niemand im Zimmer, und erzählen Sie mir, um was es geht."

Der Bote konnte nicht anders, als die Anwesenheit der dritten Person zu ignorieren und wandte sich wieder an den Professor.

„Die Ausgewählten, Herr Professor, wollen wissen, ob Sie einen Hermitten mit dem Namen Politen kennen."

„Das war's. Sie wissen es", dachte Politen, der vor Aufregung fast in Ohnmacht gefallen wäre.

Professor Mardoken bemerkte Politens Aufregung und beeilte sich, mehr Informationen vom Boten zu bekommen, um Politen Zeit zu geben, sich zu beruhigen.

„Weißt du, wie viele Schüler ich in all den Schuljahren unterrichtet habe, seitdem ich an dieser Schule Professor bin? Glaubst du, ich könnte mir alle Schüler merken?

Vielleicht kann ich in unser Schülerarchiv schauen und mich bei den Ausgewählten melden, wenn ich etwas gefunden habe. Könntest du mir noch mehr über diesen Politen erzählen, damit ich weiß, wonach ich suchen muss?"

„Leider, Herr Professor, wissen wir nichts außer seinem Namen."

„Darf ich fragen, warum die Ausgewählten diesen Politen suchen?"

„Selbstverständlich, Herr Professor. Ich wurde dazu ermächtigt, Sie genau über die Sache zu informieren."

„Ich bin bereit..."

„Obwohl Sie kein Mitglied des Geheimbundes der Ausgewählten sind, Herr Professor, sind Sie einer der wenigen, die über das Tor Bescheid wissen."

„Das weiß ich bereits!"

Der Bote fuhr fort, als hätte ihn niemand unterbrochen:

„Sie wissen also, Herr Professor, dass sich das Tor vor fünf Monden geöffnet hat, weil sechsunddreißigtausend Monde seit dem letzten Mal vergangen waren."

„Ja, das weiß ich."

„Sie wissen aber nicht, was passiert ist, nachdem sich das Tor geschlossen hatte."

Politen sah erschöpft aus. „Sie wissen alles. Ich sollte mich besser auf meine Strafe vorbereiten, statt hier wie ein ängstliches Hühnchen herumzusitzen. Ich muss stark sein", dachte er.

Der Professor versuchte gelassen zu wirken.

„Und, was ist passiert?"

„Es waren Schreie zu hören. Die Ausgewählten sind hingeflogen, um zu sehen, was passiert war. Und dann sahen sie zu ihrer Überraschung drei Personen bewusstlos auf dem Boden liegen. Drei Menschen, Herr Professor, zwei Männer und ein Mädchen."

„Iris...", murmelte Politen.

„Natürlich wurden sie sofort ins Gefängnis gebracht", fuhr der Bote fort.

„Menschen? Hier? Bei uns? Wann darf ich sie sehen?"

Der Professor konnte seine Freude nicht verbergen. Endlich würde er auch Menschen sehen. Er wusste sofort, dass dieses Mädchen, das der Bote erwähnt hatte, dasselbe Mädchen sein musste, das Politen geholfen hatte. Er konnte nicht verstehen wie, aber sie war scheinbar durch das Tor gekommen. Doch wer waren diese zwei Männer? Politen hatte nichts von zwei Männern erzählt.

„Die Gefangenen wurden natürlich sofort vernommen", führte der Bote weiter, ohne etwas von den Gedanken des Professors zu ahnen. „Die zwei Männer können uns nicht viel weiterhelfen, da sie genauso überrascht sind wie wir. Aber das Mädchen... Mit dem Mädchen ist alles ganz anders."

„Was meinst du?"

„Nun, Herr Professor... Das Mädchen behauptet, alles über die Hermitten zu wissen. Sie sagt, sie sei unsere Freundin und bittet uns, diesen Politen aufzufinden, der es uns bestätigen kann."

„Ich verstehe. Deshalb sucht ihr nach diesem Politen. Was hat das Mädchen sonst noch über diesen Politen erzählt?"

„Leider nichts. Ihr Mund bleibt verschlossen. Sie besteht nur darauf, dass wir Politen finden müssen, da er uns alles erklären würde. Wie sie ahnen können, haben die Mitglieder des Geheimbundes der Ausgewählten den Soldaten den Befehl gegeben, diesen Politen aufzufinden. Wenn es ihn wirklich gibt, muss er eine Erklärung abgeben."

Professor Mardoken kratzte sich nachdenklich am Kopf. Er wollte dem Boten den Eindruck vermitteln, dass seine Nachricht ihn zutiefst besorgt hatte.

„Herr Professor. Was ist nun Ihre Antwort für den Geheimbund der Ausgewählten? Ich muss gehen. Ich habe leider nicht viel Zeit, wissen Sie?"

„Du hast recht. Ich sollte dich nicht länger aufhalten. Hier ist also meine Antwort: ich brauche mindestens einen Tag, um in dem Archiv der Schule nach dem gesuchten Hermitten zu schauen. Morgen Mittag werde ich mich vor dem Geheimbund der Ausgewählten präsentieren und die Ergebnisse meiner Suche ankündigen. Ich hoffe, bis dahin etwas gefunden zu haben. Ich habe noch eine Bitte an dich. Ich möchte, dass du den Ausgewählten eine Anfrage übermittelst. Ich möchte nach meinem Treffen mit ihnen die Erlaubnis bekommen, mit den Gefangenen zu sprechen."

Der Bote lächelte.

„Wie Sie wünschen, Herr Professor. Seien Sie sich sicher, dass ich Ihre Antwort sowie Ihre Anfrage vermitteln werde. Das ist immerhin meine Arbeit und meine Pflicht."

Der Bote senkte den Kopf als Zeichen des Respekts.

„Auf Wiedersehen", sagte er und flog aus dem Zimmer.

Politen hielt es keine Sekunde länger aus:

„Iris! Ich verstehe nicht, wie und warum sie durch das Tor gegangen sein soll. Warum ist sie mir gefolgt? Ich hatte nicht den Eindruck, dass sie mit mir kommen wollte. Das Gegenteil sogar. Sie wollte mich überreden, noch länger bei den Menschen zu bleiben. Es muss etwas sehr Ernstes passiert sein, nachdem ich durch das Tor gegangen bin."

„Und diese zwei Männer, die der Bote erwähnte?", fragte der Professor.

„Auch merkwürdig. Wie sind diese Männer dort aufgetaucht? Wie haben sie dorthin gefunden?", fragte

Politen und versuchte, sich an die letzten Ereignisse dieses Tages zu erinnern.

„Vielleicht sind sie euch gefolgt", sagte der Professor.

„Ich bin mir ziemlich sicher, dass wir dort allein waren. Wir hatten die Stelle vorher sorgfältig überprüft. Wir dürfen nicht vergessen, ich war ja der Letzte, der durch das Tor gegangen ist, nur knapp ein paar Sekunden, bevor es sich wieder schloss. Iris war zwar in der Nähe und hätte es theoretisch noch durch das Tor schaffen können, aber diese zwei Männer eben nicht! Egal wie sehr ich darüber nachdenke, kann ich keine logische Antwort finden."

„Brauchst du auch nicht", unterbrach der Professor Politen. „Morgen versuche ich von dem Mädchen selbst zu erfahren, was passiert ist. Bis dahin haben wir ein anderes, größeres Problem zu lösen."

„Ich weiß", sagte Politen und senkte den Kopf.

„Politen!", rief Professor Mardoken auf einmal, als hätte ihn sein Menken gestochen, das aber ruhig auf seiner Schulter saß. „Wir haben Arinen vergessen, die draußen wartet. Vielleicht ist es dieselbe Arinen, die du kennst. Wenn sie es ist, dann muss sie einen sehr wichtigen Grund haben, hierher zu reisen. Wir sollten sie nicht länger warten lassen."

Der Professor hob sein Vestris und zielte auf die Tür.

„Nur herein", rief er sobald sich die Tür geöffnet hatte.

Der Professor und Politen mussten nicht lange warten. Arinen flog ins Zimmer, nur wenige Sekunden, nachdem sich die Tür geöffnet hatte. Doch sie blieb wie angewurzelt in der Luft stehen, als sie Politen sah. Sie war sehr überrascht, sie hatte nicht erwartet, ihn dort zu sehen.

Doch um dem alten Lehrer ihren Respekt zu zeigen, näherte sie sich zuerst ihm.

„Professor Mardoken, ich begrüße Sie. Es ist mir eine große Freude und Ehre, denjenigen kennenzulernen, dem wir unsere Rückkehr zu verdanken haben."

Bevor der Professor antworten konnte, wandte sie sich Politen: „Es freut mich, dich wiederzusehen, mein Freund."

Dem konnte Politen innerlich nur zustimmen, er freute sich nämlich auch sehr, sie und ihr schönes Lächeln wiederzusehen. Ab dem Moment, als Kerkinen den Namen Arinen ausgesprochen hatte, hatte er gehofft, dass sie es war. Er flog zu ihr und streichelte ihr Gesicht, als Zeichen des herzlichen Empfanges.

Der Professor räusperte sich und lächelte. Beide drehten sich sofort zu ihm um.

„Was bringt dich hierher, Arinen?", fragte er dann.

„Iris", sagte Arinen rundheraus und wartete darauf, von den beiden überrascht angesehen zu werden. Sie hatte erwartet, dass Politen bei ihrem Namen aufschreien würde.

„Ihr wisst es?!"

„Ja, wir wissen es", antwortete der Professor. „Um genauer zu sein, wir haben es vor ein paar Minuten erfahren. Aber woher weißt du es?"

„Natürlich, ich hätte es mir denken müssen. Vor zwei Monden kam ein Bote des Geheimbundes der Ausgewählten in mein Dorf und suchte nach einem Politen, um die Richtigkeit der Aussagen von Iris zu überprüfen. Ich bin sofort los, um Politen zu benachrichtigen. Aber ich wusste ja nicht, wo er wohnt. Das Einzige, was ich wusste, war der Name seines Dorfes und Ihren Namen, Professor."

„Ich verstehe", murmelte der Professor nachdenklich. „Sie suchen also in allen Stämmen nach Politen, nicht nur bei uns. Das gibt uns etwas Zeit."

„Politen, du musst Iris helfen", sagte Arinen und sah ihm direkt in die Augen.

„Ich weiß. Aber wie ist sie durch das Tor gekommen?"

„Ich habe keine Ahnung, ehrlich. Ich bin vor dir durch das Tor gegangen. Du warst als Letzter bei ihr. Ich dachte, du würdest es wissen. Ich dachte, ich würde von dir erfahren, was passiert ist. Politen, Iris hat uns geholfen, als wir sie gebraucht haben. Jetzt müssen wir ihr helfen. Wir sind ihr etwas schuldig und jetzt ist die Zeit gekommen, wo sie auf unsere Hilfe angewiesen ist."

„Vergiss nicht, dass Politen in ein paar Monden Wächter der Hermin werden muss", unterbrach sie der Professor. „Wenn er vor dem Geheimbund der Ausgewählten auftreten und zugeben würde, dass er vor sechsunddreißigtausend Monden durch das Tor gegangen ist; wenn er zugeben würde, gegen das heilige Gesetz der Hermin verstoßen zu haben, werden sie ihm nicht erlauben, seine heilige Pflicht zu erfüllen."

„Aber Iris hat uns geholfen, als wir sie gebraucht haben", erwiderte Arinen.

„Stopp!", sagte Politen auf einmal. „Ich habe meine Entscheidung getroffen. Arinen hat recht, ich muss Iris helfen. Aber Sie, Professor, haben auch recht. Ich muss meine heilige Pflicht erfüllen und Wächter der Hermin werden. Aber ich kann nie ein guter Wächter werden, Professor, wenn ich ein schweres Geheimnis mit mir herumtrage. Wenn meine Seele nicht rein ist, bin ich es nicht wert, Wächter zu werden. Ich komme morgen mit, Professor. Sie müssen Iris freilassen. Sie ist keine Feindin der Hermitten, im Gegenteil."

„Ich komme auch mit", sagte Arinen gerührt.

„Nein, sagte Politen ruhig und entschlossen. „Niemand kennt deinen Namen. Iris hat ihn nicht erwähnt. Es ist besser, nicht vor den Ausgewählten zu erscheinen. Außerdem würden wir Iris nicht helfen, wenn wir beide im Gefängnis landen. Vergiss nicht, dass Iris gezwungen ist, ihr restliches Leben mit uns zu verbringen. Sie wird die Menschen nie wiedersehen. Ihre Familie auch nicht. Du bist diejenige, die ihr helfen muss, wenn sie freigelassen wird. Sie muss lernen, mit uns zu leben. Ich bringe dich zu mir nach Hause und du wartest dort auf sie. Keine Sorge, du wirst nicht allein sein. Meine Schwester, Ippoliten, wird dir Gesellschaft leisten und ich verspreche dir, du wirst mit ihr mehr als beschäftigt sein."

Der Professor hörte ihm zu und verspürte großen Stolz. Aus seinem ehemaligen Schüler war ein großartiger Mann geworden. Und das Wichtigste von allem war, dass dieser nun bereit und würdig war, Wächter der Hermin zu werden.

12. Der Rat der Anführer

Alles war für Iris gut gelaufen, sie war wieder frei. Doch Politen war im Gefängnis. Und Professor Mardoken hatte eine neue Rolle übernommen, die ihn zusehends verjüngte: Iris' Bildung und ihre Anpassung an die Welt der Hermitten.

Iris und Politen hatten sich nicht getroffen. Während Politen ins Gefängnis gebracht wurde, wurde Iris in einem fliegenden Wagen, von vier Hermitten getragen, zu Politens Haus transportiert. Der Professor hatte glücklicherweise die Mitglieder des Geheimbundes der Ausgewählten überzeugt, sie unter seine Aufsicht zu nehmen. Er würde sie angeblich täglich verhören und die Ergebnisse seiner Studie aufzeichnen, damit sie nachfolgend von den Ausgewählten und den anderen weisen Hermitten studiert werden konnten, um Erkenntnisse über die Menschen zu bekommen. Der Geheimbund hatte Politen ins Gefängnis gesteckt und konnte ihn bis zur Gerichtsverhandlung jederzeit verhören.

Bevor der Professor den Armee-Generalstab verließ, bekam er die Erlaubnis, die zwei Männer zu besuchen. Ein Wächter brachte ihn zum Zimmer, in dem man die beiden Menschen gefangen hielt.

Als er Iris zum ersten Mal sah, war er nicht besonders überrascht, da er sie bereits durch Politens Erzählungen kannte. Sie war als Kind nicht viel größer als der König der Hermitten. Diese Männer waren jedoch ganz anders. Er fragte sich, ob Politen genauso erstaunt gewesen war, als er Gerhard zum ersten Mal erblickte.

Obwohl die beiden Männer fest an dicke Pfosten gebunden waren und auf dem Boden saßen, sahen sie riesig aus. Er ging langsam und vorsichtig auf sie zu. Er durfte sie nicht erschrecken, wenn er wissen wollte, was sie zum Tor geführt hatte.

Das Zimmer war fast leer. Wahrscheinlich hatte man es geleert, um Platz für die großen Menschen zu machen. Das Einzige, was sie stehen gelassen hatten, war ein kleiner Holztisch, auf dem zwei große Holzbecher mit Wasser standen und zwei Holztabletts, wahrscheinlich für das Essen der Männer.

Die beiden Männer beobachteten schweigend den alten Professor, der sich ihnen langsam und vorsichtig näherte.

„Wissen Sie, wo genau Sie sind?"

„Wir würden es sehr gern herausfinden", sagte der Größere.

„Wenn wir ein ernstes Gespräch führen wollen", fuhr der Professor fort, „dann sollten wir uns erst einmal einander vorstellen. Mein Name ist Mardoken und ich bin ein ganz normaler Professor des hellblauen Stammes der Hermitten."

Er hörte auf zu sprechen und wartete darauf, dass sich die beiden Männer vorstellten.

„Mein Name ist Mark Pomsel und mein Freund hier heißt Gerit Sheltman", sagte der eine Mann und beugte seinen Kopf in Richtung seines Freundes, da er ja seine Hände nicht bewegen konnte. „Und da wir uns jetzt in aller Förmlichkeit vorgestellt haben, würden wir gern wissen, wo wir sind. Nach so vielen Tagen, die wir gefesselt hier drin verbracht haben, seid ihr uns eine Erklärung schuldig, meinen Sie nicht auch?"

„Wie seid ihr zum Tor gekommen?"

Das war das Erste, das der Professor erfahren wollte. Die Antwort, die er von den beiden Männern erhalten würde, würde darüber bestimmen, wie er ab dann mit ihnen redete.

Gerit Sheltman schwieg auch weiterhin. Der Einzige, der mit dem Professor sprach, war Mark Pomsel.

„Wir sind dem Mädchen gefolgt. Wir hatten gerade Feierabend und warteten an der Bushaltestelle auf meinen Bruder, der eine halbe Stunde später Feierabend macht, um gemeinsam nach Hause zu fahren. Wir drei leben zusammen. Da ist uns irgendwann ein kleines Mädchen aufgefallen. Sie saß auf der Bank an der Haltestelle, stieg aber in keinen der haltenden Busse ein. Gerit meinte, das Mädchen hätte sich entweder verlaufen oder wäre von zuhause abgehauen. Und plötzlich fing es an, mit sich selbst zu reden. Wir dachten, dass es krank sein könnte und vielleicht Hilfe brauchte. Als es nach etlicher Zeit loslief, schlug Gerit vor, dem Mädchen zu folgen. Ich zögerte ein wenig, weil mein Bruder in ein paar Minuten dort ankommen und uns nicht finden würde. Aber das Mädchen war in diesem Moment wichtiger, denn vielleicht brauchte es wirklich unsere Hilfe. Und so folgten wir ihr. Sie verhielt sich sehr merkwürdig. Stellenweise lief sie ganz schnell und dann wieder schien sie nicht zu wissen, wo sie langgehen sollte. Sie hielt an und wartete. Und dann lief sie wieder weiter. Sie verhielt sich wirklich sehr komisch. Und sie war so beladen mit ihrem Rucksack und der Geigentasche, dass wir dachten, sie würde nicht weit kommen. Als wir sahen, wie sie alleine in den Wald einbog, obwohl es schon fast dunkel war, waren wir davon überzeugt, dass mit dem Mädchen wirklich etwas nicht in Ordnung war. Wir haben kurz überlegt, ob wir die Polizei rufen sollen, beschlossen aber dann, erst mal selbst herauszufinden, warum ein kleines Mädchen um diese Uhrzeit allein in den Wald ging. Wir liefen also hinterher, vorsichtig und weit entfernt, damit sie uns nicht sah, und sahen dann..."

„Ich weiß, was ihr gesehen habt", unterbrach ihn der Professor.

„Wir sahen Dinge, die wir nicht glauben konnten, Dinge, die einfach nicht zu verstehen waren. Gerit dachte, ihr seid Außerirdische. Ich bin der Meinung, ihr seid Elfen."

Der Professor musste lachen. Jetzt war der richtige Zeitpunkt, um ihnen alles zu erklären. Er hatte zwar nicht viel Zeit, aber er wollte den beiden Menschen wenigstens erzählen, was passiert war und wo sie sich befanden.

Zu all der Aufregung kam die Einladung von König Parthen V an alle Stammesanführer der Hermitten dazu, in sechzig Monden im Schloss des Königs zu erscheinen, um bestimmte Entscheidungen über den Krieg mit den Trochitten und den roten Drachen zu treffen. Professor Mardoken bekam als zuständige Person für Iris auch eine Einladung, mit dem Auftrag, das Mädchen zum Schloss zu begleiten. Der König äußerte den Wunsch, das Mädchen persönlich kennenzulernen.

Gleich nachdem der Professor die Einladung erhalten hatte, flog er zu Politens Familie, um Iris über die Einladung des Königs zu informieren.

Iris schien nicht besonders begeistert zu sein, da sie hinter der Einladung eine neue Runde von Verhören vermutete. Sie war es langsam leid, ständig auf Fragen antworten zu müssen! Sie hatte sowieso keinen Grund dafür, da ihr, egal was sie sagte, niemand glaubte. Viele machten sich sogar wegen ihrer großen Fantasie über sie lustig. Arinen war die Einzige, die ihre Worte bestätigen könnte. Doch Iris würde nicht denselben Fehler zweimal machen. Sie hatte Politen ins Gefängnis gebracht und sie hatte nicht vor, dasselbe mit Arinen zu tun. Sie brauchte sie vielmehr draußen, wo sie ihr helfen konnte, mit dem Alltag und den mickrigen Hermitten klarzukommen, die sie nicht besonders zu mögen schienen.

Ippoliten und Arinen waren aber nicht derselben Meinung wie Iris. Ziemlich schnell hatten sie es sogar geschafft, sie mit ihrer Begeisterung anzustecken. Sie würde bald die Gelegenheit haben, den König und das Schloss zu sehen!

„Du hast großes Glück, ins Schloss eingeladen zu werden", jammerte Ippoliten. „Mich wird nie jemand einladen, egal wie viele Monde vergehen."

„Wie kannst du dir so sicher sein?", fragte Iris. „Wer weiß, was in der Zukunft passiert. Wer weiß, vielleicht wirst du eines Tages auch eingeladen."

„Auf keinen Fall", sagte Ippoliten wütend. „Das wird nie passieren!"

„Und warum bitte nicht?", forderte sie Iris heraus.

„Weil ich eine Frau bin", sagte Ippoliten schlagfertig.

Iris sah sie an, ohne zu verstehen.

„Ja und?"

„Es ist für Frauen verboten, sich dem Schloss zu nähern", erklärte ihr daraufhin Arinen.

„Es ist für Frauen verboten...", wiederholte Iris wie ein Papagei. „Allen Frauen?"

„Allen Hermitten-Frauen. Dieses Gesetz gilt wohl nicht für menschliche Frauen...", antwortete Ippoliten voller Neid. „DU wurdest ja sofort eingeladen!"

„Hat der König etwa keine Frau? Wohnt die Königin nicht im Schloss?"

Arinen erklärte ihr, dass der König weder heiraten noch Nachkommen bekommen durfte. Wenn er heiraten wollte, müsste er vom Thron zurücktreten und jemand anderes würde an seiner Stelle gewählt werden. Bis zu diesem Tage hatte nur einmal ein Thronwechsel stattgefunden, weil der König das Mädchen heiraten wollte, in das er sich verliebt hatte.

„Wie du schon ahnst, Iris, sind die Männer und Frauen der Hermitten nicht gleichberechtigt, wie es bei den Menschen ist. Deshalb haben Ippoliten und ich uns gefreut, als wir erfuhren, dass du eine Einladung ins Schloss bekommen hast. Hilf uns, das Schloss mit deinen Augen zu sehen, es werden die einzigen weiblichen Augen sein, die in unserer Welt diese Gelegenheit hatten.

Weißt du", fuhr Arinen schüchtern fort, „die meisten Frauen wissen sogar nicht einmal, wie ein Schloss aussieht. Nicht nur, dass wir es nicht sehen dürfen, sondern es beschreibt uns auch niemand! Sie halten es für ‚überflüssig'. Wir werden sehr gespannt sein, von dir zu hören, was dort alles zu sehen ist."

Iris sah sie bewundernd an.

„Was ist los? Warum schaust du mich so komisch an? Glaubst du mir etwa nicht? Aber ich sag dir doch die Wahrheit."

„Nein, nein, es ist nicht das, was du denkst. Natürlich glaube ich dir. Aber... Ich bewundere dich, Arinen. Ich bewundere dich sehr."

Arinen sah sie fragend an.

„Wenn es für Politen schwierig war, die Entscheidung zu treffen, die Welt der Menschen zu besuchen, muss es auf dich ja unmöglich gewirkt haben. Dich für eine Tat zu entscheiden, die nicht nur für die Frauen, sondern auch für die Männer verboten ist. Lieber Gott! Zum Glück habe ich außer Politens nicht auch noch deinen Namen erwähnt, als ich gefangen wurde. Ich möchte mir nicht einmal vorstellen, was sie dir getan hätten, wenn sie erfahren hätten, dass du mit Politen in der Welt der Menschen warst."

Iris hielt abrupt inne. Diese Gedanken wollte sie einfach nur verdrängen.

Ippoliten versuchte, die Atmosphäre zu lockern.

„Also, hört zu, meine Damen. Das, worum wir uns jetzt eigentlich kümmern müssten, ist Iris'Aussehen am Tag des großen Besuchs."

„Du hast recht!", rief Arinen, die sich mehr als alles einen Themawechsel gewünscht hatte. „Was wird Iris an diesem Abend tragen? Ganz sicher nicht das, was sie jetzt trägt. Wir müssen ihr ein Kleid nähen. Kannst du dir überhaupt vorstellen, wie viel Stoff wir für ein so riesiges Kleid brauchen und wie lange wir daran arbeiten werden? Wie viele Monde sind es noch bis dahin?"

Gemeinsam mit Politens Mutter, die mittlerweile alt geworden war und nicht mehr so aktiv wie einst teilnehmen konnte, arbeiteten alle drei Mädchen hart, um das Kleid und die Schuhe für Iris anzufertigen. Sogar der Vater setzte sich ein und besorgte den schweren Stoff für das riesige Kleid auf dem Markt.

Doch der Aufwand hatte sich gelohnt. Als Professor Mardoken am großen Tag im fliegenden Wagen kam, um Iris abzuholen, blieb sein Mund vor Staunen offenstehen, als er sie sah.

Die Verwandlung war einzigartig. Das Mädchen, das vor ihm stand, erinnerte nicht mehr an die Iris, die er kennengelernt hatte, sondern vielmehr an eine große, schlanke, bildhübsche Hermitten.

In dem langen weißen Seidenkleid, das eine Schulter unbedeckt ließ, sah Iris wie eine große Göttin aus. Der goldene Gürtel um ihre Taille ließ sie schlank wie eine Ballerina aussehen. Ihr langes krauses und sonst immer ungekämmtes Haar trug sie kunstvoll hochgesteckt.

Haarnadeln mit Diamanten glitzerten darin und einzelne Locken fielen in üppiger Pracht auf ihre Schultern herab.

„Einen ganzen Tag lang mussten wir um diesen ungezähmten Kopf herumfliegen, damit ihre Haare so aussehen", sagte Ippoliten in einem fröhlichen Ton und äußerst stolz auf ihr Werk.

„Toll habt ihr das gemacht", sagte der Professor und belohnte sie mit einem Lächeln.

„Sie selbst sehen aber auch gut aus, Herr Professor", bemerkte Arinen.

Der Professor musste etwas verlegen lächeln.

„Ich könnte nicht vor dem König in den Kleidern erscheinen, die ich jeden Tag für den Markt oder für die Schule trage", sagte er und streichelte sanft über seinen neuen dunkelblauen Umhang.

„Es ist Zeit zu gehen, Herr Professor", erinnerte ihn Ippolitens Mutter verlegen.

„Tatsächlich, wir sollten besser los", stimmte er zu. Er wandte sich an Iris und fragte: „Bist du bereit, mein Kind?"

„Jawohl, Professor. Einen kleinen Moment bitte, ich möchte mich bei meinen Freundinnen bedanken."

Arinen, Ippoliten und ihre Mutter flogen flink zu ihr und Iris gab einer nach der anderen einen Kuss. Danach bückte sie sich und streichelte liebevoll den zweiköpfigen Hund, der ihr um die Beine sprang und sie zum Spielen aufforderte. Der Hund hatte ihr anfangs etwas Angst gemacht, aber schließlich waren sie gute Freunde geworden.

Nachdem sie sich auch vom ihm verabschiedet hatte, lief sie vorsichtig zur Tür, um nicht mit dem Kopf an die Decke zu stoßen und ihre Frisur zu ruinieren. Der Professor folgte ihr und flog neben ihr zur Tür.

„Wir werden ganz gespannt auf dich warten", riefen ihr Arinen und Ippoliten aus dem hinteren Teil des Hauses zu.

Mit großer Vorsicht stieg sie in den Wagen ein, den die Hermitten vor der Haustür abgestellt hatten. Mühevoll fand sie eine etwas weniger unbequeme Sitzposition.

„Ich hoffe, es ist keine lange Reise", dachte sie, „weil sonst komme ich an wie ein betrunkener Seemann."

„Kommen Sie, Herr Professor. Ich sitze bereits", rief sie.

Professor Mardoken steckte seinen Kopf zur Tür des Wagens hinein.

„Wäre es nicht besser für dich, wenn ich fliege? Dann hättest du mehr Platz, du siehst etwas eingeengt aus."

„Das kommt überhaupt nicht in Frage, Herr Professor", antwortete Iris. „Die Zeit wird schneller vergehen, wenn wir uns unterhalten. Kommen Sie! Ich werde Ihnen über das Fernsehen erzählen, bis wir dort sind."

„Über das Fernsehen?"

Die Augen des Professors leuchteten sofort auf. Er ließ alle Höflichkeiten beiseite und stieg in den Wagen.

Iris konnte dem Professor stundenlang über die Entdeckungen und Erfindungen der Menschen erzählen, welche im Gegensatz zu denen der Hermitten bemerkenswert waren. Doch heute schien sie nicht fähig, ihm viel über das Fernsehen zu berichten, da sie ständig über ihren Schlossbesuch nachdenken musste.

Professor Mardoken war ziemlich schnell aufgefallen, dass Iris mit den Gedanken ganz woanders war und wollte sie nicht drängen. Schließlich waren sie sowieso schnell an ihrem Ziel angekommen. Viel schneller, als sich der Professor ausgerechnet hatte.

Nachdem die vier Hermitten den Wagen abgestellt hatten, stiegen die beiden aus und folgten den zwei Schlosswächtern, die am Tor auf sie warteten.

Iris sah sich überrascht um. Sie hatte ein übergroßes, luxuriöses Schloss erwartet, bunte, gepflegte Gartenanlagen in voller Blüte. Sie dachte, sie würde große, glänzende Kronleuchter von den Decken hängen sehen. Sie hatte gedacht, ein König würde immer in Reichtum und Pracht leben, egal ob es ein König der Menschen oder der Hermitten war.

Doch hier war alles ganz anders.

Das Schloss war zwar um einiges größer als die Häuser der Hermitten, aber es gab nichts, was es luxuriöser erscheinen lassen würde. Innerhalb des niedrigen Gebäudes befanden sich unzählige Statuen und an den Wänden waren große Bücherregale aufgereiht, so viele nebeneinander, dass die Wand nicht zu sehen war. Einen Kristall-Kronleuchter konnte Iris nirgendwo sehen. Stattdessen gab es überall Kerzenständer und Laternen. Und dann gab es nicht einen einzigen Stuhl, egal wo sie hinsah. Geschweige denn Sofas oder Sitzbänke mit Seidenbezügen. Der Boden war nicht aus buntem, glänzendem Marmor, wie Iris es für ein Schloss erwartet hatte, sondern aus einfachen weißen Steinplatten.

„Wohin gehen wir?", fragte sie den Professor, während sie fast rennen musste, um mit dem Tempo der fliegenden Hermitten Schritt zu halten.

„Zum Ratssaal, nehme ich an", antwortete der Professor in ruhigem Tonfall.

Sie kamen an ungefähr zehn Zimmern vorbei, die alle gleich aussahen, und bogen ein paar Mal rechts und links ab.

„Das Schloss der Hermitten ist wie ein Labyrinth", dachte Iris.

Schließlich waren sie am Ratssaal angekommen.

„Noch ein oder zweimal abbiegen und mir wäre schwindelig geworden!", sagte sie laut.

Der Professor musste lächeln.

„Es ist wahr, es ist etwas schwierig, sich im Schloss zurechtzufinden. Aber, du verstehst... Es ist aus Sicherheitsgründen so", sagte er geheimnisvoll.

Iris antwortete nicht, weil sie den Saal betrachtete. Er erschien ihr etwas leer, da sie in den letzten Minuten überall Statuen und Bücherregale gesehen hatte. Wenigstens gab es dort einige Sitzplätze.

Drei verhältnismäßig große, hölzerne Sitzbänke waren im Zentrum des Saals so platziert, dass sie ein großes hölzernes Dreieck bildeten. Jede Bank hatte eine andere Farbe.

Es gab eine grüne, eine hellblaue und eine dunkelbraune Sitzbank. Auf jeder Bank lag ein Kissen in der jeweiligen Farbe. In der Mitte des Saals, also in der Mitte des Dreiecks, stand eine Säule aus Marmor mit einem Marmorbecken, dem eine große rote Flamme entsprang. Neben der Marmorsäule befand sich der Sitz des Königs, wie der Professor Iris erklärte. Doch er hatte nichts mit den prachtvollen Thronen gemeinsam, die Iris in Büchern oder Filmen gesehen hatte. Die einzige Verzierung dieses Throns waren zwei goldene Vestris-Nachahmungen, die aus der linken und rechten Seite herausragten.

Die zwei Wächter, die sie bis dorthin begleitet hatten, zeigten ihnen, wo sie Platz nehmen sollten. Es war eine lange Holzbank an der Wand, in der Nähe der Tür. Iris und Professor Mardoken setzten sich langsam und die beiden Wächter flogen wieder davon.

„Toll, von hier aus werden wir nur den Rücken des Königs sehen", jammerte Iris.

„Beruhig dich, mein Kind. Du wirst den König problemlos sehen können. Ich habe gehört, dass er sich nicht setzt. Er mag es, sich während der Diskussion im Saal zu bewegen."

„Warum haben die Bänke in der Mitte des Zimmers unterschiedliche Farben?", wechselte Iris das Thema.

„Ha! Jetzt darf ich dir mal etwas erzählen, was du nicht weißt", antwortete der Professor lächelnd. „Auf den Bänken werden demnächst die Anführer aller Stämme der Hermitten Platz nehmen. Fünf von ihnen, die einen hellblauen Umhang tragen und sich auf die hellblaue Bank setzen werden, sind die Anführer der Stämme, die am Meer leben. Die fünf Anführer mit dem grünen Umhang führen die Stämme im Flachland. Und dort hinten werden die sechs Anführer mit dem dunkelbraunen Umhang sitzen, deren Stämme in den Bergen leben."

„Zu welchem Stamm gehören wir?", fragte Iris interessiert.

„Wir?"

„Ja, wir!", bestätigte Iris. „Warum? Werde ich vielleicht jemals wieder nach Hause gehen können? Meine Familie wiedersehen? Fernsehen? Nein. Ich werde für immer hierbleiben. Es wird kein Tor für mich geben, denn wenn sich euer Tor wieder öffnet, bin ich wahrscheinlich schon gestorben. Sie dürfen nicht vergessen, dass ich nicht so lange lebe wie ihr. Wir also, Professor, wir! Ich weiß, wovon ich rede!"

Der Professor wusste nicht recht, ob er sich über das Mädchen freuen sollte oder ob sie ihm eher leidtun müsste.

„Wir also, liebe Iris, gehören zum hellblauen Stamm."

„Warum ist mein Kleid nicht auch hellblau?"

„Die Kleiderfarben zu tragen ist nur für die Stammesanführer Pflicht, nicht für die sonstigen Hermitten."

In diesem Moment öffnete sich die Tür des Saals geräuschvoll. Alle Stammesanführer kamen hineingeflogen und bewegten sich in Richtung der Bänke. Iris erkannte den Anführer ihres Stammes.

Als die Anführer Iris entdeckten, flogen sie sofort in ihre Richtung. Es war das erste Mal, dass sie einen Menschen sehen würden, ihre Neugier war dementsprechend groß. Hermitten flogen um sie herum und betrachteten sie von allen Seiten. Ihre Flügel machten so einen Lärm, dass Iris die Hände auf ihre Ohren legen musste, um es aushalten zu können.

Plötzlich hatte sie ein komisches Gefühl. Ihr Körper war in der Luft. Sie saß nicht mehr, sondern schwebte stehend ein paar Meter über dem Boden.

„So ist es besser", sagte einer der Stammesanführer mit einem braunen Umhang. „Jetzt können wir sie besser betrachten. Wartet! Noch besser wäre es, wenn sie sich einmal drehen würde", sagte er dann in einem Ton, als wäre er Mitglied einer Jury.

„Lasst mich sofort runter!", schrie Iris wütend.

Sie hatte ein unangenehmes Gefühl im Magen, als müsste sie gleich seinen Inhalt auf die Gesichter der Anführer leeren. Es wäre schade um die schönen Umhänge gewesen. Bei dem Gedanken, dass sie sich wie ein Schwein an einem aufrechten Spieß drehen sollte, wurde sie noch zorniger.

„Ich kann auch selbst stehen", schrie sie. „Es hätte gereicht, wenn ihr mich darum gebeten hättet und ich wäre aufgestanden. Ich werde mich so oft drehen, wie ihr wollt, aber lasst mich gefälligst runter! Ich habe es satt, von euch allen als Versuchskaninchen betrachtet zu werden!"

Iris landete mithilfe des Vestris des Anführers ihres Stammes wieder auf dem Boden. Jetzt ging es ihr wieder besser, sie stand auf festem Boden. Sie stieß einen Seufzer der Erleichterung aus.

„Vielen Dank", sagte sie höflich und sah ihren Stammesanführer an.

Dann gab sie, ohne sich zu beklagen, Antworten auf alle Fragen, die ihr von den Anführern gestellt wurden. Doch als sie den König in den Saal kommen sahen, flogen sie alle leise und brav wie Grundschüler auf ihre Plätze.

„Sehr geehrte Stammesanführer, ich begrüße Sie", sagte König Parthen V, während er zu seinem Platz neben der Marmorsäule flog.

Zu Iris sagte er kein Wort. Es war, als wäre sie nicht im Saal.

Das Mädchen sah schweigend den König der Hermitten an.

Sie stand nicht mehr im Zentrum der Aufmerksamkeit. Der König, der in den Saal geflogen war, hatte sie ihres Publikums beraubt. Ihr blieb nun keine andere Wahl, als ihn zu beobachten.

Das, was sie am meisten beeindruckte, war seine Höhe. Er war mindestens doppelt so groß wie die Hermitten, die sie bis jetzt gesehen hatte.

„Ob immer der größte Hermitten als König gewählt wird?", dachte sie, während König Parthen den Stammesanführern das Problem beschrieb, das sie zu lösen hatten.

Seine Stimme ertönte königlich laut und klar im Saal und alle Anwesenden hingen an seinen Lippen. Prägnant und anschaulich sprach er, und benutzte außer seinen Händen auch seine Flügel an Kopf und Füßen. Er stand in der Luft und gestikulierte, als ob ihm ein unsichtbarer Feind gegenüberstehen würde. Sein Vestris warf blaue Flammen in alle Richtungen. Er wurde wütend, schlug mit seinen Fäusten um sich und trat mit seinen Füßen die Luft, als stünden ihm die ganze Armee der Trochitten und alle roten Drachen gegenüber. Sein Gesicht wurde rot vor Wut und seine Worte kamen wie scharfe Schwerter aus seinem Mund.

Schließlich beruhigte er sich. Er flog tiefer, rückte elegant seinen Umhang gerade und versuchte, seine unbändigen Haare zu richten.

„Das ist also die Situation, sehr geehrte Stammesanführer", sagte er ruhig, als ob jemand anderes zuvor den Aufruhr verursacht hatte. „Nun bin ich bereit, Ihre Vorschläge zu hören."

Für ein paar Sekunden herrschte absolute Stille. Niemand äußerte sich. Das Einzige, was im Saal zu hören war, war das Flattern von König Parthens Flügeln, während er um seinen Sitz herumflog.

„Und die Hermin? Ist es vielleicht an der Zeit, sie zu benutzen?"

Einer der hellblauen Anführer hatte geredet.

Die Worte kamen leise, als ob derjenige befürchtete, mit ihnen den Zorn des Königs herauszufordern.

Doch der König sagte nichts. Er kreiste weiterhin und sah dabei an die Decke, die mit Sternen und Sternbildern bemalt war.

„Dieses Mal brauchen wir wirklich die Hilfe der Hermin", wagte ein grüner Stammesanführer zuzustimmen.

„Ich stimme dem zu!"

„Ich auch!"

Binnen weniger Sekunden waren alle mit der einfachsten Lösung einverstanden. Das Ass im Ärmel sollte die Hermin sein. Die Hermin hatte die Kraft, das Böse zu besiegen. Und das Böse waren die Trochitten und die roten Drachen, die gemeinsam unbesiegbar waren. Jeder Hermitten wusste, dass ihre Vestris den Feind nicht lange fernhalten konnten. Und wenn die roten Drachen sie erreichten, würde sie nichts und niemand mehr aufhalten können. Sie würden im Vorbeigehen jedes einzelne Dorf in Schutt und Asche legen.

Nachdem sie alle einverstanden waren, warteten sie schweigend auf die Entscheidung von König Parthen.

„Sie sind sich also alle einig, dass wir die Hermin öffnen sollten", sagte der dann endlich. „Sie sind sich einig, obwohl Sie alle wissen, dass wir dazu da sind, um die Hermin zu beschützen und sicherzustellen, dass sie niemals geöffnet wird. Haben Sie vergessen, dass das der Grund unserer Existenz ist? Haben Sie vergessen, dass wir automatisch nicht mehr existieren werden, sobald wir sie öffnen?"

„Aber auch, wenn wir sie nicht öffnen, existieren wir nicht mehr lange", versuchte ein Stammesanführer seine Entscheidung zu rechtfertigen.

Der König ging darauf nicht ein und fuhr stattdessen fort:

„Unzählige Male ist der Mond bereits in den Himmel gestiegen, seitdem wir Hermitten die Hermin erhalten und versprochen haben, sie auf immer und ewig zu behüten und zu beschützen. Wie viele von uns wurden, gerade in der ersten Zeit, verfolgt, haben gelitten, oder haben sogar ihr Leben verloren, um sie zu beschützen? Aus welchem Grund? Damit wir sie heute öffnen können? Weil wir Angst vor dem Feind haben? Angst haben zu kämpfen?"

„Aber es ist nicht das Gleiche, die Zeiten haben sich geändert. Damals traten wir gegen die Menschen an, die nicht stärker waren als wir", sagte einer der braunen Anführer und warf einen kurzen Blick zu Iris hinüber. „Die roten Drachen sind aber außergewöhnlich stark und unbesiegbar. In Zusammenarbeit mit den geschickten und klugen Trochitten werden sie allmächtig sein. Es wird niemand von uns überleben, um die Hermin zu beschützen."

„Ja, aber in diesem Fall sind es nicht wir gewesen, die sie zerstört haben", sagte der König gelassen. „Sie alle vergessen wohl, dass Hermes uns nicht die Hermin übergeben hat, damit sie uns beschützt, sondern damit wir sie beschützen, nicht wahr? Dass wir unsere Kräfte bekommen haben, nur um sie zu beschützen und nicht, um sie als Waffe zu benutzen, um unsere Leben zu retten? Und dass wir überhaupt nicht existieren würden, würde es die Hermin nicht geben? Verstehen Sie nicht, dass die Hermin uns Kraft gibt, solange sie geschlossen bleibt? In dem Moment, in dem wir sie öffnen, werden wir alle unsere Kräfte verlieren. Wenn wir eine Chance haben, diesen Krieg zu gewinnen, dann nur mit einer geschlossenen Hermin!"

Still und nachdenklich sahen die Stammesanführer ihren König an. Sie wussten alle, dass er recht hatte, doch ihre Angst ließ sie es nicht zugeben.

„Und nun? Lasst uns überlegen, was zu tun ist. Wir sollten nicht zulassen, dass uns unsere Gedanken einen falschen Weg zeigen. Das Öffnen der Hermin ist der falsche Weg!"

Niemand der Anwesenden wagte es, sich zu äußern. Jeder Einzelne wusste, dass der König mit seinen Worten im Recht war, doch die Angst vor dem bevorstehenden

Krieg trübte ihren Verstand. Der König sah jeden Einzelnen der Anführer an und wartete auf ihre Antwort.

Plötzlich traute sich Professor Mardoken, zögerlich zu Beginn, doch dann immer mutiger, mit aus Respekt gesenktem Kopf in Richtung des Königs zu fliegen.

Der König sah ihn überrascht an.

„Es ist Professor Mardoken, mein König. Einer der klügsten und angesehensten Professoren meines Stammes", beeilte sich einer der Anführer des hellblauen Stammes ihn vorzustellen, als er plötzlich seine Stimme wiederfand.

„Soso", sagte der König und schüttelte den Kopf. „Professor Mardoken, der das Mädchen hierher begleitet hat."

„Ich weiß, dass es für mich eigentlich nicht erlaubt ist zu reden, mein König", sagte der Professor mit gesenktem Kopf, „aber vielleicht müsste ich alle daran erinnern, dass…"

„Sehr geehrter Professor Mardoken, es ist jetzt nicht gerade der passende Moment, um über das Mädchen zu reden. Wir haben wichtigere Themen zu besprechen. Zu dem Mädchen werden wir noch kommen, keine Sorge. Ich möchte schließlich auch mit ihr sprechen."

„Mein König, es wäre unverzeihlich von mir gewesen, Sie aus diesem Grund zu unterbrechen. Ich würde es nicht wagen, in das Gespräch einzugreifen, hätte ich nicht etwas sehr Wichtiges hinzuzufügen."

„Wenn das so ist, Professor, dann sollten Sie nicht länger warten. Sprechen Sie, bitte."

Der König setzte sich zum ersten Mal auf seinen Thron und legte seine Füße auf das rote Seidenkissen, das vor ihm lag.

Professor Mardoken näherte sich und blieb zwischen den Holzbänken in der Luft stehen, um von allen besser gesehen und gehört zu werden.

Ihm war bewusst, dass der König eine Ausnahme von den geltenden Vorschriften vorgenommen hatte, indem er ihm erlaubte, im Rat der Anführer zu sprechen. Er hoffte jetzt nur, dass das, was er dem König zu sagen hatte, diese Ausnahme wert sein würde.

„Mein König...", begann er langsam und zögerlich, „vielleicht gibt es jemanden, der uns mit seiner Weisheit weiterhelfen kann. Vielleicht weiß er, wie wir die roten Drachen besiegen können, ohne die Hermin zu öffnen. Vielleicht haben die roten Drachen eine Schwachstelle, die wir ausnutzen können."

Sowohl für den Professor als auch für die restlichen Hermitten stellten die unbesiegbaren roten Drachen die größte Gefahr dar und nicht die Trochitten.

„Es gibt vielleicht jemanden? Was meinen Sie damit, Herr Professor? Wer ist das, der uns helfen kann? Es sind doch alle Anführer anwesend, nicht wahr?", sprach der König die Anführer an.

Das leise Bestätigungsgeflüster der Anführer war dem König genug.

„Sehen Sie, Professor?", sagte er dann zu ihm. „Alle Anführer sind hier."

„Die Schwarze Eulenfrau."

„Die Schwarze Eulenfrau?", wiederholte der König fragend.

„Jawohl, mein König. Die Schwarze Eulenfrau."

Der König schien beunruhigt zu sein.

„Aber, Herr Professor, die Schwarze Eulenfrau gibt es doch nicht. Sie ist nur eine Erzählung für die Kinder. Ein Mythos, eine Legende, die durch die Jahrhunderte von

Generation zu Generation übertragen wurde. Niemand hat jemals die Schwarze Eulenfrau gesehen."

„Bei allem gebotenen Respekt, mein König, es gibt jemanden, der sie gesehen hat."

„Es hat sie jemand gesehen? Wer? Wer hat sie gesehen?", fragte der König mit großem Interesse.

„Einer meiner Schüler", sagte Professor Mardoken vorsichtig.

„Ein kleiner Hermitten?", sagte der König grinsend. „Ein Kind, das von den Geschichten und Erzählungen seiner Eltern beeinflusst ist? Und ich dachte wir hätten eine ernste Diskussion geführt. Sehr geehrter Professor, die Lage, in der wir uns befinden, ist zu ernst, um uns für die Lösung des Problems auf die Fantasien eines verträumten Jungen zu stützen. Ich würde niemals das Leben und die Rettung aller Hermitten von Fantasien abhängig machen. Es wäre schön, wenn es die Schwarze Eulenfrau gäbe. Sie könnte uns wirklich helfen, wenn sie uns vorher an sich heranlassen würde. Was den Erzählungen nach nicht viele Hermitten geschafft haben!"

Mittlerweile hatten alle Anführer ihre Stimme wiedergefunden und diskutierten entweder lebhaft und eifrig miteinander oder murmelten vor sich hin.

„Mein König, dürfte ich das Wort ergreifen?", rief einer der Anführer in einem braunen Umhang.

„Natürlich, Anführer Pontiren."

Der König hatte es scheinbar eilig, die Diskussion mit dem Professor zu beenden, da er sie nicht für ernst zu nehmen erachtete.

„Mein Stamm lebt, wie Sie wissen, im grünen Wald. Es ist der abgelegenste von allen unseren Stämmen. Dort im tiefen Wald sind die Legenden und Traditionen der Hermitten noch am stärksten erhalten geblieben. Er gibt zahlreiche Hermitten, die schwören, dass es die Schwarze Eulenfrau gibt. Der Mythos sagt, dass Hermes die Schwarze Eulenfrau auf der Erde ließ, um die Hermin vor den Hermitten zu beschützen. Laut Beschreibung der Hermitten ist sie eine große schlanke Frau mit einem Eulenkopf. Sie soll keine Hände haben, sondern zwei riesige schwarze Flügel. Und ihr weiblicher Körper ist mit brauen und schwarzen Federn bedeckt. Man sagt, dass sie eine wilde und schwer zugängliche Frau sei, die niemandem traut. Furchtbar und schrecklich soll sie für ihre Feinde sein, weise und wertvoll dagegen für ihre Freunde. Ihre Kräfte sollen riesig sein. Es hat sie niemand gesehen, zumindest in den letzten Monden, aber viele sind davon überzeugt, dass es sie tatsächlich gibt."

Der König sah den Anführer Pontiren verwirrt an. Er kannte ihn gut. Er war schon seit vielen Monden im Rat. Bis jetzt hatte er sich nie naiv gezeigt. Und er war auch keiner, der Gutenachtgeschichten Glauben schenken würde. Er war kein verrückter, sondern sogar ein sehr ernster Hermitten.

„Und wenn wir es versuchen?", fragte ein anderer Anführer plötzlich.

Der König begann sich unwohl zu fühlen. Er konnte nicht zulassen, dass sich die Anführer auf unrealistische Annahmen stützten. Auf der anderen Seite, wenn die Anführer bereits diese Kindermärchen für wahr hielten, hatte er keinen Grund mehr, die heutige Versammlung fortzusetzen. Er müsste allein entscheiden, wie sie ab jetzt handeln würden.

„Hört zu. Wie Sie alle wissen, endet die von den Trochitten festgelegte Frist in achthundert Monden ab heute. Unsere Armee muss bis zu diesem Zeitpunkt kampfbereit sein, dafür werde ich persönlich sorgen. Anführer Pontiren und Professor Mardoken werden versuchen, Informationen über die mögliche Existenz der Schwarzen Eulenfrau zu sammeln. Wie es sich versteht, möchte ich regelmäßig und detailliert über die Ergebnisse informiert werden, eine Aufgabe, der Sie sich verpflichten, Pontiren."

Der König hatte sich entschieden. Professor Mardoken flog nach einer leichten Verbeugung vor dem König zurück auf seinen Platz neben Iris, die der gesamten Konversation mit allen Sinnen gefolgt war.

Bevor der König den Saal verließ und nachdem er sich von allen Anführern verabschiedet hatte, gab er Professor Mardoken und Iris ein Zeichen, ihm zu folgen.

13. Politens Verhandlung

Sie folgten dem König durch das Flurlabyrinth des Schlosses, bis sie an einem kleinen grünen Zimmer ankamen. Obwohl Iris mit ihren Gedanken noch beim Rat der Anführer war, fiel ihr sofort auf, dass die Dekoration dieses Zimmers komplett anders war als die, die sie bis jetzt im Schloss gesehen hatte.

Die wertvollen Seidenteppiche, die den Boden bedeckten, verliehen dem Raum eine prachtvolle, elegante Ausstrahlung. Die riesengroßen Fackeln, die sich an jeder der vier Zimmerecken befanden, und die geschmackvollen Bilder an den Wänden ließen den Raum so aussehen, als wäre er der eines Menschen.

Eher unpassend wirkte der große Holztisch in der Mitte des Zimmers. Iris bemerkte, dass die Tischbeine die Form von zwei Schlangen hatten. Auf dem Tisch lagen mehrere Papierseiten mit verschiedenen Zeichnungen, deren Bedeutung Iris nicht verstand. Besonders beeindruckend fand Iris einen schwarzen hölzernen Stab, der auf den Seiten lag und der dem Vestris der Hermitten ähnelte.

„Komm näher, meine Kleine", sagte der König zu ihr.

Einige Stunden vergingen, in denen Iris dem König von dem Leben der Menschen erzählte. Unersättlich hörte er zu und hätte es noch für etliche weitere Stunden tun wollen, wenn er nicht so viel zu erledigen gehabt hätte. Also unterbrach er sie irgendwann mit der Bitte, sie in den nächsten Tagen noch einmal einladen zu dürfen. Bei ihrem nächsten Treffen würde er mehr Zeit für das Mädchen und seine interessanten Erzählungen haben.

Iris spürte Erleichterung nach dem Ende des Gesprächs, sie war nach dem langen Aufenthalt im

Schloss müde und erschöpft. Aus diesem Grund sah sie Professor Mardoken fragend und ein wenig genervt an, als sie ihn sagen hörte:

„König Parthen, entschuldigen Sie die Unterbrechung, aber..."

„Was ist wieder los, Professor Mardoken?"

„Ich bitte Sie, mein König, geben Sie mir etwas Zeit, um es Ihnen zu erklären."

„Etwas Zeit? Zeit, Professor Mardoken? Zeit ist gerade sehr wertvoll, wertvoller als unser ganzes Gold! Verstehen Sie? Es wäre also besser gewesen, wenn Sie mich um etwas Gold gebeten hätten. Egal, ich gebe Ihnen einen kleinen Moment. Aber fassen Sie sich kurz."

Ohne weiter darüber nachzudenken, packte der Professor die Gelegenheit beim Schopfe und begann zu erzählen:

„Wie ich vorhin schon erwähnte, hat einer meiner alten Schüler die Schwarze Eulenfrau gesehen und ich habe jeden Grund zu glauben, dass er die Wahrheit sagt und nicht fantasiert."

Der König sah den Professor gelangweilt an.

„Ok, ok, wir haben ja darüber bereits gesprochen. Zu diesem Thema sollten Sie sich an den Anführer Pontiren wenden. Er ist dafür zuständig und wird sich damit befassen. Wenn Sie also ein Problem haben, sprechen Sie ihn direkt an. Er hat meine Erlaubnis, sich um die Lösung aller Probleme zu kümmern."

„Mein König, mein Problem können nur Sie lösen."

„Und was haben Sie für ein Problem?"

„Der junge Mann ist im Gefängnis", sagte der Professor zögernd.

„Im Gefängnis?", wiederholte der König. „Aus welchem Grund?"

„Jetzt bräuchte ich die Zeit, um die ich Sie vorhin gebeten habe, um Ihnen zu erklären, was passiert ist."

„Cleverer Professor! Er versucht Politen aus dem Gefängnis zu holen", dachte Iris, während sie dem Professor Mardoken zuhörte, wie er dem König von Politens Reise in der Welt der Menschen, seiner Rückkehr und schließlich seiner Verhaftung erzählte.

Während der Professor erzählte, bemerkte Iris, wie der König mal stirnrunzelnd und mal schmunzelnd zuhörte. Dieses Schmunzeln beeindruckte sie viel mehr, als wenn er die Stirn runzelte und sein Blick finster wurde. Sie konnte aus diesem Schmunzeln einen kleinen Funken Hoffnung schöpfen, dass Politen freikommen würde.

Professor Mardoken war am Ende der Erzählung angekommen und wartete mit derselben Ungeduld und Anspannung, die er auch in Iris' Blick erkennen konnte, auf die Antwort von König Parthen.

„Dieser Junge hat eine ernste Straftat begangen", sagte der König schließlich. „Er hat gegen die heiligen Gesetze der Hermitten verstoßen. Er missachtete alle Befehle aus den heiligen Büchern der Hermin. Und Sie, Professor, haben ihm nicht nur dabei geholfen, still und heimlich in die Welt der Menschen zu gelangen, sondern haben ihm noch den Weg der Rückkehr gezeigt. Mich wundert es wirklich, dass Sie nicht auch im Gefängnis sind, als Helfershelfer des Verbrechens, das von diesem jungen Hermitten begangen wurde."

Iris beobachtete den alten Professor, der vor dem König mit gesenktem Kopf stand, wie ein Kind, das beim Schummeln erwischt wurde und nun auf seine Strafe wartete. Überrascht hörte sie den Professor sagen:

„Wenn er zugibt, dass er tatsächlich weiß, wo die Schwarze Eulenfrau zu finden ist, und sie uns hilft, ist es doch positiv, dass er wieder zurück ist."

„Wenn, wenn, wenn... Das Einzige, was wir ganz sicher wissen, ist, dass wir es mit einem Gesetzesbrecher zu tun haben! Ich könnte nie einen Straftäter begnadigen, denn so würde ich viele Hermitten dazu ermutigen, in seine Fußstapfen zu treten. Ich würde von meinem Volk ja fast verlangen, unsere heiligen Gesetze zu brechen. Möchten Sie meine Meinung dazu hören? Nicht nur kann ich diesen Jungen nicht befreien, sondern wenn ich zu den anderen Hermitten fair sein möchte, muss ich mich darum kümmern, dass er hart bestraft wird."

Auf einmal herrschte im Zimmer absolute Stille. Iris und der Professor sahen den König zur Tür fliegen, während sich Enttäuschung in ihren Gesichtern breit machte.

„Meine Wachen werden Sie zu Ihrem Wagen bringen", sagte er, als er aus dem Zimmer flog.

Iris lief zur Mitte des Raumes, wo der Professor, wie eine fliegende Statue, regungslos in der Luft stand.

„Sie haben es versucht, lieber Professor", sagte sie und ihre Stimme zitterte vor Rührung. „Sie haben es versucht und das ist, was zählt."

Iris, Politens Familie und Arinen saßen auf der Holzbank in der ersten Reihe. Schon sehr früh morgens waren sie angekommen, obwohl sie wussten, dass der Prozess erst mindestens zwei weitere Stunden später beginnen würde. Doch die Aufregung war so groß, dass sie es zuhause sowieso nicht mehr aushielten.

Es waren noch nicht alle Holzbänke besetzt, die hinteren waren noch leer. Politens Mutter hatte Iris erzählt, dass sie sich sicher noch füllen würden.

„So ist es immer, mein Kind. Alle kommen immer erst im letzten Moment. Aber gerade heute werden etliche die Gelegenheit nicht verpassen wollen, sich die berühmteste Gerichtsverhandlung der letzten Jahre anzusehen. Die Verhandlung meines armen Jungen."

Als sie angekommen waren, hatte Iris erstmal einige Minuten damit verbracht, sich das Stadion anzuschauen, in dem die Verhandlung stattfinden sollte. Außer den sieben Reihen von Holzbänken, die amphitheatralisch in einem Halbkreis um das Stadion herum angeordnet waren, waren in seiner Mitte drei große Holztische platziert. Der mittlere war für die Mitglieder des Gerichtshofs, der an der linken Seite war für den Ankläger sowie für manche Mitglieder des Geheimbundes der Ausgewählten reserviert und der rechte Tisch für Politen und seinen Verteidiger. Vor den drei Tischen standen drei große Tonkrüge nebeneinander. Direkt über dem Tisch des Richters hing eine riesige schwarz-rote Standarte mit einem Vestris. Am Eingang des Stadions flatterten an Standarten die Wappen der unterschiedlichen Hermitten-Stämme.

„In der Regel fanden die Verhandlungen an einer anderen Stelle im Freien, hinter dem Dorfplatz statt", erklärte Ippoliten Iris, „doch der Geheimbund der Ausgewählten hatte beschlossen, dass die Verhandlung, zum einen aufgrund ihrer Ernsthaftigkeit und zum anderen wegen der großen Zuschauerzahlen, im Stadion stattfinden soll. Die meisten werden die Verhandlung zwar von oben ansehen, indem sie über dem Stadion kreisen, doch die Bänke sind für die Anwesenheit vieler Ehrengäste gedacht, da alle Stammesanführer zur Gerichtsverhandlung eingeladen sind."

Iris drehte sich nach links um. Sie wollte Arinen fragen, ob sie Professor Mardoken gesehen hatte, und sah überrascht, dass sie weinte.

„Geht es dir nicht gut? Was ist los?", fragte sie besorgt.

Arinen wischte hastig die Tränen aus ihrem Gesicht und versuchte ein Lächeln; vergeblich.

„Ist schon in Ordnung", antwortete sie.

„Du lügst", sagte Iris. „Sag mir, was los ist."

„Es tut weh, Iris. Es tut sehr weh, aber nicht körperlich."

Sie beugte sich zu Iris' Ohr, als wolle sie ihr ein dunkles Geheimnis anvertrauen.

„Es schmerzt mir in der Seele, dass sich Politen opfern musste. Du verstehst besser, was ich meine, als jeder andere, weil du weißt. Du weißt. Dort, wo Politen gleich stehen wird, sollten zweiundzwanzig Hermitten stehen, die auch in der Welt der Menschen waren. Doch er trägt das volle Gewicht unserer Schuld allein! Die Richter wären vielleicht barmherziger, wenn sie viele Schuldige vor sich stehen hätten. Es würde mehr Verteidiger geben. Viele Plädoyers wären doch sicherlich besser als eins. Die Richter könnten nicht so einfach über zweiundzwanzig Hermitten die Todesstrafe verhängen. Aber es sind zweihundert Monde seit dem Tag der Verhaftung vergangen und er hat sich nicht erweichen lassen. Er hat keinen von uns verraten, obwohl wir alle die gleiche Straftat begangen haben. Wir sind alle genauso schuldig wie er. Doch wir sind frei und er könnte im schlimmsten Fall zum Tode verurteilt werden."

Ihre Stimme begann zu zittern, die Worte kamen ihr fast nicht über die Lippen und es fiel ihr auf einmal schwer zu atmen.

Iris erschrak und versuchte, sie zu beruhigen.

„Es war seine Entscheidung, Arinen. Niemand hat ihn dazu gezwungen. Er hat sich bestimmt vorher mit den Vor- und Nachteilen und mit den Folgen seiner Haltung und Entscheidungen auseinandergesetzt.

Seit ich in eure Welt gekommen bin, plagt mich der Gedanke, dass Politen allein wegen mir im Gefängnis sitzt. Wenn ich nicht seinen Namen erwähnt hätte, wäre er nicht verhaftet worden und ihm würde jetzt nicht die Todesstrafe drohen. Aber sei nicht traurig, ich habe ein gutes Gefühl. Ich glaube, es wird alles gut werden. Hast du eigentlich Professor Mardoken heute schon gesehen?"

Arinen schaffte es nicht mehr zu antworten und ihr Gespräch wurde schlagartig unterbrochen, als die beiden Politens Vater aufstehen sahen.

„Politens Verteidiger ist da. Ich muss zu ihm", sagte er zu seiner Frau und flog in die Mitte des Stadions.

„Mama, darf ich auch?", fragte Ippoliten, die wie auf glühenden Kohlen saß.

„Kommt nicht in Frage! Ich habe genug Sorgen mit dem einen Kind, es langt mir", antwortete die Mutter in einem strengen Ton. „Vergiss nicht, meine Liebe, dass keine Frauen im Zentrum des Stadions erlaubt sind", sagte sie dann etwas sanfter.

Die Zeit verging, aber Professor Mardoken tauchte nicht auf. Langsam begann Iris sich Sorgen um ihn zu machen. Sie war fest davon überzeugt, dass nur er Politen wirklich helfen konnte. Er hatte es bereits im Schloss versucht, leider ohne Erfolg. Eine Antwort darauf, ob Politen wirklich die Schwarze Eulenfrau gesehen hatte, oder ob es sich um einen Trick handelte, der ihn aus dem Gefängnis holen sollte, hatte ihr der Professor allerdings nicht gegeben. Obwohl sich Iris immer noch fragte, vertraute sie dem Professor absolut. Sie war sich sicher, dass er sich im letzten Moment irgendetwas einfallen lassen würde, um Politen zu retten. Sie hatte den Professor in der letzten Zeit nicht mehr gesehen, sich aber keine Sorgen um ihn gemacht, weil sie wusste, dass er bei Anführer Pontiren war. Doch heute müsste er eigentlich hier sein, um Politen bei seiner Verhandlung beizustehen.

Doch leider begann die Gerichtsverhandlung und der Professor war immer noch nicht aufgetaucht. Als Politen in Ketten von zwanzig Wächtern hereingebracht wurde, als wäre er der größte Verbrecher der Welt, stellten sich nur sein Vater und sein Verteidiger an seine Seite.

Binnen weniger Minuten hatte sich die Mitte des Stadions mit Hermitten gefüllt. Die fünf Richter, alle in weißen Uniformen mit einem blauen Stoffband an ihrem linken Arm, nahmen ihre Plätze am zentralen Tisch ein. Zwei Hermitten flogen zum Tisch und legten vor jeden Richter einen großen Stapel brauner, dicker Papierseiten und eine Feder.

Nachdem sie ihre Plätze eingenommen hatten, warteten sie geduldig darauf, dass der Sprecher des Gerichtes verkündete, dass alles bereit sei, um den Prozess zu beginnen. Gegenüber von Politen saßen zehn Mitglieder des Geheimbundes der Ausgewählten in ihren offiziellen Uniformen.

Iris sah Politen an, der ernst und regungslos neben seinem Vater saß. Er sah sich nicht einmal um. Sein Blick war auf den Tisch der Richter geheftet und so konnte Iris sein Gesicht nicht sehen.

„Die Gerichtsverhandlung des Beschuldigten Politen vor den sehr geehrten Richtern des hellblauen Stammes und den obersten Stammesanführern der Hermitten kann beginnen."

Die Stimme des Sprechers hallte durch das Stadion. Nun mussten alle ruhig sein und aufmerksam zuhören, gerade die Hermitten, die keinen Platz mehr bekommen hatten und über dem Stadion flogen. Das Stadion war gerappelt voll.

Iris drehte sich um und sah Arinen und Ippoliten an. Beide drückten ihre Hände fest auf ihre Knie.

„Es soll Glück bringen", erklärte ihr Ippoliten flüsternd, nachdem sie ihre Verwunderung gesehen hatte. „Damit alles gut geht, für meinen armen Bruder!"

Iris legte sofort beide Hände auf ihre Knie.

Obwohl sie einige Meter von dem Tisch der Richter entfern saßen, konnten sie deren Worte laut und klar hören, als ob sie durch Lautsprecher verstärkt würden. Iris war noch nie in einem Gerichtssaal gewesen. Sie war noch nie bei einer Verhandlung dabei gewesen, doch sie hatte eine Vorstellung des Ablaufes aus Filmen. Und so wartete sie gespannt darauf, dass unterschiedliche Zeugen der Anklage und Verteidigungszeugen erscheinen würden, damit sie sich ein Bild machen konnte, wie die Dinge für Politen standen. Als sie aber relativ früh hörte, dass vor der Entscheidung nur der Ankläger und dann der Verteidiger sprechen würden, drehte sie sich bestürzt zu Arinen um:

„Gibt es keine Zeugen?", fragte sie aufgewühlt.

Arinen lächelte traurig. Sie hatte vor ein paar Jahren eine Gerichtsverhandlung der Menschen verfolgt und wusste sofort, wovon Iris sprach.

„In unserem Gericht gibt es keine Zeugen. Der Ankläger und der Verteidiger reichen aus, um die Schuld oder die Unschuld von Politen zu beweisen."

„Und was ist, wenn Politens Verteidiger nicht gut ist? Wenn er ihn nicht gut verteidigt? Wenn er nicht verstanden hat, warum Politen in der Welt der Menschen war, wie soll er dann die Richter von seiner Unschuld überzeugen können?"

„Er muss es tun und er wird es tun", versuchte Arinen sie zu beruhigen. „Es ist immerhin seine Arbeit."

„Aber, ich bin mir sicher, wenn Politen reden könnte, wäre er überzeugender. Alle Angeklagten sollten die Chance haben, sich zu verteidigen", beharrte Iris.

„Politen hat diese Chance auch, nämlich durch seinen Verteidiger."

Der Ankläger hatte bereits begonnen, laut und deutlich aus den Unterlagen, die er in seinen Händen hielt, vorzulesen. Er redete über die heiligen Gesetze der Hermitten und die Wichtigkeit ihrer Anwendung. Iris hatte auf seine Rede überhaupt keine Lust.

„Wenn jemand also etwas Positives über Politen zu sagen hat, kann er nicht vor die Richter treten, um das zu tun?", fragte sie Arinen. Sie musste unbedingt mehr erfahren.

Arinen lächelte.

„Eigentlich kann das jeder einzelne der Anwesenden tun."

„Aber du sagtest doch, dass es keine Zeugen gäbe? Ich verstehe nicht, wie jemand sonst seine Meinung äußern könnte."

„Siehst du diese drei Tonkrüge vor den Tischen? Der Mittlere ist noch leer", begann Arinen zu erklären. „Doch am Ende der Verhandlung wird er die Meinung der Zuschauer über Politen enthalten."

„Ich verstehe nicht", murmelte Iris.

„Der linke Krug ist mit kleinen Steinen gefüllt, der rechte mit kleinen Holzstückchen. Wenn der Verteidiger mit seinem Plädoyer fertig ist und bevor jeder der Richter seine eigene Stimme abgibt, muss jeder männliche anwesende Hermitten für oder gegen Politen abstimmen. Wenn er einen Stein aus dem linken Krug nimmt und ihn in den mittleren Krug wirft, zählt das für Politens

Entlastung und Freilassung. Im Gegensatz dazu stimmt jemand, der ein kleines Stückchen Holz aus dem rechten nimmt und in den mittleren Krug wirft, für Politens Bestrafung. Wenn alle Hermitten abgestimmt haben, werden die Stimmen gezählt. Wie du dir schon denken kannst, soll Politen nach Ansicht der Hermitten freigesprochen werden, wenn sich im mittleren Krug mehr Steinchen als Hölzchen befinden. Wenn aber mehr Hölzchen drin sind, dann wurde er von den Hermitten verurteilt. Diese Abstimmung wird dann anschließend zu der der Richter hinzugefügt und die endgültige Entscheidung wird getroffen."

„Dann ist ja gut", murmelte Iris und sah sich um, als könnte sie an den Minen der Gesichter verstehen, wie sie demnächst abstimmen würden.

Endlich hörte der Ankläger auf zu reden und setzte sich auf seinen Platz.

Nun war der Verteidiger mit seinem Plädoyer an der Reihe. Politen saß immer noch auf seinem Platz und hatte die ganze Zeit nicht einmal seinen Kopf bewegt. Er hatte nicht ein Wort zu seinem Vater gesagt. Er hatte seinen Blick nicht einmal auf seine Familie gerichtet.

Die Gerichtsverhandlung ging ihrem Ende entgegen und die Anspannung unter den Anwesenden wuchs. Und der Professor war nirgendwo zu sehen. Sie wollte aber nicht an das Schlimmste denken. Sie konnte sich nicht vorstellen, dass sich der Professor versteckte, um nicht auch ins Gefängnis geworfen zu werden. So etwas würde nicht zu ihm und seiner Art passen. Sie war sich sicher, dass hinter seinem Verschwinden ein wichtiger Grund steckte, denn ihm war sicher klar, dass seine Stimme Politen helfen könnte.

Während Iris dem Verteidiger zuhörte, musste sie Arinen Recht geben. Er sprach sehr positiv über Politen.

Seine Stimme war kräftig und stabil und er versuchte die Richter davon zu überzeugen, dass Politen ein Held war, der sein Leben riskierte, um die Hermitten zu beschützen, indem er ihnen Informationen über die Menschen und ihre neuen Entdeckungen lieferte. Er sprach über Politens Tapferkeit und Selbstaufopferung in solchem Maße, dass Iris ihm kein Wort geglaubt hätte, wenn sie nicht selbst wüsste, dass er die Wahrheit sagte.

Genauso wie es ihr Arinen vorhin erklärt hatte, forderte der Sprecher die männlichen Hermitten auf abzustimmen, als der Verteidiger zurück auf seinen Platz flog. Alle auf einmal flogen in die Mitte des Stadions und sorgten mit ihrem Geflatter für viel Unruhe und Aufregung.

Die meisten von ihnen sprachen zuerst miteinander, bevor sie schließlich ihre Stimme abgaben. Iris versuchte zu erkennen, aus welchem Krug mehr Stimmen herausgenommen wurden, aber das erwies sich als unmöglich, da immer jemand vor den Krügen herumflog und ihr die Sicht nahm.

„Kannst du von hier aus sehen, wie abgestimmt wird?", fragte sie Arinen. Die schien aber in diesem Moment in einer ganz anderen, weit entfernten Welt zu sein. Iris rüttelte leicht an ihrer Schulter.

„Ja?", fragte Arinen, als sie Iris' Berührung bemerkte.

„Wo sind deine Gedanken?", fragte das Mädchen leise.

„Wo ist der Professor?", fragte Arinen. „Ich dachte, er würde zur Abstimmung da sein, um Politen zu helfen."

„Ja, das dachte ich auch", murmelte Iris nachdenklich.

DIe meisten Hermitten waren zu ihren Plätzen zurückgekehrt und die Lage schien sich etwas beruhigt zu haben. Als letzte hatten die Stammesanführer abgestimmt. Iris bemerkte, dass im Zentrum des Stadions die Stimmenauszählung stattfand. Vier Hermitten hatten den Inhalt des mittleren Tonkruges auf den Boden geleert und die Steinchen von den Hölzchen getrennt, so dass sie zwei kleine Hügel bildeten. Nun wurden sie gezählt.

„Bald ist alles vorbei", sagte Ippoliten und sprach zum ersten Mal seit Beginn der Verhandlung.

Ihre Mutter blieb immer noch regungslos sitzen, in ihrem Gesicht war Anspannung zu sehen.

„Mach dir keine Sorgen, Ippoliten", versuchte Arinen sie zu beruhigen, während sie ihre Hand hielt. „Es wird alles gut."

Doch die Stimmung wurde immer schlechter bei Politens Familie und Freunden, als der Sprecher mit seiner lauten Stimme bekannt gab, dass sich laut der Auszählung der Stimmen im Krug mehr Hölzchen als Steinchen befanden. Politen wurde von der Mehrheit der Hermitten somit verurteilt.

„Sie sind böse und neidisch, weil Politen etwas gemacht hat, was viele gerne gemacht hätten", sagte Ippoliten weinend, nachdem der Sprecher das Ergebnis der Auszählung verkündete.

„Sie hatten Angst, sich gegen die heiligen Gesetze zu stellen", sagte Arinen und ihr Blick wurde dunkel.

Iris sagte nichts, sie sah verwundert Politens Mutter an, die überhaupt nicht reagiert hatte. Ihr Blick war noch immer auf ihren Sohn gerichtet. Sie hatte sich nicht bewegt, als hätte sie die Worte des Sprechers nicht gehört.

Iris versuchte sich selbst und ihren Freundinnen Mut zu machen:

„Vielleicht stimmen die Richter für Politen ab und die Stimmen der Hermitten haben dann doch keine Bedeutung."

„Iris, du bist zu jung, um zu verstehen", sagte Arinen unglücklich. „Die einfachen Hermitten haben sich nicht getraut, gegen die heiligen Gesetzte abzustimmen. Denkst du die Richter werden es tun? Leider können sie nichts anderes tun, als die Entscheidung des Volkes zu bestätigen."

„Hört auf zu reden, die Richter stimmen gerade ab", unterbrach sie Ippoliten.

Iris sah zu den Richtern. Einer nach dem anderen stand auf, löste das blaue Stoffband von seinem Arm und warf es vor sich auf den Boden.

„Sie verurteilen ihn", sagte Arinen verzweifelt.

„Ja, sie verurteilen ihn", sagte Ippoliten und schluchzte.

Und Politens Mutter saß immer noch auf ihrem Platz, reglos, ohne zu reagieren, und sah ihren Sohn an.

Iris folgte ihrem Blick. Politen beugte sich vor und sprach mit seinem Vater und seinem Verteidiger. Sie fragte sich, wie er sich jetzt fühlte. Er, der so viel in der Welt der Menschen durchgemacht hatte, kam zurück, um von seinen Artgenossen verurteilt zu werden.

„Jetzt werden sie die Strafe verkünden", hörte sie jemanden von hinten sagen.

In diesem Moment hoben alle Zuschauer ihre Köpfe gen Himmel, wo sich ein Flattern näherte.

Überrascht sahen sie ihren König mit seinem Gefolge über das Stadion fliegen.

Iris erschauerte.

„Ist das jetzt gut oder nicht?", fragte sie sich. „Aber egal! Was kann schlimmer sein als Politens Verurteilung?

Ob er da ist, um sicher zu gehen, dass Politen verurteilt wurde?"

Doch als sie neben dem König und seinen Wächtern, die langsam im Stadion landeten, Professor Mardoken entdeckte, begann sie wieder zu hoffen.

„Schau", rief sie Arinen zu, „Professor Mardoken ist zwischen ihnen."

Arinens Blick leuchtete sofort auf. In den Gesichtern beider Mädchen war auf einmal wieder Hoffnung zu sehen.

„Ja, ich habe ihn gesehen", sagte sie, während sie ihren Blick vom König nicht lösen zu können schien.

Politens Mutter drehte sich ruhelos auf ihrem Sitz um.

Iris bemerkte, dass im Stadion plötzlich absolute Stille herrschte. Alle warteten darauf, die Stimme ihres Königs zu hören, welche wie ein scharfes Messer die Stille zerschnitt:

„Ich bin mit der Entscheidung meines umsichtigen Volkes sehr zufrieden. Ich bin stolz darauf, wie unsere Traditionen und Gesetze verteidigt wurden. Ich freue mich, dass Sie die Ungehorsamkeit gegenüber den heiligen Gesetzen der Hermin nicht belohnt haben. Wie Sie wissen, leben wir in schwierigen Zeiten und die heutige Einstimmigkeit der Entscheidung zeigt, dass wir vereint sind. Dass wir entschlossen sind, denjenigen streng zu bestrafen, der versucht uns Schaden zuzufügen. Genauso werden auch diejenigen behandelt, die es gewagt haben, uns zu drohen."

Der Jubel, der direkt nach diesen Worten des Königs ausbrach, übertönte für einen kleinen Moment seine Stimme. Doch schnell wurden alle ruhig, um die Fortsetzung zu hören:

„Und wir werden jedes rechtmäßige oder auch unrechtmäßige Mittel benutzen, um sie zu besiegen und sie zu vernichten! Damit sie keine Gefahr mehr darstellen für uns Hermitten, die heiligen Wächter der Hermin!

Dennoch, sehr geehrte Hermitten, müssen wir manchmal unliebsame Entscheidungen treffen, um unseren Zweck zu erreichen. Manchmal müssen wir sogar in solchen Momenten Möglichkeiten und Lösungen aufsuchen, die wir unter anderen Umständen meiden würden. Leider können wir manchmal nicht anders. Es gibt Situationen, die ohne unser Zutun entstehen, die wir uns nicht gewünscht haben. In solchen Situationen müssen wir uns zurechtfinden, wir müssen Kompromisse eingehen und manchmal auch auf unrechtliche Mittel zurückgreifen."

Alle Hermitten hörten verblüfft zu, ohne zu verstehen, worauf ihr König hinauswollte und was er ihnen eigentlich mitteilen wollte.

„Und so eine schwierige Entscheidung", fuhr er unverdrossen fort, „musste ich vor ein paar Momenten und nach vielen Überlegungen treffen. Aus nationalen Sicherheitsgründen habe ich schließlich diese wichtige Entscheidung getroffen. Unser Gemeinwohl in einer friedlichen Zukunft ist mein grundlegendes Ziel. Um diese friedliche Zukunft gemeinsam erreichen zu können, liebe Hermitten, und ich betone das Wort gemeinsam, muss ich heute eine Handlung durchführen, die für mich persönlich etwas unangenehm ist und für euch eher überraschend. Doch seid gewiss, ich handle in unser aller Interesse. Ich bin heute dazu gezwungen, unter Bedingungen, die zu diesem Zeitpunkt noch streng geheim gehalten werden sollen, die ehrenwerten Richter dieses Gerichts darum zu bitten, den Angeklagten Politen von den Anklagen zu entlasten und ihn auf der Stelle freizulassen."

Was nach der Ansprache von König Parthen im Stadion folgte, ist nicht leicht zu beschreiben.

Alle Hermitten machten Luftsprünge. Die Einzigen, die auf ihrem Platz blieben, waren der König Parthen und seine Begleiter, Professor Mardoken und Iris. Es war möglicherweise das erste Mal in der Geschichte, dass Hermitten höher flogen als ihr König. Ihr Geflatter wurde immer lauter.

Politens Vater hielt seinen Sohn fest in den Armen. Seine Mutter umarmte ihre Tochter und Arinen, die in Tränen ausgebrochen war.

Die Stammesanführer lächelten zufrieden und die Richter redeten eindringlich mit den Mitgliedern des Geheimbundes der Ausgewählten und dem Ankläger. Der Sprecher der Gerichtsverhandlung sah sich immer wieder entgeistert um, weil er nicht genau wusste, wo als nächstes der Befehl herkommen würde, etwas zu verkünden.

Iris blieb auf ihrem Platz sitzen, erstarrt und fassungslos und glücklich über die Anweisung des Königs, Politen freizulassen. Sie hatte es gewusst. Sie war sich sicher gewesen, dass es so kommen würde. Ihre Mutter hatte ihr eines Abends gesagt, dass das Gute schlussendlich immer gewinnt. Warum sollte das in der Welt der Hermitten anders sein?

Der Sprecher, entweder auf Befehl der Richter oder des Königs oder nach eigener Entscheidung, forderte in diesem Chaos alle Hermitten auf, ihre Plätze einzunehmen und ruhig zu sein.

Und so sahen alle ihrem König zu, wie er zu den Richtern flog und kurz mit ihnen diskutierte. Nachdem er sich von ihnen entfernt hatte, erhob sich der Richter, der in der Mitte des Tisches saß, und verkündete für die Anwesenden:

„Nationale Sicherheitsgründe, die zu diesem Zeitpunkt noch streng geheim gehalten werden sollen, haben unseren König Parthen V heute dazu gezwungen, auf die Entlastung des Angeklagten Politen zu bestehen, der von nun an unter dem Oberbefehl des Königs für das Interesse des Landes und der Hermitten in königlichen Dienst treten wird."

14. Die Schwarze Eulenfrau

Trotz seiner Entlassung durfte Politen nicht zu seiner Familie zurück. Er wurde direkt zum Hauptquartier des Geheimbundes der Ausgewählten geführt, um über seine Mission informiert zu werden.

Dort lernte er Mark Pomsel und Gerit Sheltman kennen, die immer noch gefangen gehalten wurden. Obwohl er selbst ebenfalls lange im Gefängnis gesessen hatte, hatten die Hermitten sie nicht in Kontakt miteinander gebracht. Politen, der sich an den Kontakt mit den Menschen gewöhnt hatte, wollte freundlich auf sie wirken. Er war sehr neugierig und musste unbedingt herausfinden, warum die beiden vor zweihundert Monden durch das Tor gekommen waren und wie sie es geschafft hatten.

Die Tür ging plötzlich auf und Rodinen und Klitten, die ihre Vestris bereithielten, begleiteten die zwei Männer in das Zimmer. Sie blieben auch die ganze Zeit, während Politen sich mit ihnen unterhielt, bis der General Antinoen und Professor Mardoken ins Zimmer kamen.

Politen freute sich unheimlich den Professor zu sehen und trotz der Anwesenheit des Generals flog er zu ihm und umarmte ihn mit Tränen der Dankbarkeit in den Augen.

„Ich danke Ihnen", flüsterte er in sein Ohr, so leise, dass es keiner im Zimmer hörte.

Der Professor schien sich mindestens genauso zu freuen wie Politen, doch der General ließ sie nicht lange in dieser Stimmung. Er räusperte sich laut, um sich bemerkbar zu machen.

Politen entfernte sich auf der Stelle aus des Professors Nähe und positionierte sich dem General gegenüber. Er wollte auf gar keinen Fall noch mehr Probleme für sich selbst oder für den lieben Professor verursachen.

„Weißt du eigentlich, warum du von dem Urteil des Gerichts befreit worden bist?", fragte der General direkt und sah dabei Politen in die Augen.

„Nein, General Antinoen", gab Politen zu.

Die zwei Männer blickten sich misstrauisch um, ohne viel von der Konversation der Elfen, wie Mark dachte, oder der Außerirdischen, wie Gerit dachte, zu verstehen. Sie hatten es bis jetzt nicht geschafft, zu einem Schluss zu kommen, da sie bis zu diesem Moment ihre Gefängniszelle nicht verlassen hatten.

„Du hast eine königliche Begnadigung unseres sehr geehrten Königs Parthen V erhalten, weil Professor Mardoken ihm versicherte, dass du nicht nur weißt, wo die Schwarze Eulenfrau zu finden ist, sondern dass du sie bereits schon einmal gesehen hast."

Politen fühlte sich wie vom Blitz getroffen. Er hoffte nur, dass es nicht jeder im Zimmer bemerken würde. Das war also der Trick, den Professor Mardoken erfunden hatte, um ihn zu retten! Die Schwarze Eulenfrau! Er hatte nicht einmal an diese Geschichte geglaubt. Er hatte als Kind davon gehört, wie alle kleinen unartigen Hermitten, um von den Eltern ruhig gehalten zu werden. „Sei ruhig, sonst kommt die Schwarze Eulenfrau und nimmt dich hinter die schwarzen Berge mit und du kommst nie wieder zurück", drohten sie den Kleinen. Er hatte aber nie an diese Geschichte geglaubt. Und doch schien ihm diese Geschichte das Leben gerettet zu haben. Wie merkwürdig! Jetzt musste er vor dem General zugeben, etwas gesehen zu haben, woran er nicht glaubte, um den Professor nicht zu gefährden.

„Ja, das stimmt. Ich habe sie gesehen", gab er laut zu und sah dabei auf den Boden, vor Angst, der General würde in seinem Blick die Lüge sehen.

„Wann?", fragte der General interessiert.

„General Antinoen", unterbrach ihn Professor Mardoken. „Ich denke, Sie müssten Politen langsam die Mission erklären, denn die Zeit wird immer knapper. Wir müssen so schnell wie möglich beginnen. Das ist der Befehl unseres Königs. Wir werden während der Reise viel Zeit haben, die Geschichte von Politen zu hören."

„Sie haben absolut recht, Professor", gab der General zu.

„Angesichts der Tatsache, dass Politen die Schwarze Eulenfrau gesehen hat, wie er vor uns allen zugegeben hat, und in der Hoffnung, dass, sollten wir sie tatsächlich treffen, sie uns helfen wird, wenn wir in achthundert Monden von heute von unseren Feinden angegriffen werden, hat der König eine Mission bestellt, um mit ihr in Kontakt zu treten. An dieser Mission werden auf meinen Befehl zwanzig Soldaten, das heißt bewaffnete und kampfbereite Mitglieder des Geheimbundes der Ausgewählten teilnehmen, Anführer Pontiren, Professor Mardoken, Politen und die zwei Menschen hier, unter Aufsicht von Klitten und Rodinen."

Und nachdem er das Erstaunen darüber sah, dass die zwei Menschen an der Mission teilnehmen würden, erklärte er:

„Nach einer Sitzung mit dem König und dem Anführer Pontiren haben wir uns entschieden, die zwei bei der Mission mitzunehmen. Erstens wegen ihrer Körpergröße, die uns vielleicht nützlich sein wird, und zweitens wegen des Wissens, das die Menschen laut Politen haben sollen."

Die zwei Männer hörten schweigend und überrascht zu. Sie wagten nicht, auch nur einen Ton von sich zu geben.

„Wir werden gemeinsam mit der Reise des Mondes heute Nacht unsere Reise starten", fuhr der General fort. „Wir werden uns mit den Mitgliedern des Geheimbundes der Ausgewählten und dem Anführer Pontiren am Fuß des ersten schwarzen Berges treffen und werden von dort gemeinsam reisen. Unsere letzte Aufgabe vor dieser Reise ist, unsere Vestris zu revitalisieren, denn wir werden sie sicher brauchen. Die Zeremonie wird in zwei Stunden im Hof stattfinden. Alle Hermitten, die an der Zeremonie teilnehmen müssen, wurden bereits informiert. Bitte erlauben Sie mir jetzt zu gehen. Ich habe noch ein paar Sachen zu erledigen, bevor wir uns auf den Weg machen. Der Professor bleibt hier, um mögliche Fragen zu beantworten. Bevor ich es vergesse, Politen, dein Vater wird dein Menken zur Zeremonie mitbringen. Du wirst es sicher auf der Reise brauchen."

Und ohne ein weiteres Wort zu sagen, flog General Antinoen aus dem Zimmer hinaus.

Professor Mardoken sah die staunende Blicke von Politen und den zwei Menschen und wusste, dass er den dreien alles so erklären musste, dass die zwei Wachen Klitten und Rodinen im Zimmer nicht mitbekamen, dass Politen die Schwarze Eulenfrau in Wirklichkeit noch nie gesehen hatte.

„Keine Sorge, Politen", sagte der Professor, sobald sich die Zimmertür geschlossen hatte. „Es ist nicht schlimm, dass du dich nicht mehr an den genauen Ort erinnern kannst, an dem du die Schwarze Eulenfrau gesehen hast. Unsere Vestris werden uns dorthin führen."

„Und warum wurde Politen dann begnadigt? Das hätten wir auch ohne ihn geschafft. Die Vestris der Mitglieder des Geheimbundes der Ausgewählten sind doch viel stärker als seins."

„Immer langsam, Klitten", unterbrach ihn der Professor in einem strengen Ton. „Die Vestris können uns zwar zu der Schwarzen Eulenfrau bringen, können sie aber nicht dazu zwingen, vor uns zu erscheinen. Politen hat es aber schon mal gemacht, nur er weiß, wie es geht. Und er ist verpflichtet, es zu tun", fügte der Professor hinzu und sah Politen scheinbar streng an.

Klitten antwortete nicht, er blickte Politen aber misstrauisch an.

Politen wurde klar, dass seine Leiden dort beginnen würden, wo die Vestris aufhörten, ihnen den Weg zu zeigen.

Marks Stimme überraschte die Hermitten:

„Nachdem ihr beschlossen habt, uns auf eure Reise mitzunehmen, sollten wir nicht eigentlich auch langsam verstehen, worüber ihr euch die ganze Zeit unterhaltet?"

„Du hast recht", gab Professor Mardoken zu. „Unsere Haltung euch gegenüber ist nicht richtig, das muss ich zugeben. Aber ich könnte euch viele Ausreden dafür erzählen, wie zum Beispiel, dass ihr unsere Feinde seid. Dass die Menschen uns einst vom Angesicht der Erde verschwinden lassen wollten, uns ausrotten wollten. Ihr müsst aber verstehen, dass ihr uns in einer Zeit besucht habt, die sehr kritisch für unser Volk ist. Neue Feinde bedrohen uns. Unbesiegbare Feinde, die es auf dasselbe Ziel abgesehen haben. Die Hermin."

„Wir befinden uns auf der Erde?"

Gerit hatte zum ersten Mal einen Hermitten angesprochen. Bis zu diesem Moment hatte er gedacht, dass es besser wäre zu schweigen, da er davon überzeugt war, dass sie es mit Außerirdischen zu tun hatten.

„Natürlich befinden wir uns auf der Erde. Etwas isoliert, aber wie du siehst, wir existieren noch!"

„Ha! Siehst du? Ich hatte doch recht", sagte Mark auf einmal. „Ihr seid Elfen, nicht wahr?", fragte er den Professor.

Rodinen begann amüsiert zu lachen.

„Diese Besessenheit mit den Elfen wird langsam echt lächerlich. Ich habe es dir doch schon so oft erklärt. Wir sind keine Elfen. Die Elfen sind hässlich und nervig. Sie haben spitze Ohren und knallrote Wangen. Sie wurden in unseren Wäldern gesehen, aber sie verschwanden. Niemand weiß, wo sie sind. Und wenn du wieder nach ihrem Gold fragst, ist unsere Antwort dieselbe: ihr Gold ist nichts anderes als ein Trugbild. Die Leichtgläubigen sehen es nur solange es dauert, um von den Elfen reingelegt zu werden."

„Ja, aber über die Elfen wissen wir durch unsere Mythologie. Von Hermitten hat noch kein Mensch etwas gesagt oder gehört. Kein Mensch weiß, dass es euch gibt."

„Das freut mich sehr", antwortete der Professor. „So war es geplant. Dass wir von den Menschen vergessen werden und nicht einmal als Mythos in euren Büchern auftauchen. Nur so kann die Hermin wirklich beschützt werden. Und dank Politen, der in eurer Welt war, kann das bestätigt werden: ihr Menschen habt uns tatsächlich vergessen. Und da wir keine Feinde mehr sind, können wir Freunde werden. Als erste freundschaftliche Geste erwarten wir von euch, dass ihr uns bei dieser Mission, von der der General eben sprach, helfen werdet."

„Was für ein Abenteuer!", murmelte Gerit. „Kaum vorstellbar, dass wir an diesem Abend nur das Mädchen aus dem Feuer retten wollten. Wir wollten sie eigentlich nur aus den Flammen ziehen, stattdessen zog sie uns ins Feuer."

„Eine letzte Frage", sagte Mark und nickte zustimmend. „Dürfen wir jemals wieder nach Hause?"

„Leider, ist die Einzige, die uns diese Antwort geben kann, die Schwarze Eulenfrau", sagte Professor Mardoken mit einem traurigen Blick.

„Worauf warten wir dann? Gehen wir diese Schwarze Eulenfrau suchen. Ihr könnt euch gar nicht vorstellen, wie sehr wir unser Zuhause vermissen."

„Ich kann euch verstehen", murmelte Politen.

Anführer Pontiren und die zwanzig Mitglieder des Geheimbundes der Ausgewählten warteten pünktlich am ausgemachten Treffpunkt. Die anderen verspäteten sich, weil sie mit dem Problem konfrontiert wurden, dass die zwei Menschen nicht fliegen konnten. Etliche Male mussten die zwei sogar rennen, um mit dem Tempo der fliegenden Hermitten mithalten zu können. Daraufhin beschlossen die Hermitten etwas langsamer zu fliegen, um die beiden nicht zu verlieren. Als sie aber am Treffpunkt ankamen, waren die zwei Männer total erschöpft und konnten sich nur noch rücklings auf den Boden legen. Ihr Problem wurde gelöst, als sie die anderen Mitglieder der Mission trafen. Das Vestris des Professors zauberte zwei große Körbe, in die Mark und Gerit einstiegen und es sich gemütlich machten. Zehn der Mitglieder des Geheimbundes der Ausgewählten hoben mit zehn dicken Seilen den einen Korb und die restlichen zehn Mitglieder hoben auf dieselbe Art den zweiten Korb. So hatten sie das Problem des Transports der beiden Menschen gelöst. Leider konnten sie ein anderes Problem von Mark nicht lösen. Der Korb schwang in der Luft hin und her und er litt während der gesamten Reise an Übelkeit.

„Langsamer, mir ist schlecht", rief er ab und an den Soldaten zu. Doch als ihm klar wurde, dass er keine Antwort bekommen würde, leerte er lediglich seinen Magen über den Korbrand aus.

Klitten, der hinter ihm flog, musste durch den Geruch furchtbar leiden. Er hätte sogar schwören können, dass Rodinen, der hinter dem anderen Korb flog, jedes Mal schadenfreudig lächelte, wenn Mark sich übergab. „Warte ab, lieber Freund", dachte er. „Warte ab, bis wir wieder zurück sind."

Sie flogen seit etlichen Stunden, als General Antinoen vorschlug, die erste kurze Pause einzulegen. Ihre Vestris hatten sie hinter die schwarzen Berge in einen riesigen Wald geführt. Er entschied, dass es ein sicherer Ort war, um sich etwas auszuruhen und vielleicht sogar ein wenig zu schlafen.

Sie landeten also und bauten mit ihren Vestris ein kleines Lager, um sich vor der nächtlichen Kälte und den Gefahren des Waldes zu schützen, die die Nacht bringen würde. Nachdem von General Antinoen die Wachschichten eingeteilt wurden, schliefen kurz danach die meisten ein.

Auf diese Weise reisten sie zehn Monde lang. Ihre Vestris führten sie von Wald zu Wald. Sie schienen nicht aufhören zu wollen. Niemand wusste, wie lange diese Reise noch dauern würde.

„Sie hätten mich auch mitnehmen können. Ich würde auch gern die Schwarze Eulenfrau sehen", sagte Iris mürrisch.

„Ja, das wäre schön gewesen. So wären wir nämlich auch mitgegangen", sagte Ippoliten verträumt.

„Du weißt aber, Ippoliten, dass wir nie mitgehen könnten, weil wir Frauen sind. Sie würden nicht noch ein heiliges Gesetz brechen", sagte Arinen leicht genervt.

„Ja, aber ich bin keine Hermitten", antwortete Iris sofort, „und sie müssten kein Gesetz brechen. Eure Gesetze gelten nicht für mich."

„Ich dachte...", sagte Ippoliten traurig.

„Du hast recht", räumte Iris ein, als sie Ippolitens traurigen Blick sah. „Ich bin jetzt eine Hermitten. Eine flügellose Hermitten", fuhr sie fort, um Ippoliten aufzumuntern.

„Ich glaube, ich habe dich langsam genau so lieb wie meinen Bruder", sagte Ippoliten, dieses Mal lächelnd.

„Ich dich auch", antwortete Iris. „Und ich glaube es ist besser, statt rumzusitzen und zu weinen, weil uns die Männer nicht mitgenommen haben, dass wir uns eine Idee einfallen lassen, wie wir sie dazu zwingen könnten, uns in Zukunft mitzunehmen."

„Was meinst du?", fragte Arinen interessiert.

Als sie für die zwölften Nacht anhielten, um sich auszuruhen, waren alle beunruhigt, ohne zu wissen warum. Sie hatten ein mulmiges, ungutes Gefühl, so als würde irgendeine Gefahr auf sie lauern. Doch sie wussten, dass sie ihr Ziel noch nicht erreicht hatten, denn die Vestris zeigten ihnen immer noch den Weg an.

„Was ist los, Professor?", fragte Politen. „Sie sind genauso aufgeregt wie wir alle."

„Was ist los?", fragte auch Mark besorgt. Er hielt sich immer in Politens Nähe auch wenn er nicht gerade in seinem Korb saß.

Beide Männer fühlten sich in seiner Nähe sicherer, weil er der Einzige war, der die Menschen gut kannte. Sie wussten, dass er die letzten hundert Jahren bei den Menschen verbracht hatte. Doch eigentlich hatte er nur in den ersten achtzig Jahren wirklich Kontakt zu ihnen gehabt, da er die letzten zwanzig in der Porzellanpuppe versteckt gewesen war. Mark stellte sich vor, dass Politen Menschen kennengelernt hatte, die bereits vor seiner Geburt gelebt hatten.

„Ich kann euch leider keine Antwort geben", sagte der Professor sichtlich enttäuscht. „Vielleicht liegt es nur an unserer Müdigkeit und Erschöpfung. Wir fliegen schon seit zwölf Monden, ohne zu wissen, für wie lange noch. Es ist natürlich, dass wir erschöpft und müde sind. Aber seit wann wird man davon nervös und besorgt?", fragte er vor allem sich selbst.

Gerit sah sich um.

„Es scheint mir, als ob eure Wälder viel wilder und unheimlicher sind als unsere. Die Menschen gehen in den Wald, um zu entspannen, um frische Luft zu schnappen und um die Natur zu genießen. Hier sieht das alles ganz anders aus. Der Wald, die Bäume und die Gräser kommen mir wild und aggressiv vor. Als würden sie dir wehtun wollen oder dich loswerden wollen! Alleine wollte ich hier nicht sein", sagte Gerit und erschauerte bei diesem Gedanken.

„Vielleicht verbergen eure Wälder keine Geheimnisse", sagte der Professor mit einem rätselhaften Lächeln.

„Geheimnisse? Was für Geheimnisse verbirgt euer Wald?", fragte Mark, der denselben Schauder wie Gerit spürte.

„Damals, als die Hermitten von den Menschen verfolgt wurden, haben sie in den Wäldern Zuflucht gesucht. Sie haben um Hilfe gebeten und die Wälder haben sie versteckt. Heute noch gilt, wenn jemand wirklich die Hilfe und den Schutz des Waldes braucht, wird er sie bekommen. Und der Wald wird versuchen, denjenigen mit allen Kräften zu beschützen. Aber wehe, wenn jemand versucht, den Wald zu betrügen oder auszunutzen!", sagte der Professor.

„Du willst mir nur Angst machen", sagte Mark amüsiert.

„Ich sage nur die Wahrheit", antwortete der Professor mit ernster Miene.

„Aber du redest doch vom Wald, als wäre er ein denkendes und handelndes Lebewesen oder so etwas."

„Und? Ist es nicht so?", fragte der Professor.

General Antinoen näherte sich und unterbrach unbeabsichtigt die Diskussion der beiden.

„Ein paar Mitglieder des Geheimbundes der Ausgewählten erwähnten, dass sie vorhin merkwürdige Geräusche von der nördlichen Seite des Waldes gehört hätten. Anführer Pontiren ist mit ihnen in diese Richtung geflogen, um nachzuschauen. Ich informiere euch, damit ihr für alles bereit seid. Vielleicht müssen wir plötzlich hier weg", sagte er nachdenklich.

„Wir sollten aber niemanden in diesem Wald stören", sagte Politen flüsternd und noch von den Worten des Professors über den Wald beeindruckt.

„Das ist nicht unsere Absicht", sagte der General.

„Setz dich doch zu uns, bis die anderen wieder hier sind. Es ist nicht verkehrt, wenn wir alle zusammen sind."

Ohne einen weiteren Einwand setzte sich der General, der äußerst besorgt aussah, zu ihnen.

Mark, der bis dahin auf einem großen Stein gesessen hatte, ging zum Feuer und schürte es mit einem Stock.

„Damit es nicht ausgeht", sagte er zu den anderen, die wortlos zusahen.

„Mein Lieber, der Aufwand wäre aber nicht nötig gewesen", sagte der General in einem für ihn seltenen höflichen Ton.

Auf der Stelle entzündete er nur mit seinem Vestris neben dem Feuer ein noch viel größeres und helleres.

„Ja, natürlich. Ich hätte es mir denken müssen. Aber ich denke immer noch wie ein Mensch, der für solche Sachen seinen Kopf und seine Hände benutzt."

Entschuldigt mich, meine Freunde. Ich wollte hier nicht meine Kräfte vorführen", sagte der General. „Aber so ist es für mich normal. Aber erzählt mir bitte von den Menschen, ich würde gern mehr erfahren."

Und so wurden sie in eine angenehme Diskussion eingebunden, die ihre Gedanken für eine Weile von den merkwürdigen Geräuschen fernhielt.

Der Professor und der General hörten eifrig zu, wie Mark und Gerit über die Menschen und ihre Welt erzählten. Und Politen unterbrach sie ab und zu und erzählte von seinen Erfahrungen.

Als der Professor Gerit unterbrach, der gerade von dem Elend und dem Schmerz sprach, den der Zweite Weltkrieg den Menschen gebracht hatte, waren mindestens drei Stunden vergangen.

„Sie sind immer noch nicht zurück", sagte er beunruhigt. „Bald hat der Mond seine heutige Reise vollbracht und sie sind immer noch nicht zurück. Vor lauter Geschichtenerzählen haben wir sie vergessen!"

Politen und der General sprangen sofort auf.

„Sie haben recht, Professor. Wirklich unverzeihlich!"

„Wir müssen schauen, was los ist", sagte der General, während er sich die Erde von seiner Uniform klopfte.

„Was wollen wir machen?", fragte Politen besorgt.

„Wir werden dieselbe Route einschlagen. Seid vorsichtig und bleibt hinter mir", sagte der General in einem militärischen Ton.

„Ehm, vergesst nicht, dass wir nicht fliegen können", erinnerte sie Mark.

„Keine Sorge, ich werde drauf achten, dass wir nicht schneller werden, als ihr folgen könnt", versicherte Politen den beiden Menschen.

„Wir werden sehr tief fliegen, fast neben euch", sagte der Professor schließlich.

Sie folgten dem Pfad, auf den der General gezeigt hatte. Vorsichtig bewegten sie sich vorwärts, sahen sich dabei mal nach links und mal nach rechts um und spitzten beim kleinsten Geräusch die Ohren. Je tiefer sie in den Wald eindrangen, desto mehr fiel ihnen auf, dass die Bäume immer größer und dichter wurden. Das Fliegen war äußerst schwierig geworden, als sie auf eine große Lichtung stießen.

Kein Baum und kein Gras wuchs, und die Stelle war so sauber, als hätte dort jemand gemäht. Sie hielten an, um die Gegend zu erkunden und zu entscheiden, wohin sie von dort aus weitergehen würden. Fern geradeaus schien der Wald weiterzugehen, rechts und links ging es steil hinauf zu den Bergen.

„Wo sind Anführer Pontiren und die Soldaten?", rief der General und streckte dabei seine rechte Hand aus, um sein Vestris entscheiden zu lassen.

Seine Hand zeigte, nachdem sich sein Körper einmal gedreht hatte, geradeaus, in Richtung Wald. Politens Vestris und jenes des Professors zeigten in dieselbe Richtung.

„Lasst uns sofort weitergehen, wir haben bereits viel Zeit verloren."

Niemand hatte etwas dagegen und so machten sie sich alle auf den Weg in den Wald, der ein Stück weiter vor ihnen wieder begann.

Die Lichtung war größer als sie gedacht hatten und deshalb dauerte es ein wenig, bis sie sich dem Wald genähert hatten. Schnell und ohne zu überlegen traten sie zwischen die Bäume hinein. Und dann passierte plötzlich etwas Merkwürdiges und Unerklärliches. Die drei Hermitten, die voraus flogen, fielen auf einmal zu Boden. Liegend sahen sie einander verblüfft an. Waren sie auf ein Hindernis gestoßen? Befand sich vielleicht dort vor ihnen eine unsichtbare Wand?

Als erster stand Politen auf und rieb sich den Arm, er hatte sich beim Fallen wehgetan. Der Professor und der General standen ebenfalls auf, noch sichtlich benommen.

„Was ist passiert?", fragte Mark und sah um sich. „Seid ihr mit den Bäumen zusammengestoßen?"

„Ich bin nirgendwo drangekommen", antwortete Politen. „Ich habe zumindest nichts gemerkt. Vielleicht ist dort irgendwo ein unsichtbares Hindernis."

Dann zeigte er mit seinem Vestris und gab seinem Menken den Befehl: „Flieg herum!"

Das Menken verließ Politens Schulter auf der Stelle und begann wild von rechts nach links herumzufliegen.

„Etwas weiter vorn", rief Politen dem Menken zu, das sich bereits entfernt hatte.

Das Menken flog immer weiter, ohne auf ein Hindernis zu treffen.

„Komisch. Sehr komisch", sagte der General. „Es scheint kein Hindernis gewesen zu sein. Vielleicht hat Mark doch recht. Vielleicht haben wir einen Baum getroffen."

„Alle gleichzeitig?", fragte Professor Mardoken.

Politen rief sein Menken zurück und als es wieder auf seiner Schulter saß, sagte er zu ihnen:

„Wartet hier. Ich werde noch mal schauen."

Und er bewegte seine Flügel, um abzuheben. Er bewegte sie noch einmal und noch einmal, reckte sich nach oben aber blieb wie festgenagelt auf dem Boden stehen.

„Was ist los?", rief ihm der General zu, während er seine eigenen Flügel bewegte.

„Wir können nicht mehr fliegen", sagte der Professor, dem dasselbe Problem widerfahren war.

„Dann werden wir ab jetzt zumindest nicht mehr alleine laufen", scherzte Gerit.

Die drei Hermitten schienen aber zu aufgeregt zu sein, um seinen Witz zu beachten.

„Was ist los, Professor?"

„Ich weiß nicht, Politen. Ich kann es nicht verstehen. Aber aus irgendeinem Grund können wir einfach nicht mehr fliegen. Folgt mir", sagte er dann plötzlich, als wäre ihm etwas eingefallen.

Sie schleppten sich gemeinsam zurück in die Richtung, aus der sie gekommen waren. Nach kurzer Zeit standen sie wieder auf dem leeren, kahlen Boden der Lichtung.

„Versucht es jetzt", sagte Professor Mardoken.

Alle drei Hermitten machten einen Satz und flogen unbeschwert in die Höhe. Die zwei Männer blieben am Boden und schauten hoch.

„Komisch", sagte der Professor, nachdem sie wieder gelandet waren. „Aus irgendeinem Grund können wir in diesem Wald nicht fliegen."

„Sollten wir ihn dann nicht einfach umfliegen?", fragte der General.

„Und was ist mit Anführer Pontiren und den Soldaten? Unsere Vestris zeigten, dass sie dort drinnen sind", antwortete der Professor. „Wir können sie nicht einfach hier zurücklassen. Vielleicht brauchen sie unsere Hilfe."

„Sie haben recht, Professor", sagte der General und bedauerte seinen Vorschlag.

„Die Schwarze Eulenfrau...", murmelte Politen.

„Was sagtest du?", fragte ihn der General.

„Natürlich! Du hast recht, Politen. Vielleicht ist sie hier in der Nähe."

Der General zeigte mit seinem Vestris in Richtung des linken Berges und rief laut: „Wo ist die Schwarze Eulenfrau?"

Sein Körper drehte sich um und sein Vestris zeigte erneut in Richtung Wald.

„Gehen wir", sagte er entschlossen. „Und wenn wir laufen müssen, dann laufen wir eben!"

Und so gingen sie von neuem in den Wald hinein.

Sie liefen einige Zeit langsam und vorsichtig und benutzten ihre Menken als Detektoren. Schnell wurde ihnen klar: je tiefer sie in den Wald kamen, desto schwächer wurden ihre Vestris.

Als sie erneut nach den Soldaten fragten, mussten sie alle drei ihre Kräfte bündeln, um eine Antwort zu bekommen. Auf die Frage nach der Schwarzen Eulenfrau bekamen sie keine Antwort mehr.

Bald wurde ihnen noch ein weiteres Problem bewusst. Der Professor und der General konnten nicht mehr laufen. Seit einigen Metern schleppten sie sich mühevoll auf schwachen und erschöpften Füßen.

„Ihr müsst ohne mich weiter", sagte der Professor enttäuscht und setzte sich unbeholfen auf die Wurzel eines Baumes. „Leider kann ich meine Füße kaum noch bewegen, es tut mir leid."

„Vielleicht sollten wir uns etwas ausruhen", fügte der General im selben traurigen Ton hinzu. „Ich kann auch nicht mehr weiter."

„Kein Problem", lächelte Mark. „Wir können euch tragen. Ihr habt dasselbe für uns getan, weil wir nicht fliegen können."

„Genau", fügte Gerit hinzu. „Es ist sowieso kein großes Gewicht, über das wir reden", sagte er, während er sich den kleinen, faltigen und geschrumpften Körper des alten Professors ansah.

„Und du, Politen? Kannst du noch laufen?", fragte der General, nachdem er es sich auf Marks Schulter bequem gemacht hatte.

„Keine Sorge, General Antinoen. Meine Beine haben sich in der Welt der Menschen an das Laufen gewöhnt."

„Wir dürfen auch nicht vergessen, dass Politen etwas jünger ist als wir", sagte der Professor lächelnd, der nun auf Gerits Schulter saß.

Und so liefen sie erneut los, um die vermissten Soldaten und die Schwarze Eulenfrau zu suchen, und gingen immer tiefer in den riesigen dunklen Wald hinein.

Mark war der erste, dem auffiel, dass sie an einer Stelle zum zweiten Mal vorbeigingen. Beim ersten Mal hatte er ein merkwürdiges Muster bemerkt, das in einen der Bäume geritzt war. Es hatte ihn beeindruckt, er hatte aber keinem der anderen etwas davon erzählt. Als er dasselbe Muster zum zweiten Mal sah, entschied er sich dieses Mal anders:

„Wir waren hier schon einmal."

Alle sahen ihn fragend an.

„Doch, wirklich! Schaut euch mal dieses Muster auf der Baumrinde an. Ich habe es vorhin schon gesehen. Ich denke nicht, dass jemandem so langweilig war, dass er dieses Muster in alle Bäume geschnitzt hat."

Professor Mardoken forderte Gerit auf, an den Baumstamm zu treten.

„Ein merkwürdiges Muster, in der Tat. Ich habe es noch nie gesehen. Und Sie, General Antinoen?"

„Nein", antwortete der. „Wonach sieht es aus?", wollte er wissen.

„Wenn es scharfkantig wäre, könnte es ein Stern sein", sagte Mark so leise, als würde er zu sich selbst sprechen. „Wenn es rund wäre, könnte es eine Blume sein. Aber mehreckig? Es muss irgendeine komische geometrische Form sein. Geometrie war aber leider nicht mein Lieblingsfach."

„Schaut, die Bäume nebenan haben nichts", rief Politen.

„Seht ihr? Ich hatte recht", sagte Mark, der sich bestätigt fühlte. „Wir waren schon einmal hier."

„Wie ist das möglich?", fragte Gerit. „Wir sind doch immer nur in eine Richtung gelaufen."

„In einem Wald kann man nie gerade in eine Richtung laufen", äußerte sich der General. „Die Bäume stehen nicht in einer Reihe, wie es mit den Häusern der Fall ist, die nach einem Plan gebaut wurden. So wie die Bäume unordentlich hier und da stehen, führen sie einen mal nach links und mal nach rechts und man verliert leicht die Orientierung. Wir müssen ab jetzt aufmerksamer sein. Es wird sowieso bald viel einfacher, weil der Mond untergegangen ist und wir bald das erste Licht des Tages sehen werden."

„Politen, magst du dich nicht vielleicht etwas ausruhen?", fragte der General schließlich.

„Nein, mir geht es gut", antwortete der.

„Gut, dann lasst uns weitergehen."

Die ersten Sonnenstrahlen fielen auf die Bäume, auf deren Blättern der Morgentau glitzernde Perlen bildete, als die Gruppe zum dritten Mal an dem Baum mit dem merkwürdigen Muster ankam. Enttäuscht und müde setzten sie sich auf die kalte Erde.

„Leider können wir jetzt Marks Annahme als bestätigt betrachten", sagte der General besorgt.

„Einer Sache bin ich mir mittlerweile sicher", sagte der Professor genauso besorgt. „Dieser Wald ist ein Labyrinth."

„Genau! Und deshalb sind der Anführer Pontiren und die Soldaten nicht zurückgekommen, sie haben sich in diesem Labyrinth verirrt", sagte Politen.

„Aber wir sind doch die ganze Nacht umhergewandert. Wenn sie sich auch in diesem Labyrinth befinden würden, hätten wir sie dann nicht gesehen?", fragte Mark verwirrt.

„Wir wissen ja nicht, wie groß dieses Labyrinth wirklich ist", sagte der Professor und schüttelte seinen Kopf. „Vielleicht sind sie an irgendeiner anderen, von uns weit entfernten Stelle des Labyrinths stehengeblieben und können nicht weiter."

„Und was machen wir jetzt?", fragte Gerit.

„Ich wünschte, wir könnten fliegen", sagte Politen. Wir könnten ganz einfach den Weg aus dem Labyrinth finden, wenn wir es von oben betrachten würden."

„Vielleicht ist das der Grund, warum wir nicht fliegen können", sagte Professor Mardoken und sah Politen an. „Damit wir das Labyrinth nicht verlassen."

„Wir sind also buchstäblich gefangen", sagte Gerit kläglich.

„Ich glaube, wir sollten uns ab jetzt mit unserem Kopf vorwärtsbewegen und nicht mit unseren Füßen“, sagte der Professor rätselhaft.

Alle hingen gespannt an seinen Lippen.

„Ihr wisst natürlich alle, dass man einen bestimmten Weg gehen muss, um aus einem Labyrinth zu kommen. Man läuft immer in eine bestimmte Richtung. Rechts oder links. Aber das ist in einem Wald nicht so einfach.“

„Und wenn ihr euren Vestris sagen würdet, dass sie euch den Weg zum Beispiel nach rechts zeigen sollen?“, schlug Mark vor.

„Gute Idee! Ausgezeichnet, Mark!“, rief der General aufgeregt.

Es wäre eine wirklich gute Idee gewesen, wenn ihre Vestris funktioniert hätten. Doch leider hatten diese nicht die geringste Kraft.

„Unbrauchbar. Total unbrauchbar“, schimpfte der General genervt, als ihm klar wurde, dass ihre Vestris ihnen nicht mehr helfen würden.

„Toll, jetzt sind wir total aufgeschmissen und niemand kann uns helfen! Gefangen in einem Wald, der uns nicht gehen lassen will“, sagte Gerit, der mittlerweile richtig verängstigt war. „Wir wollten die anderen retten und haben uns selber gefangen. Wir wollten die Schwarze Eulenfrau finden und jetzt sind wir gefangen und niemand kann uns finden, wir werden nie hier rauskommen!“

„Wir dürfen nicht aufgeben“, versuchte ihn der Professor aufzumuntern. „Wir dürfen nicht vergessen, dass es für jedes Problem eine Lösung gibt. Es gibt kein Problem ohne Lösung. Es kann sein, dass wir sie nur vor lauter Aufregung und Müdigkeit nicht sehen, aber ich bin mir sicher, dass es eine Lösung gibt. Und wir werden alle zusammen versuchen, sie zu finden.“

„Aufregung? Aufregung? Was erzählen Sie da, Professor? Ich sterbe gleich vor Angst, ich bin nicht nur aufgeregt. Wir werden nie hier rausfinden, wir sind für immer gefangen!"

„Beruhig dich, Gerit. Beruhig dich", sagte Politen, der neben ihm saß, und klopfte ihm leicht auf die Schulter. „Der Professor hat recht. Es muss einen Ausgang geben und ich verspreche dir, dass wir ihn bald finden werden."

„Männer, verliert euren Mut nicht!", fügte der General hinzu und versuchte auf seine Art zu helfen.

Die Sonne warf ihre wärmsten Strahlen durch die Blätter der Bäume und die Gruppe musste einen anderen Platz unter ihnen finden, der schattiger war. Sie hatten zwei Tage nicht mehr geschlafen und die Hitze machte es ihnen nicht einfacher. Ihre Glieder waren angeschwollen, ihre Augen fielen zu, alle waren müde und erschöpft.

„Die Müdigkeit drückt uns nieder, aber wir dürfen nicht schlafen", sagte der Professor. Er betrachtete dabei einen nach dem anderen, wie sie erschöpft und krumm dasaßen und ihre Köpfe hängenließen.

„Unmöglich, Herr Professor", murmelte der General halb im Schlaf. „Ich glaube mein Gehirn denkt langsamer, als sich der Schatten dieses Baumes bewegt."

„Apropos Schatten, ich muss meinen Platz wechseln, weil ich nicht mehr im Schatten sitze", beschwerte sich Mark. „Die Sonne macht mich langsam echt fertig."

„Professor!", rief Politen auf einmal so laut, dass er alle aufweckte.

„Was ist los, Politen?", fragte der Professor.

„Der Schatten, Professor... Schauen Sie mal auf den Schatten der Bäume", antwortete Politen ungeduldig und zeigte mit beiden Armen.

„Musst du auch in den Schatten?", sagte Mark. „Guck, wir werden alle etwas rücken und dann sitzt du wieder im Schatten."

„Was genau zeigst du uns, Politen?", griff der General ein. „Könntest du bitte mit der einen Hand auf das zeigen, was wir sehen sollen?"

Politen ließ sofort den linken Arm fallen, sein rechter zeigte noch auf den Baum mit dem merkwürdigen geometrischen Muster.

Alle blickten zum Baum, konnten aber nichts Besonderes erkennen, weder an ihm noch an seinem Schatten.

„Unglaublich! Unglaublich!", wiederholte der Professor ständig und schien der erste zu sein, der verstanden hatte, was ihnen Politen mitteilen wollte.

„Was ist unglaublich, Herr Professor?", wollte der General wissen.

„Alle Bäume werfen ihren Schatten auf ihre rechte Seite, was absolut normal ist aufgrund der aktuellen Sonnenposition", erklärte der Professor. „Doch der Baum mit dem geometrischen Muster folgt diesem natürlichen Gesetz nicht. Der Schatten befindet sich direkt vor ihm. Das muss sicher etwas bedeuten. Sehr gut, Politen. Sehr gut beobachtet."

„Ich habe es bemerkt, als der General die Geschwindigkeit des Denkens mit der des Schattens der Bäume verglichen hat", gab Politen zu.

„Ja, aber was kann das bedeuten?", fragte sich der Professor laut. „Vielleicht zeigt uns der Schatten eine Richtung. Aber wohin? Bis zum nächsten Baum. An dem der Schatten aufhört? Vielleicht heißt es, dass wir geradeaus in diese Richtung gehen sollten? Oder dass wir in der Nähe dieses markierten Baumes bleiben sollten?

Oder ist der Baum ein Eingang in einen Ort, den wir noch nicht sehen können?"

Der Professor hatte noch nicht alle seine Fragen und Überlegungen geäußert, da rannten alle bereits zum Baum. Alle Hände berührten den Stamm gleichzeitig. Die der beiden Männer etwas höher und die der Hermitten viel niedriger.

Sie drückten, sie schubsten, sie streichelten, sie klopften und traten sogar gegen den Stamm. Doch es geschah absolut nichts. Es öffnete sich kein geheimes Tor.

Da so nichts zu erreichen war, gingen sie ein paar Schritte zurück, blieben schweigend stehen und hofften, dass irgendwelche Ideen oder Gedanken kommen würden.

Plötzlich sahen sie zwei schwarze Eulen aus den oberen Ästen des markierten Baumes herausschießen und auf sie zufliegen. Niemand hatte bis zu diesem Moment Vögel in diesem Wald fliegen gesehen. Überrascht und erschrocken hielten sie die Hände vors Gesicht und wichen zurück, um sich vor dem Angriff der zwei Eulen zu schützen.

Die Eulen flogen bedrohlich auf sie zu, griffen sie aber nicht an.

„Wir haben euch erwartet."

Selbst die zwei Männer sahen nicht überrascht aus. Sprechende Vögel? Sie hatten schon so vieles in der Welt der Hermitten gesehen, dass ihnen auch das natürlich vorkam.

„So viel Getue und Gewalt am Baum wäre gar nicht nötig gewesen", sagte die zweite Eule. „Ein wenig Geduld und ihr hättet das Tor sich öffnen gesehen."

„Welches Tor?", fragte der General.

„Seht es euch selbst an", antwortete die erste Eule rätselhaft und zeigte mit ihrem schwarzen Flügel zum Baumstamm.

Als sich alle zum Baum mit dem merkwürdigen geometrischen Muster umdrehten, sahen sie, wie er entzweiriss. Ein lautes und schreckliches Geräusch hallte durch den Wald, während sich der Baum von oben bis unten öffnete. Tausend schwarze Eulen flogen aus dem Inneren des Baumes. Dicht an dicht kreisten sie und machten mit ihrem ohrenbetäubenden Gekreische den Lärm noch unerträglicher.

„Warum hatte ich bis jetzt den Eindruck, dass Eulen nachtaktiv sind und sich tagsüber eher verstecken?", fragte sich Gerit laut.

Niemand bemühte sich um eine Antwort. Sprachlos sahen sie zu, wie die Schwarze Eulenfrau dem Boden entstieg, an der Stelle, wo selbst die Wurzeln des Baumes entzweigerissen waren. Ein großes schlankes Wesen; halb Frau und halb Vogel, stand nun vor ihnen.

Ihr Gesicht war das einer Eule mit großen glänzenden Augen, die tief in den Augenhöhlen lagen. Ihr Blick war eisig kalt. Ihr weiblicher Körper war von oben bis unten mit rabenschwarzen Federn bedeckt und sie war barfuß.

Der Blick, den sie ihnen zuwarf, ließ ihre Knie zittern und ihr Herz rasen. Sie war so groß, dass selbst die zwei Menschen nach oben sehen mussten.

„Ihr habt mich gerufen."

Ihre Stimme war tief und ging einem durch Mark und Bein.

„In der Tat, wir haben nach Ihnen gesucht", sprach als erster der General Antinoen.

Doch die Schwarze Eulenfrau wandte sich Politen zu, ohne dem General die geringste Aufmerksamkeit zu schenken.

„Du bist aus der Welt der Menschen zurück."

Politen wagte nicht zu antworten. Er erkannte, dass die Schwarze Eulenfrau keine Fragen stellte. Sie wollte ihnen nur zeigen, dass sie über alles Bescheid wusste. Und so nickte er nur bejahend mit dem Kopf.

„So ist es richtig. Die Verbindung zu den Menschen darf nicht abgebrochen werden", sagte sie rätselhaft.

„Und die heiligen Gesetze?", traute sich der General zu fragen.

„Deshalb ist das Tor da. Damit die Verbindung nicht abbricht. Die Verbindung zu den Menschen darf nicht abgebrochen werden", wiederholte sie. „Ich weiß, warum ihr hier seid. Ihr denkt, dass ich euch bei der Lösung eurer zwei Probleme helfen kann."

Sie hielt kurz inne und fuhr dann fort: „Ich werde euch nur eine Frage beantworten. Ihr müsst entscheiden, welche die wichtigste ist."

Für Professor Mardoken und General Antinoen war es nicht schwierig, eine Entscheidung zu treffen. Die Rettung der Hermitten war die wichtigste Frage. Die zwei Menschen waren mit den Gedanken noch bei den Worten der Schwarzen Eulenfrau über das Tor. Sie waren sich sicher, dass dieses Wesen das Tor früher für sie öffnen könnte. Der, der zwischen den zwei Fragen pendelte, war Politen. Er wusste einerseits, wie bedeutend die Rettung der Hermitten war, konnte aber andererseits nicht das Problem der zwei Männer und von Iris vergessen. Er wusste aus Erfahrung sehr gut, wie groß ihr Wunsch war, nach der langen Zeit nach Hause und zu ihren Familien zurückzukehren.

„Nur eine!", sagte die Schwarze Eulenfrau noch einmal, als könnte sie Politens Gedanken lesen.

Der General Antinoen befürchtete, dass sie eine einmalige Gelegenheit verpassen würden und fragte auf der Stelle:

„Wie können wir den Angriff der roten Drachen abwehren?"

„Kluge Wahl!", sagte die Schwarze Eulenfrau.

Dann öffnete sie kraftvoll ihren rechten Flügel. Überrascht sahen sie zu, wie daraus eine durchsichtige Glaskugel zu Boden fiel. Politen nahm sie auf und hielt sie so vor sich, dass sie alle sehen konnten. In der Glaskugel war ein Tintenfisch gefangen, der verzweifelt versuchte, sich zu befreien, indem er seine Tentakel an die Glaswand schlug.

„Gebt sie dem Anführer der roten Drachen", fuhr die Schwarze Eulenfrau fort. „Sobald er diese Glaskugel besitzt, wird er von jeglichen Kriegspläne gegen die Hermitten absehen. Und er wird als erster den Frieden zwischen euch fordern. Umso schneller ihr ihm diese Glaskugel gebt, desto eher habt ihr eure Probleme gelöst. Sucht nicht noch einmal nach mir. Das nächste Mal wird nicht so einfach für euch sein. Dieses Mal habe ich dafür gesorgt, dass es nicht sehr schwer war. Aber nur, weil die Hermin in Gefahr war. Versucht nicht, mich jemals aus einem anderen Grund aufzusuchen. Vergesst mich, damit ich euch vergesse, sonst..."

Sie beendete ihren Satz nicht, es war aber allen sofort klar, was sie sagen wollte.

Dann verschwand sie, so schnell, wie sie erschienen war. Die unzähligen schwarzen Eulen kehrten langsam in den Baumstamm zurück, der begonnen hatte, sich wieder zu schließen. Als der Baum wieder von oben bis unten verbunden war, standen vor ihm nur noch die zwei sprechenden Eulen, die als erste erschienen waren.

Politen hielt in seinen Händen die wertvolle Kristallkugel mit dem gefangenen Tintenfisch. Sprachlos sahen sich alle an.

„Folgt uns, um aus dem Labyrinth zu kommen", sagte die eine Eule.

Sie folgten schweigend den zwei Eulen. Sie wussten, dass sie auf der Rückreise genug Zeit zum Reden haben würden.

„Liebe Eulen, ich habe eine Frage", sagte der General so freundlich er nur konnte, um eine Antwort zu bekommen. „Wo sind unsere Kameraden, die sich ebenfalls im Labyrinth verirrt hatten?"

„Sie warten in Sicherheit außerhalb des Waldes auf euch", antwortete die zweite Eule.

Nun konnten sie beruhigt den Eulen folgen.

15. Die Verbindung zwischen Menschen und Hermitten darf nicht abgebrochen werden

Erst nachdem König Parthen ausführlich über das glückliche Ende ihrer Mission informiert worden war, durfte Politen nach Hause. Bevor die Mitglieder der Mission das Schloss verließen, kündigte der König an, dass sie durch einen Boten über den Zeitpunkt der nächsten Mission informiert werden würden. Sie würden dem Anführer der roten Drachen die Kristallkugel bringen.

„Ihr habt die erste Mission gemeistert und aus diesem Grund habe ich euch für die zweite ausgewählt", sagte er lächelnd, bevor er sich von ihnen verabschiedete.

Am Ausgang des Schlosses verabschiedeten sich die Mitglieder der Mission bis zum nächsten Treffen. Politen, Professor Mardoken, Mark und Gerit verließen gemeinsam das Schloss. Politen bestand darauf, sie zu sich nach Hause einzuladen, wo seine Mutter bestimmt ein warmes Essen und köstliche Süßigkeiten vorbereitet hätte.

Womit sie nicht gerechnet hatten, war Iris Wut.

„Warum habt ihr mich nicht mitgenommen?", rief sie, als sie durch die Tür kamen.

„Das ist aber ein herzlicher Empfang!", sagte Politen lächelnd.

„Als Strafe dafür, dass ihr Iris nicht mitgenommen habt, müsst ihr uns eure Reise mindestens dreimal ausführlich erzählen!", sagte Politens Mutter, die ihren Sohn ansah und ihre Tränen kaum zurückhalten konnte.

„Sie haben es verdient", sagte Iris lächelnd. „Ich hätte keine bessere Strafe finden können."

Und dann wurden warme Umarmungen und Küsse verteilt in dieser liebevollen, familiären Atmosphäre. Sogar Politens Vater, der immer sehr ernst war, nahm seinen Sohn in die Arme und weinte vor Freude wie ein kleines Kind.

Als letzte kam Arinen, um Politen zu begrüßen.

„Willkommen zurück", sagte sie nur und wollte ihm die Hand zur Begrüßung geben.

Politen ignorierte ihre Hand und umarmte sie herzlich.

Arinen wurde rot wie eine Tomate, sie machte aber keinen Versuch, sich aus der warmen Umarmung zurückzuziehen.

„Wir drei haben uns viel zu erzählen", sagte Iris laut zu den beiden Männern, die das Ganze verlegen beobachteten.

„Es ist deine Schuld, dass wir hier sind", sagte Gerit schlagfertig.

Iris erschrak und machte einen Schritt zurück.

„Jetzt ist aber nicht der Moment", griff die Mutter ein. „Jetzt wird gegessen. Auf auf, zu Tisch! Ihr habt doch bestimmt Hunger. Geredet werden kann später noch!"

Professor Mardoken näherte sich Iris und zog sie sanft am Arm.

„Komm, setz dich neben mich", sagte er. „Ich hoffe, du hast nichts dagegen, einem alten Professor Gesellschaft zu leisten."

„Ganz im Gegenteil, Professor. Es ist mir eine große Ehre", sagte Iris und machte eine lustige Verbeugung, während der fliegende Professor sie am Arm zum Tisch zog. „Außerdem habe ich, solange Sie fort waren, an einem großen Plan für die Hermitten-Frauen gearbeitet und brauche Ihre Hilfe, um ihn umzusetzen. Ich kann es kaum erwarten, Ihnen davon zu erzählen."

Gemeinsam am Tisch beim Abendessen saßen Professor Mardoken, Iris, Ippoliten, die Mutter, Mark, der Vater, Gerit, Arinen und Politen, wie eine große, liebevolle Familie.

War nicht genau das der Ratschlag der Schwarzen Eulenfrau gewesen?

Die Verbindung zwischen Menschen und Hermitten darf nicht abgebrochen werden! ! !